春濃花開

中

風 文創 075

禾晏 著

目錄

金陵

【四木家】人物關係表

【梅家】

梅海泉 — 夫人 吳氏

- 長子 梅書遠
- 次子 梅書達
- 長女 梅蓮英（已死）

【楊家】

楊母

楊崢 — 夫人 柳氏；姨娘 鄭氏

- 長子 楊昊之 — 長媳 梅蓮英（已死）
  - 長孫 楊林珍
- 次子 楊景之 — 次媳 柯穎鸞
- 長女 楊蕙蘭
- 次女 楊蕙菊
- 三子 楊晟之（庶出）

【柳家】

夫人 孫氏
柳壽峰
姨娘 周氏
姨娘 花氏

長子 柳禛
長媳 張紫菱
長女 柳婧玉（入宮）
次女 柳娟玉
四女 柳妍玉
次子 柳祥（庶出）
三女 柳姝玉（庶出）
五女 柳婉玉（庶出）

【柯家】

夫人 馮氏
柯旭
姨娘 袁氏

長子 柯琿
長媳 柳娟玉
次子 柯瑞
長女 柯穎鸞
次女 柯穎思（庶出）

春濃花開
中
風
文創
075
禾晏
著
love.doghouse.com.tw
樹蔭◎繪

春濃花開 上

風文創 074

禾晏 著

love.doghouse.com.tw 樹蔭◎繪

第十六回　起波瀾柳府落臉面　稱心願梅家終團圓

婉玉跪在地上一番哭訴，直將柳壽峰氣得目瞪口呆。但因有外客在，柳壽峰只得強壓著火氣勸了婉玉幾句，又命丫鬟們取藥後攙婉玉回房。梅書達心想：「姊姊在柳家過得憋屈，不是遂心省力的，若是我們剛走，柳家人再為難她可就不妙了。」口中道：「既然世叔有家事處理，我與母親也不便叨擾。只是我那小外甥聽說要接婉姑娘過去，高興得跟什麼似的，不知世叔將此事處理完畢之後，梅家能否將婉姑娘接過去小住幾日？」

柳壽峰忙道：「這自然。我下午便將她送去，但只怕小女年幼無知，給貴府添了麻煩。」

梅書達道：「府上門風端良，婉姑娘是極有品格的，何來『添麻煩』一說？不如我們留下兩個老嬤嬤並兩個小廝在此處，待婉姑娘收拾妥了，便由他們護送著過去吧。」

柳壽峰連聲應著，梅書達起身告辭，柳壽峰在後殷勤相送。一時間丫鬟又扶了吳氏出來，梅家母子便乘著馬車走了。

婉玉回了浣芳齋，見守著門的婆子早已不知去處，知她定是去孫氏處告狀，也不放在心上，只是雙手已是疼得發麻了，舉起來一瞧，只見掌心通紅，已腫得半寸高，指頭亦伸屈不得。夏婆子含著淚道：「這下手也下得太狠了！快讓我看看有沒有傷著骨頭，若是真傷著了可該如何是好？」怡人一邊給婉玉上藥一邊低聲道：「有梅家的貴客來，姑娘就這般私自闖出去，拂了老爺的顏面，再添了罪過出來，豈不是更要遭罪了？」

夏婆子取了濕毛巾來，一邊給婉玉淨面一邊道：「其實老爺是極疼姑娘的，但因為姑娘原先氣性太大，每受半分委屈都要哭鬧上一回，久了也讓老爺不耐煩。太太又是個面慈心惡的人兒，將老爺哄住了，老爺便再不愛搭理姑娘的事，姑娘受了委屈也便沒地方訴了。還有那些下人，見太太、老爺待姑娘淡淡的，便也跟著踐踏作弄起來……」說完又嘆一口氣道：「就怕姑娘今兒個捅破了天，反倒不好辦了。」

婉玉咬牙忍疼道：「若不是這般鬧了，爹就算聽說我挨了打，恐怕也不會太放心上，況又有太太挑唆，指不定傳到他耳朵裡又是什麼光景。就算他明察秋毫，心疼我了，也頂多送點兒吃的、喝的罷了。男人不慣插手內宅，日後咱們的日子能好過到哪兒去……我只是想著爹爹將面子看得比天都大，今兒個在上峰眷屬跟前沒了臉，他定要展示一番治家的手段來做給旁人看看，指不定咱們便熬出頭了……」

怡人壓低了聲音道：「所以我說姑娘還是早些嫁出去，省得在這裡受這口冤枉氣……原先太太不過衣食住行上苛扣些罷了，後來又要把姑娘許給姓孫的淫徒，今兒個竟然動了手，日後指不定還會生出什麼事來。」說著手勁不自覺重了些，引得婉玉倒抽一口涼氣，淚在眼眶裡滾了幾滾，險些掉出來。怡人忙吹了吹，手上越發輕柔。

婉玉道：「這事兒哪能由自己作主，但凡自己能自主了，我早就離開這兒了。」說罷嘆了口氣，低聲囑咐了怡人和夏婆子幾句，又命將摔壞的鼎爐、用舊的軟簾、茗碗等物重新擺了出來。

過了片刻，柳壽峰送完了客又回到浣芳齋來，一入內便見婉玉對著窗子流淚，不由嘆了口氣，在椅上坐了下來。婉玉忙站起來道：「爹爹來了。」使眼色對怡人道：「還不趕緊沏茶。」

柳壽峰見婉玉雙手腫得好似饅頭一般，面色煞白，楚楚可憐，對她的惱意便先去了兩分，咳一聲道：「可曾上藥了？」婉玉立在一旁點了點頭。此時怡人端了熱茶和一碟子點心上來，柳壽峰將茗碗拿起，推開碗蓋便喝了一口，茶剛一入口便覺一股腥味，又不好吐出來，只得硬生生嚥下，皺著眉道：「這是什麼茶？」

怡人道：「就是姑娘平日裡慣喝的那罐茶葉。」

柳壽峰道：「將茶葉拿來給我看看。」

怡人取了兩罐茶葉來，捧到柳壽峰跟前道：「這兩罐是上個月供上來的，一罐已經打開了，一罐還是封著的。」

柳壽峰打開茶葉罐一聞，知這茶是沾了魚肉等葷腥味道，再將另一罐茶拆封了，發覺亦是這個味道，心裡更怒上三分；低頭一看碟子裡的點心，均不是平時供應主人的上等貨色。他慣是心粗，此刻心裡才有些恍然，舉目一望，只見屋中擺設用具均是半新不舊，除了兩只瓶子竟一色玩器全無，渾不似官家小姐的閨房了。

柳壽峰仍不可置信，冷笑道：「妳作這番寒酸模樣給誰看？難道不知過猶不及的道理？」

婉玉一愣，緊接著眼淚簌簌滑了下來，對怡人道：「快將咱們的櫃門和抽屜統統拉開給爹爹看，看看咱們是不是私藏了什麼好東西，平白的不擺出來！」又流淚對柳壽峰道：「這已是女兒用的最好的東西了，爹爹若不信便儘管來搜吧！」

柳壽峰只覺怒髮衝冠，心裡又驚又惱。他先氣惱婉玉不分輕重緩急衝出去落他臉面；後聽了婉玉哭訴，驚聞孫氏如此跋扈，心裡又添五分惱恨；待聽得梅書達一番話，便已將罪魁禍首定在孫氏身上。而今眼見為實，他再按捺不住心頭怒火，「霍」一下站起身便向外走出去。

孫氏送走了吳氏，便來到妍玉的碧芳苑裡，母女倆說笑取樂。不多時守著婉玉的婆子前來稟報，妍玉聽了一驚，道：「娘親，婉玉那小蹄子果真跑去告狀了！」

孫氏心裡打鼓，仍冷笑道：「這有什麼打緊？我教訓她占得了一個『理』字，況且她不知輕重好歹的衝出去，落了老爺的顏面，這般無法無天，老爺還能再護著她不成？」話雖如此，孫氏到底還是不放心，悄悄命白蘋使人去前頭打探，又將繡花樣式拿起來讚了幾句，忽想起什麼，道：「往後這花樣繡得好不好倒在其次，最緊要的是尋幾冊詩集來看，什麼唐詩宋詞的，先尋些有名的句子背了。回頭我讓妳大哥抄幾頁給妳，妳無事的時候多翻翻。」

妍玉奇道：「看這些做什麼？我雖不太會作詩，但詩詞總是讀過的。」

孫氏笑道：「妳不懂。梅家的太太吳氏出身書香門第，父親是國子監祭酒，極有學識。吳氏雖是個女流，卻有滿腹經綸，反不以為女子學問多是壞事。楊蕙菊因被人稱作是『才女』，這才得了她的青眼。」說到此處，孫氏頓了頓，笑得極得意道：「眼下楊家跟梅家的婚事怕是不成了，正好讓咱們得個巧宗，今日吳氏便對妳另眼相待，待妳討得她的歡心，便能做得巡撫大人的兒媳了！」

妍玉一聽立時擰起眉嘟著嘴道：「我不要！」說著將繡花樣式丟回箱子裡，坐在床頭不吭聲。

孫氏伸手一點妍玉的腦門兒道：「妳個傻子。梅家是什麼光景？現如今外頭雖還『四木家』、『四木家』的喚著，可除了梅家，這幾家包括咱們全都不如往昔了！原先咱們柳家也是跟梅家平起平坐的，如今還不是竭力巴結著？」

妍玉問道：「楊家和梅家的親事為何不成了？」

孫氏輕咳一聲道：「妳問這個做什麼？總之就是不成了……」冷笑一聲道：「柯家怎能跟梅家相提並論？當初看中柯家，不過是覺得從小看瑞哥兒長大，知根知底，妳嫁過去錦衣玉食，瑞哥兒又是個溫柔性子，他娘又是個貪財好權的，妳將她哄好了便橫豎不會受氣。誰想梅家跟楊家的親事竟不成了！我冷眼瞧著達哥兒，實比瑞哥兒強上百倍，咱們不攀這門親還等什麼？」

妍玉對柯瑞已是芳心暗許，頗有情誼，聽了孫氏的話，心中暗道：「單論相貌，達哥兒便沒有瑞哥哥生得俊俏，更沒有瑞哥哥儒雅風流，且素來目中無人、張狂可恨，又有什麼好的？」

孫氏見妍玉面露不悅之色，剛欲再勸上兩句，卻見白蘋走進來慌張道：「老爺正往這邊走呢，還沈著臉色，聽小丫頭子說，老爺從浣芳齋出來先回正院尋太太，因找不到太太，便問了丫鬟，知太太在妍姑娘這兒，便趕過來了！」

孫氏頓時一驚，忙問道：「婉玉可曾跟過來了？」白蘋搖了搖頭。孫氏心中七上八下，但轉念想道：「內宅的事老爺從不多問，這些年還不是憑我的手段哄得好好的。」想到此處心中稍安。

只片刻，柳壽峰便到了，他一進門便看見孫氏正和妍玉坐在繡榻上說笑。他原先並無知覺，但今日留心一看，瞧見妍玉的碧芳齋裡滿屋金彩珠光，絹繡牆屏，又擺了各種名貴玩器，均不是凡品，與婉玉所住之地相差甚遠。

柳壽峰怒意更勝，在椅子上坐了下來，道：「給我倒杯茶過來。」妍玉親自奉茶。柳壽峰一嚐，正是上好的雨前龍井。柳壽峰心中又愧又怒，暗道：「當初花姨娘嚥氣時，再三囑託我要好生照看婉丫頭，不能讓她受了委屈。婉玉找我哭鬧時，我只當她沒有規矩、驕奢成性，才不愛睬她，她亦跟我賭氣，父女的感情便薄了下來。想不到才幾年的光景，她竟已過到這般田地了！」

孫氏見柳壽峰面色陰晴不定，忙堆起笑道：「老爺……」剛出了聲，便見柳壽峰「啪」一聲將茗碗放在桌上，驚得滿屋人立時嚇了一跳。柳壽峰大喝道：「孫氏，妳可真是賢妻！對婉丫頭打板子下了死手，平日裡又苛扣她吃穿住用，還要將她許配給個淫徒！外作賢良，內為奸詐，真真兒可惡！」

孫氏一聽此話頓知不妙，慌忙跪下來哭道：「老爺何出此言？我何曾虧待過婉丫頭？原先是她嫌棄屋中陳設玩器不好，一遝兒都給砸了，我回過老爺，是老爺親自發話隨我處置，我才免了她屋裡的擺設，免得讓她再糟踐東西……」

柳壽峰冷笑道：「免了她的擺設？那婉丫頭屋子裡的家具怎也都是舊的？還有床褥、枕被、軟簾、茗碗用具，怎也都是舊物件？連同喝的茶、吃的點心也都不是供應上等主子的，我看她如今連個體面的丫鬟用得都不如了！」說完顫著手指著妍玉房中的各色玩器道：「只因為妍丫頭是妳親生的，婉丫頭是庶出的，妳便厚此薄彼至此？」

孫氏哭道：「老爺，我按時發了月例，供養皆由管事的媳婦打理，是她們當中有昧了心腸的矇騙主子，欺負了婉丫頭，待我查明了，定重懲不饒！」

柳壽峰不怒反笑道：「皆是由旁人打理？妳竟不問上一問？若不是妳私下縱容默許，下人怎有膽子怠慢主子小姐？」這一句直問得孫氏目瞪口呆。柳壽峰猛站起來，拍著桌子道：「糊塗的婦人！怠慢庶女，這要傳揚出去，讓我的臉面往哪裡放？婉丫頭即便有多少不是，只嚴厲教導便可。妳內裡藏了奸了，竟虧待起個孩子來，一門心思的將她往火坑裡頭推！」

孫氏心裡又驚又怕又恨，心知眼下須先將柳壽峰安撫了，但任憑她巧言善辯，可此時搜腸刮肚，竟尋不出一句可辯白的話兒來，只流著淚道：「老爺，我教訓婉姑娘是一心為她好，你可知道她在楊家跟男人傳出不才之事來，她……」

柳壽峰道：「若真傳出不才之事來，為何楊家的人未曾跟我說明？我聽梅家的二公子說楊家老太太還讚婉玉是個極有品格的姑娘。」說完定了定神，高聲道：「待會兒請工匠來，將婉丫頭住的浣芳齋好生整修，另重新買家具器物，吃穿住用一律換新。待婉丫頭從梅家回來，便讓她去庫房自己挑擺設用品，她願意用哪個便用哪個！」說完便頭也不回的走了出去。

柳壽峰從碧芳苑出來，命取上好的藥膏和吃食送到浣芳齋。孫氏知柳壽峰動了怒，雖心有怨懟，但不敢怠慢，親自點了幾個辦事妥帖的嬤嬤和丫鬟到婉玉處伺候，因拉不下臉面，只命紫菱前去探望安慰，中午又送了四個菜和兩碟子果品。

婉玉用罷了飯，便催著怡人和夏婆子收拾常穿的衣裳和慣用之物，暗道：「上天開眼，讓我能重新回到爹娘身邊……只是不知他們會不會認我……」歸心似箭，竟悄悄滾下淚來。將要走時，柳壽峰又特地來到婉玉房中叮囑道：「去梅府萬不可由著自己性子胡鬧，女孩兒家須牢記溫良恭讓，事事留個心眼，察言觀色，不可讓人家厭煩笑話了去。」柳壽峰說一句，婉玉便應一句。

柳壽峰頓了頓道：「讓爹爹看看，妳的手怎樣了？」

婉玉道：「已搽了藥，過幾日便應該消腫了。」

柳壽峰輕咳一聲，道：「其實妳母親……」

婉玉抬頭瞧見柳壽峰神色遲疑不定，立即明白其中的意思，乖覺道：「太太也是心疼我，怕我走偏了，這才對我下了狠手，後來才知一切皆是誤會，定是哪個黑了心的下作秧子在太太跟前嚼了舌頭，挑撥生事。如今太太送了這麼些吃食過來，顯是跟我把這層誤會解了。待去了梅家，旁人問起來，我自知如何應答……都是一家人，哪有什麼仇怨呢。」

柳壽峰一聽婉玉這番說辭，緊皺的眉頭立時便鬆了開來，撚著鬍鬚笑著點頭道：「婉兒果然大了，越發通情達理，也知道輕重了。」又叮囑了幾句，殷殷送到院中，對怡人和夏婆子道：「妳們兩個好好伺候五姑娘，不可怠慢，也不可在梅家生事！」怡人和夏婆子連忙應了。婉玉向柳壽峰深深一福，隨後被前呼後擁著送上馬車。

車行一路到了梅府側門，門口早已聚了十幾個婆子和丫鬟，眾人如眾星捧月一般將婉玉迎下馬車，又引著她上轎，態度極為恭謹。行了一陣，轎子緩緩下放，一個丫鬟將轎簾子掀開道：「已經到了，姑娘請下來吧。」婉玉扶著那丫鬟的手走了出來，抬頭便看見一處院落，正是梅家的正院正房。

院門口候著一眾丫鬟，見婉玉來了紛紛迎了上來，為首的正是吳氏身邊的大丫鬟文杏，對婉玉笑道：「姑娘來了，快到裡頭歇著。天氣又悶又熱的，房裡已備了冰鎮香薷飲，點了木樨清露，最是消暑了。」又有五、六個小丫頭子從怡人和夏婆子手中取過包袱，簇著主僕三人往正房去。

梅家的正房是五間闊室相連，文杏將婉玉引入其中，只見迎面是一扇半開的五色紗糊成的大窗，窗下設一大炕，鋪著五彩連波水紋百蝶靠背，緗色引枕，炕上鋪著細綠的鳳尾羅蓆子，炕中央又設紫檀嵌螺鈿的小桌，擺著官窯的青花茗碗茶具、八寶攢心食盒，並一支大龍膽瓶，裡頭插了兩、三支淺粉蓮花。炕底下有八張椅子，均鋪的是一色的龍鬚蓆椅搭。

文杏請婉玉在炕上坐，婉玉連說不敢，只在椅子上坐了，立時有丫鬟捧了湯品奉上。怡人留心打量一番，低聲對夏婆子讚嘆道：「梅家到底是不同，原先我跟姑娘去楊家，那裡雖富麗堂皇，卻不及這裡清雅。」夏婆子聽了點頭不止。文杏走上前對她二人道：「二位先隨我來，到姑娘的住處去安頓安頓，梅家亦有些事情須讓兩位都知道的。」怡人和夏婆子聽了，立即跟著文杏去了。

房中一時之間只剩下婉玉。她看著窗外的梅樹，想起自己曾在冬天對著此樹和母親吳氏一同吟詩，如今回憶恍若隔世，淚水又要湧出。忽聽背後有腳步聲響起，屋中一時間走進三個人來，有人低聲喚了一句：「蓮英？」婉玉定睛一瞧，這三人正是自己的父母和小弟梅書達！幾目相對，婉玉顫聲喚了一句：「爹！娘！弟弟！」淚珠兒便止不住的流了下來。

梅海泉將婉玉上下打量一番，抑著心頭激動，遲疑道：「書達已跟我說了……妳……妳真是蓮英？」

婉玉點了點頭，又恐梅海泉和吳氏不信，哽咽道：「我是蓮英……我上次回娘家要走的時候，娘悄悄跟我說要偷爹爹私藏的一幅趙孟頫的字，給我賞玩兩天，不知今日是不是能給我了？」

吳氏見這等母女間玩笑話兒婉玉都一清二楚，心下更無懷疑，幾步搶上前將婉玉一把摟在懷裡，哭道：「妳果是我苦命的女兒！妳好狠的心，怎不回家來看一看……我是剛聽妳爹爹說妳還了魂魄，為何在柳家的時候不來見我？」

婉玉抽泣道：「女兒日日夜夜都想回來……可在深閨裡，總出不去，即便是偷跑出來，也未必進得梅家的門……」說到此處便再說不下去，栽進吳氏懷抱放聲痛哭起來。

梅海泉亦跟著掉淚，梅書達忙在旁勸解，說了好多寬心的話，一家人哭了一陣方將淚止住了。原來梅海泉將柯穎思和楊昊之收監之後，覺得此事蹊蹺，把梅書達叫到跟前詢問。梅書達將事情來龍去脈和盤托出，驚得梅海泉目瞪口呆，他素以為借屍還魂是無稽之談，但心裡卻隱隱盼著自己的女兒真是還了魂魄重回人間。他昨晚一夜未眠，將事情翻來覆去想了多遍，越想越覺得梅書達所言不虛，故而一早便打發梅書達和太太吳氏將婉玉接來好生問個清楚。誰知這二人出去竟未把人接來，梅海泉一時沈不住氣，將事情與吳氏說了。吳氏聽罷，一迭聲打發人要再去請，又要親自再往柳家去，梅海泉忙攔下來，一家人午飯吃得食不甘味，望眼欲穿的等婉玉回府。

待婉玉一入梅家，梅海泉和吳氏便藏在暗處靜靜看著，見婉玉氣度舉止、一笑一顰竟真與蓮英分毫不差，心中更確定了七、八分。此時與婉玉相認，梅家二老只覺愛女失而復得，不由狂喜，老淚縱橫。可憐天下父母心，別說婉玉確是梅蓮英，即便她是個假的，只怕這兩人也抓著一絲期盼將她認定是個真的了。

一家人絮絮說了一回，待談到借屍還魂之事，均嘖嘖稱奇不止，梅海泉道：「這是上天開眼，讓妳又活過來了，否則妳含冤帶悲的枉死，拋下親人骨肉，該叫我們如何是好？這亦是梅家祖上的德蔭，趕明兒個我便派人到附近寺廟裡多捐香火錢，拜謝神佛和祖宗。」

吳氏道：「正是，明日就舍出錢來打齋，好好作些功德才是。」說著將婉玉摟在懷裡不斷撫摸。又恨道：「楊昊之跟那賤婦真真兒黑了心了！呸！這還是人嗎？老爺，你一定要給蓮姐兒討個公道！」

梅書達道：「眼下那對奸夫淫婦就在大牢裡收著，今兒個天才濛濛亮，楊家伯父就拖著病體親自過來求情，門房推說爹爹未歸，將他擋在外頭了……眼下這事卻不好辦，柯家和楊家均是咱們多年的姻親，這裡頭的關係盤根錯節，雖說皆是他們的錯處，可秉公斷下來，未免傷了幾家的和氣，落了他們的臉面，也等於落了梅家自己的臉面。雖說那三家不如往昔了，可仍有一脈的勢力，若爭持起來，便真是後院起火了……今兒個早晨，柯琿還巴巴的跑過來找我，說他爹命他來的，央求我好生勸慰爹爹，務必保下柯家的名聲，話裡話外那個意思，竟是不顧那淫婦的死活了。」

梅海泉瞪了梅書達一眼道：「柯琿？你怎的跟他這般熟絡了？早跟你說過莫要跟那浪蕩子在一處廝混，你跟他能學出什麼好來？」梅書達面上唯唯諾諾，心中卻不以為然。梅海泉搖了搖頭，看了婉玉一眼，將茗碗端起來喝了一口茶道：「人如今在大牢裡關著，已由提刑按察司收監，事情尚在我手裡頭壓著，才一夜，還未鬧大。蓮英，妳想如何？」

婉玉咬著牙道：「若依我的意思，這兩個畜生即便是斬立決都不為過！但小弟說得極有道理，須想個法子保全幾家的體面……況且珍哥兒還小，他是楊家的嫡長孫，眼下雖放在咱們家養著，但遲早是要回家去的。若是他爹有了閃失，讓他年幼就失了庇護，抑或是他爹爹有了壞名聲，要孩子日後如何做人呢。況且爹爹在朝中雖為清流一派，但少不了要有自己一方人脈和勢力，此番拿捏了這幾家的短處，又賣了人情，這三家的人必將感恩戴德，為爹爹做事也更加盡心竭力了。」

梅海泉聽了緩緩點頭，心中暗道：「是了，她確是我女兒蓮英，她適才所講的正是我心裡頭盤算過的。蓮英自小便喜愛讀書，總到我書房裡尋書去，我也不拘著她，有來往官員在我房中議事，她便躲在屏風後頭聽著，天長日久，心思便跟旁的女孩兒不同了。」

婉玉想了一回，道：「不如就說是誤會一場，是柯穎思身邊的丫鬟跟孫志浩有了敗德之事，被眾人捉了姦，那丫鬟惱了，平素又對柯穎思有怨，於是反誣陷楊昊之與柯穎思有姦情，又說他二人要圖謀殺害我，爹爹動了怒才將他二人抓了，如今一審才知其中的緣由，真相大白，人也讓咱們悄悄放回去了。」
梅書達恨道：「這豈不是太便宜那對狗男女了！」
吳氏亦點頭道：「若說為了珍哥兒放了姑爺，這還情有可原。只是那賤婦太過可惡，她害妳性命，怎能就輕易饒過去了？」
婉玉抿嘴一笑道：「該怎麼做，爹爹心裡有拿捏，怎能不還我一個公道呢？柯穎思即便放了，她又還有什麼顏面活著？」又道：「當然在場的下人也須一律封口，萬不可將此事張揚出去。」
海泉微微含笑，又看了梅書達一眼，心中一嘆：「我這兩子一女，大兒子性情耿直淳厚，日後最高可做到御史；小兒子雖心性跳脫，機智善變，比他大哥有格局，但行事不夠沈穩，仍稚嫩了些，須狠狠磨練磨練方能成大器。唯有我這個女兒，做事先謀而後動，識大體，色色想得周到，有時候都比她兩個兄弟強些，只可惜是個女孩兒，又殘了腿……如今可喜她又再世為人，我必要好好待她，不能讓她再受半分委屈了。」
梅海泉想一回、嘆一回，抬頭道：「楊昊之這畜生豈是輕描淡寫就能放出去的，須狠狠治他一頓，好好長他的記性！」又對婉玉道：「妳先在家裡安心住著，我想個法子將妳重新認回來。妳娘因妳突然死了大病一場，如今身子還虛弱，剛又聽說妳是被害死的，更哭得暈過去，妳要多盡盡孝道。」
婉玉含著淚道：「這是應當的，連累娘親生病，是我不孝了。」伸出袖子來拭淚。吳氏去握婉玉的手，婉玉登時便疼得「哎喲」一聲。

梅書達一皺眉，伸手抓住婉玉手腕，只見掌心仍腫著，指節俱已青紫了，又是咬牙又是恨，道：「今兒早晨柳家那惡婦打了姊姊，看看打成了什麼樣子！」

吳氏一看頓時驚了，捧著婉玉的手連吹了幾口氣，忙站起身出去，一迭聲的命人拿宮裡賞賜的藥膏來，回轉身摟著婉玉哭道：「我的兒，妳從小到大哪遭過這樣的罪！」

梅海泉仔細看婉玉的手心，梅書達又將所見所聞添油加醋講了一番，梅海泉怒道：「柳壽峰向來是個知禮守義的，怎能縱容正室如此欺凌女兒！」又將婉玉衣著穿戴打量一遍，暗道：「蓮英身上穿的是半新不舊的衣裳，連出門見客都未有氣派的打扮，可見在柳家過得不順心了！」扭頭對吳氏道：「回頭去帳上支一百兩銀子給蓮英做新衣裳，從柳家帶過來的東西，凡是不合眼的一律換新！」

吳氏道：「這自然，她房裡還有幾套夏天的綢布衣裳，雖不是新衣，但沒穿幾次，總比身上這件體面，先暫且換上吧。我早命丫鬟把蓮兒房裡上上下下都清洗過了，她愛吃的東西也都備好了。」說完看著婉玉的手，又是心疼，又是惱恨，道：「孫氏竟是這般惡毒的人！虧我還以為她是個好的！娘給妳作主，從今往後妳便在家裡住著，再不回柳家去。」

梅海泉道：「日後稱呼須改一改，不能再喚她『蓮英』、『蓮兒』了，須叫她如今的名字，否則傳揚出去成什麼樣子。」吳氏聽了連連點頭。

正說著，文杏隔著門簾在外面道：「楊家的老爺來了，死活要見一見老爺，如今堵在大門口不走，門房也無法，特地打發人過來問問。」

梅海泉道：「知道了，妳退下去吧。」待文杏退下，梅海泉站起身道：「如今看來便不能不見了。」又安慰了婉玉幾句，方起身走了出去。

第十七回　柳夫人爭強送愛女　梅太太忍怒說親事

話說梅海泉去前廳見楊崢，吳氏與子女仍湊一處說笑。因女兒死而復生，吳氏如同得了珍寶一般，喜氣盈腮，精神更旺了數倍不止。她心疼女兒受了委屈，故而萬般憐愛，再想起楊昊之和柯穎思又恨得咬牙切齒，免不了一頓怒罵。婉玉恐吳氏氣壞了身子，忙在旁勸解道：「雖說是女兒當初有眼無珠看錯了人，但經此番磨難卻換了具健全的身子，總也算因禍得福了。」

吳氏沈著臉道：「身子是健全了，身分和名聲卻不好，兒子在眼前也不能相認，況且柳家的孫氏又是個可惡的，竟還想把妳許配給孫志浩那個淫徒……」

婉玉低聲道：「若是能在爹娘身邊盡孝，即便活過來仍是個瘸子，我也情願了。」

吳氏一愣，長長嘆一口氣，面色緩了緩，撫摸著婉玉的手背緩緩道：「唉，是我苛責了，眼下妳能在我身邊，便比什麼都強。」

梅書達笑道：「妳們怎麼都愁眉不展的？我看滿好的，眼下姊姊不但腿好了，更成了大大的美人，日後還指不定有多少王孫公子擠破門檻來提親呢！」

婉玉啐了一口道：「就知道你『狗嘴裡吐不出象牙』，我再不嫁人，這輩子守著爹娘和珍哥兒平平安安的過一輩子就是我的造化了。」

吳氏聽了梅書達的話，不動聲色將婉玉上下看了幾遍，暗道：「原先蓮英便是因為腿殘這一項吃了虧，否則憑梅家的門第還怕找不到一個品貌俱佳的女婿？女兒如今萬萬不能再遭一回罪，待過些時日，我便託人暗暗打聽著，定要找一個比楊昊之強千倍、萬倍的姑爺回來。」想到此處，心裡一寬，又將身邊的大丫鬟喚進來，親自安排婉玉衣食起居。

原先梅蓮英落水而亡，跟在她身邊的一眾丫鬟、婆子均被楊昊之趕回梅家，吳氏痛失愛女心中發狠，下人們不免被罰或被貶，更有要拉出去賣掉的。如今婉玉回來向吳氏求情，吳氏免了眾人的責罰，又從中挑了幾個牢靠可辦事的放在婉玉身邊留用。梅蓮英身邊的大丫鬟侍書已到了婚配之年，吳氏原在盛怒之下要將她拉去配年長的執事做填房，婉玉道：「侍書平日伺候甚精心，這些年來兢兢業業的。我是答應過，等她年紀到了就把她放出去，再給找一門好親事，多陪送些嫁妝。如今女兒活著回來，娘親就饒了她，且當多積點陰德吧。」吳氏自然是依了，見婉玉身邊只有一個丫鬟和婆子，心裡又惱孫氏薄待自己女兒，將身邊的二等丫鬟采纖給了婉玉，又添了五名丫鬟和兩個老嬤嬤。

許久，梅海泉方從前頭回來，見婉玉、梅書達和吳氏正逗弄珍哥兒，便命人將孩子抱走，坐下來對婉玉道：「妳公公來央我留下楊昊之一條命，我還未答應，但允他保全楊家的顏面。又講了妳娘這兩年身上一直不好，今兒個早晨請了個雲遊四海的道士看了看，說是讓人沖到了，有個家住在西南方向的陰人不可招進家裡。算下來唯有楊家的二姑娘是住在梅家西南方，所以這門親事就只能作罷了。」

梅書達一聽立時歡喜道：「當真？這樁親事就這般輕描淡寫的退了？」

梅海泉道：「當日說親不過是口頭上訂下來的，因著你們年紀還小，原打算待你今年秋闈過後，就請禮部尚書做媒人正式提親去，如今連采擇之禮都未行，自然作不得數。楊家現如今理虧，又怎敢鬧起來。」

吳氏嘆道：「其實菊丫頭是個好的，模樣生得整齊，為人賢慧。但如今出了這檔子事，即便她是個神仙般的人兒，咱們也不能再將她招進家了。可這麼將親事退了，卻也損了她的名聲，可憐這麼個清清白白的女孩兒。」

梅書達哼一聲道：「當初說親不過是妳跟楊家伯母說的玩笑話，誰想楊家就掐住了到處宣揚，攪得假的也不得不變成真的，如今鬧得名聲不好也是活該。這點小心思用得忒下作，我倒看不出她哪裡好了，保不齊日後跟她哥哥一樣！」

當下梅海泉的親隨到了，跪在門口回話道：「提刑按察司派人過來回稟老爺，說剛才一時沒看住，柯氏在大獄裡撞牆死了！請老爺示下。」屋中人俱是吃了一驚，不由面面相覷，唯有梅海泉收了詫色，臉上淡淡的，道：「知道了，回去告訴宋提刑，柯氏性情太過剛烈，竟因丫鬟連累自己名聲就想不開自盡獄中，讓家裡人悄悄領了屍骨回去便是了，柯家是名門望族，衙門自會銷了案底，至於如何跟坊官（注一）和番役仵作（注二）說明此事，便由他們自

注一：坊官，管理街坊的小吏。

注二：仵作，官府中檢驗命案屍體的人，類似法醫。

己家人拿捏著辦吧。」

親隨聽了立即領命而去。梅海泉冷笑道：「昨兒晚上，楊昊之在大獄裡要了紙筆，巴巴的寫了一封陳情信給我，上頭盡說自己是油蒙了心竅，又竭力表白與妳鶼鰈情深，我看過便命人拿去給那淫婦了，聽聞她看了信又哭又笑，聲音淒厲至極，整個人癡癡癲癲的，獄卒受不住堵了她的嘴。我還道她瘋了，想不到她又明白過來尋了死。」吳氏和梅書達聽了均口中稱快。

婉玉嘆了口氣道：「她害我的時候定沒想到有這樣一天，可見天網恢恢，萬事因果。當初她跟楊昊之有了苟且之事，讓我嘗盡背叛滋味，如今卻也輪到她頭上了。」又看看親人，心裡頭念著珍哥兒，暗道：「如今大仇得報，又與爹娘相認，守著兒子，老天爺總是待我不薄了。」

暫且不提婉玉便在梅家住下。柯、楊兩家卻是愁雲慘霧，柯穎思尋死獄中，柯家上下只覺臉面無光，不敢讓柯穎思婆家知曉，只由柯琿出面帶了三、四個下人將屍體領回，對外只說柯穎思是突發急症暴斃而亡，草草尋了塊墓地葬了，又花了些許銀子堵了柯穎思婆家的嘴。事畢，柯旭立即備了名貴之物親自到梅家謝罪，梅海泉見都未見，只將禮物收了，命人將柯旭打發了回去。

且說楊崢求情未成，反倒失了女兒攀上的好親事，心中自是發沈鬱悶。柳氏卻一心記掛在大兒子身上，回娘家求大哥柳壽峰到梅海泉面前求情，又催楊崢花大把銀子活動。忽地傳來消息，說柯家的二小姐得了急症死了，柳氏心裡更是七上八下，忍不住大哭道：「柯家那小淫婦怎是得急症死了？我看八成是梅家惱怒，命人悄悄弄死了。我們昊哥兒若是也這般不明不白枉送了性命，日後叫我靠哪一個?!」楊崢不勝其煩道：「昊兒是珍哥兒的爹爹，親家怎麼也會留幾分情面，快些將妳的淚收了，難不成要哭得人盡皆知才罷了？」柳氏不理，一逕痛哭，一面哭一面痛罵柯穎思，又埋怨楊崢千不該、萬不該尋了梅家這門親。楊崢頭痛欲裂，一甩簾子去了鄭姨娘處歇息，鄭姨娘心頭得意，殷勤侍奉不在話下。

約莫過了半個月，吳氏忽打發個老嬤嬤到了柳家，見了孫氏道：「婉姑娘在梅家一個人住著不免寂寞，太太命我來接紫萱姑娘過去住幾日，不知紫萱姑娘是否方便？」

孫氏一聽此話心中惱恨，暗道：「婉玉這小蹄子忒可恨！她怎不想想還有個姊姊呢！巴巴的叫個外人過去，這不是打了自己家的臉面！」面上不敢顯出來，笑道：「婉兒只讓紫萱過去？她兩個姊姊在府裡也無事，昨兒個四丫頭還跟我念叨著想她妹妹了。」

那老嬤嬤道：「這是我們家太太的意思，體恤婉姑娘一個人寂寞，聽她和珍哥兒常念叨著紫萱姑娘，便來接過去住一段時日。」

孫氏聽聞此話，方才將紫萱喚來，命收拾東西往梅家去了，待將人送走了，孫氏左思右想都覺得氣悶。第二日用過早飯便將妍玉喚到跟前道：「快些挑件好衣裳換了，好好打扮打扮，咱們到梅家去。」

妍玉冷笑道：「人家請的是紫萱，可沒叫咱們，何必趕著找不痛快落自己的臉面？」

孫氏道：「我適才想了一番覺得不對，吳氏嘴上說是把紫萱接過去跟婉玉作伴，其實打的卻是相兒媳婦的算盤！婉玉那小蹄子是庶出的，名聲又不好聽，梅家怎能看得上？更別提接個女孩兒過去給她解悶了。如今紫萱的爹在南疆上立了不少戰功，待三軍凱旋必然又要高升一步，梅家定是風聞了朝廷裡什麼消息，搶著跟張家拉近關係呢。」

妍玉噘著嘴道：「要去娘自己去，我可不願跟婉玉低三下四的。」

孫氏道：「做人須懂得能屈能伸。好孩子，上次妳吳姨媽來得太匆匆了，沒瞧出妳的好處來，這次咱們過去，不過就是跟婉玉多說幾句好話兒，又掉不得一塊肉，待妳將吳氏哄得好了，嫁到梅家去，日後二、三品的誥命夫人定是跑不了的，妳爹在仕途上也能高升一步。」說完見妍玉仍不情不願，不由拉長了臉道：「愣著做什麼？還不快些回去換衣裳！」妍玉無法，只得換了衣裳同孫氏一道去了梅家。

待進了梅府，引客的小丫鬟將母女二人帶到一處後廳，端上茶和兩碟子點心後便不見蹤影。孫氏和妍玉等了將近半個時辰，早已不耐煩時，才見有個丫鬟進屋道：「二位隨我來。」孫氏只得忍著氣跟在丫鬟身後，走了一陣方才到真正待客的宴席處。一入內便瞧見吳氏正坐在羅漢床上，左右各坐著婉玉和紫萱。那婉玉頭上綰慵妝髻，插著點翠花鈿和一支如意鑲寶小鳳釵，身穿藺綢煙霞色蓮花刺繡比甲、淺洋紅中衣，下穿棉綾鳳仙裙，腰間束著摻金珠線穗子宮條，丰姿豔麗，雍容而坐，手中握一把團扇在懷中緩緩扇著，乍一望竟好似畫中人一般，與往日截然不同。孫氏和妍玉登時一呆。

婉玉和紫萱忙站了起來。吳氏欠著身滿面春風的問好，又趕緊讓座，一迭聲命丫鬟端茶上來。孫氏和妍玉已盈盈拜了幾拜，問吳姊姊、吳姨媽好。落坐之後，吳氏笑道：「是我待客不周了，這兩天身上還是不大爽利，已好幾天沒睡好了，中午吃了藥便在榻上瞇了一覺，丫鬟見我睡了也不敢來叫。萱丫頭又剛來，婉兒帶她出門到附近莊子上去玩，聽聞說家裡來客人了才忙趕回來的。讓妳們久等真是對不住。」

孫氏見吳氏神采奕奕，哪有半分不爽利的樣子，暗自腹誹一番，但面上仍笑道：「不過是等一等，也沒什麼大礙，吳姊姊還是保重身體為要。就是我們婉丫頭給府上添麻煩了，沒的淘氣，怕讓姊姊費了心力。」說完向婉玉看來，招手道：「快來讓我看看，好像這幾日又長高了。」

吳氏反將婉玉摟在懷裡笑道：「添什麼麻煩？婉兒最是心細了，每日我吃的藥都是她親自看著丫鬟們煎好了，然後端到我跟前侍奉，天下再沒有這麼貼心溫柔的女孩兒，還是柳家生養得好。」

紫萱抿著嘴笑道：「誰說不是呢，我看姨媽跟婉妹妹像是親母女似的……怕是親母女也沒有這麼親。」

眾人皆笑了起來。婉玉看了孫氏和妍玉一眼，心裡頭冷笑，面上卻作羞赧之色，低下頭道：「不過是端個藥罷了，是姨媽誇我了。」

孫氏和妍玉心裡直泛酸，孫氏見婉玉穿戴用度皆是上上等的貨色，一概不是從柳府裡帶出的，不由暗暗心驚道：「莫非梅家真要抬舉婉玉這小蹄子不成？」臉上更帶出對婉玉十二萬分的疼愛來，她原打算此番前來要竭力誇獎妍玉，而今腦中一轉，改讚起婉玉，先說婉玉如何聰慧，又讚她的針線好，更說自己前些日子因誤會打了她實在不該。吳氏聽了只端著茶碗微微含笑。

妍玉見婉玉如今穿戴高了自己一籌不止，更襯得氣派非凡，心裡真真兒是羡慕又嫉妒，聽自己母親竭力讚起婉玉來，越發不痛快，直想立刻站起來甩袖子回家去，雖竭力掩飾，但面上仍帶出兩、三分不悅。吳氏淡淡掃了她一眼，端起茗碗來喝茶。婉玉見了暗暗搖頭道：「妍玉眼皮子忒淺，氣量也太狹小了些。她當我娘瞧不出她們母女意圖不成？既是抱著這份心思來了，還當眾拉著臉面，任誰都看出她憋著氣，這豈不是自己讓自己沒臉。」

孫氏道：「我們這次來是給婉丫頭送衣裳來的，上回婉丫頭收拾東西忙忙碌碌的，我一時也沒在邊上幫襯著，想來丫鬟、婆子有不周到之處。」說著遞上一個包袱來，旁邊的丫鬟立時伸手接了。

婉玉暗道：「當初我將這一季的衣裳帶來大半，未帶來的全是舊得不可見人的穿戴，哪裡還有什麼衣裳能送來？」面上仍笑道：「母親費心了，吳姨媽待我極好，如今我穿的，好些都是梅家姊姊的衣裳，有些還都是未上身的呢。」

孫氏忙道：「這包袱裡的也是新給妳做的衣裳，眼看也將要到秋天，我也帶了兩、三件厚的來給妳。」頓了頓又對吳氏笑道：「論理兒吳姊姊身子還不大好，我不應提起來，但我後來想想，此事還是可行的，我們家四丫頭也是個……」

一語未了，只聽門口丫鬟道：「二爺來了。」話音剛落，只見門簾子打起，梅書達大步走進來，滿口嚷熱，見了孫氏母女又連忙施禮。孫氏見梅書達目如朗星，長身玉立，端的是明神爽俊的少年郎，心裡不免更中意三分，剛欲誇讚幾句，卻見梅書達捧著茗碗笑嘻嘻的在婉玉身邊坐了，道：「好姊姊，昨兒個妳給珍哥兒做的蜜漬烏梅糕好吃得緊，今兒再給我做幾塊吧。」

紫萱聽了忙不迭點頭道：「是了，那東西極好吃，再做一回吧。」

婉玉對梅書達嗔道：「這麼大個人還愛吃小孩子玩意兒，今兒又做了些，給了珍哥兒兩塊，剩四塊全讓紫萱那小妮子吃了，再沒有你的了。」

梅書達湊在婉玉身邊央告道：「好姊姊，秋闈這就近了，我這幾天一直唸書唸得頭暈眼花，就想吃這一味。我親自進廚房給妳打扇子，還端水盆伺候姊姊洗手，妳就可憐可憐弟弟吧。」

紫萱「噗哧」一聲笑道：「達哥兒明明比婉妹妹大呢，卻叫她姊姊，那你叫我什麼？」

梅書達嬉皮笑臉道：「妳若能做出好吃的來，或是將腰上戴著的香包給我做一個，我也管妳叫姊姊。」

紫萱道：「偏生你會挑，你可知那香包費了我多少功夫！」

吳氏笑道：「都快是大人了，怎麼還跟小孩子似的，沒見著客人在這兒，還不快回去換衣裳。」梅書達聽了方才將茗碗放下轉身出去了。

吳氏轉過身對孫氏笑道：「達哥兒是讓我寵壞了，沒個正經，妳可別見怪。方才妳說到哪兒了？」

適才孫氏見梅書達與婉玉親近，心中正不是滋味，聽吳氏如此說，忙擠出笑道：「我們四丫頭也是個懂得事理的，婉丫頭和萱丫頭平日也跟她處得甚相宜，如今她在柳家待著也寂寞，不如也讓她來跟婉丫頭、萱丫頭一處作伴吧。但不知府上是否方便？」說完一推妍玉道：「妍兒，妳不是早就念叨著想妳妹妹了嗎？今日給她帶來的新衣裳還是妳親自挑的料子，快過去跟妳妹妹說說話兒。」

婉玉心中如明鏡一般，與吳氏不動聲色對看一眼，吳氏道：「快中午了，咱們先用飯吧。」說完便命丫鬟去廚房傳菜，又告罪失陪片刻，對婉玉一使眼色，婉玉立刻上前扶著吳氏的胳膊走到東邊的屋子去了。

進到東屋裡，吳氏道：「孫氏是個會鑽營的，又肯拉下臉，把女兒一逕往咱們家送。」

婉玉道：「柳家畢竟有幾分顏面和情分在，卻是不好駁回去的。妍玉是個是非精，事事搶尖向上，非要爭個獨好，若是瞧見誰比她強了便不高興，把她招進家可就不省心了。」

吳氏冷笑道：「柳家又如何了？先帝在的時候他們家確有幾分風光，如今一朝天子一朝臣，柳家這兩輩在朝中未出過什麼能臣來，早已不行了。雖有個女兒進宮做了妃，但至今未生養出一男半女……若不是有妳爹大力保薦提攜，江寧織造這樣的肥差怎會落到柳家頭上？況且說了，給達哥兒選媳婦，首先便要品德端、性子好，其次才是模樣。柳家這嫡出的女兒，梅家怕是消受不起，將來不知什麼人有福娶了去。」說完拍拍婉玉的手道：「只是一時還未想出來怎麼回了這兩人，妳快給拿個主意吧。」

婉玉聽了抿嘴笑道：「待會兒用過飯，娘便說身上不好，早早去歇著，餘下我去辦便是了。」

一時間丫鬟、婆子將飯菜擺上桌，吳氏剛用完飯便說身體不適，讓兩個小丫頭扶著回房躺著。孫氏本想再提妍玉的事，誰知吳氏一入臥房便不再出來，孫氏進去探望，見吳氏雙目緊閉，皺著眉頭，便只好悄悄退了出來，心想道：「不如我便將妍兒硬留在這裡，自己走了罷了，梅家斷沒有把人送回去的道理。妍兒聰慧伶俐，極懂眼色，在梅家住些時日，吳氏自然便會知道妍兒的好處，到時候又怎會再看得上婉玉和紫萱？」

婉玉走出來道：「姨媽怕是舊疾又犯了，如今不能再待客，讓我跟母親說，她若有不周到之處還請見諒。」又捧出一個匣子道：「這裡頭有三支堆紗宮花和兩個香囊，都是宮裡賞出來的極新巧的玩意兒，姨媽命拿出來給姊姊帶回去，今日就不留母親跟姊姊了，改天親自邀請來梅府上做客。」

孫氏心裡發急，忙問道：「不是說讓妍兒也一併留下來與妳作伴嗎？」

婉玉道：「我剛說的是姨媽的意思，如今她剛吃了藥睡了，我不敢打擾……不瞞母親，接紫萱來，姨媽心裡是有些打算給家裡的親戚說媒的，接過來不過是看看品貌、性情，過些時日還要送回去的。大病初癒的人沒有喜歡熱鬧的，若不是因我能哄著珍哥兒玩耍，便是連我都要送回去呢。」看孫氏神色狐疑，忙又道：「姨媽剛在病榻上還特地命我拿這匣子出來，可見姨媽是記掛姊姊的。」

孫氏聽了這番話，眼睛上下的打量婉玉，暗道：「婉玉這小貨，自從上次尋死救回來就跟換了肺腑一般，說話辦事竟變得如此老成了！莫不是有什麼東西附了身？」心雖疑惑，但此刻無暇顧及，口中只管問道：「不知是給什麼親戚說媒？莫不是達哥兒？」

婉玉搖頭道：「這便不知道了。」

妍玉冷冷道：「母親還問這麼多做什麼？人家都下了逐客令了，咱們還不走便是沒眼色了，快些回家去吧。」說罷轉身便走了。孫氏雖心中犯急，但事已至此卻也無法，只得離開梅府。婉玉又喚來了紫萱，二人直送到二門，方踅返回來。

隨後紫萱犯了食睏自去睡覺，婉玉到吳氏房中回話，將事情源源本本說了，吳氏道：「辦得好，既把這兩人請走了，又不至於傷了兩家和氣。」

婉玉坐在床沿上道：「娘覺得紫萱如何？咱們接她過來，本就是想給達哥兒說親的。」

吳氏靠在引枕上，懷裡緩緩搖著扇子道：「紫萱是個心直口快的爽利孩子，品行瞧著端正，模樣也好，倒是個討人疼的。但我冷眼瞧著她，如今還是一團孩子氣，怕是拿不住達哥兒那樣的混世魔王。」

婉玉嘆了口氣道：「說得有理，尤其弟弟任性妄為慣了，紫萱又是火爆脾氣，這兩人湊在一處還不針尖對了麥芒。可紫萱又難得，伶俐又通情達理，心眼兒也好。」

吳氏搖著扇子出了一會兒神，忽手上一停，直起身對婉玉道：「我的意思是……把她說給妳大哥，妳看如何？」

婉玉嚇了一跳，道：「這歲數差得大些……將近十歲呢！爹爹不說再不管大哥的事了嗎？」

吳氏道：「哪兒能不管呢，前些日子老爺還跟我說了，說妳大哥整天在翰林院裡做酸溜溜的文章，再過兩年人都要餿了，他打算寫信給吏部的舊相識，把妳大哥調過去歷練幾年，最好是在妳爹眼皮子底下。到時候妳大哥回來，又正好將喜事辦了，真真兒的兩全其美。」

婉玉聽了沈吟不語。原來梅家大爺梅書遠有一段舊事，在他十六歲那年，偶遇來梅府做客的崔雪萍，崔雪萍十五歲，為梅府遠親，家境不過殷實而已。梅書遠久聞崔雪萍才女之名，再見其人更為傾心，便磨著其母答應婚事。吳氏起初應了，但誰知沒過多久便堅決不允，更作主給崔雪萍保媒訂了一戶人家。此時梅書遠早已和崔雪萍海誓山盟，聽聞此事，不由和吳氏鬧了起來，更是要死要活，又要與崔雪萍私奔。梅海泉一怒之下便將大兒子逐出家門，令其不准歸家。吳氏心疼兒子，暗中偷偷接濟，梅書遠一律不接受，隻身去了京城靠教書賣字為生，直至金榜高中，方才跟家裡有了書信往來。而崔雪萍是命薄，還未過門便死了未婚夫，她竟然也不再嫁，只一心守著、孝敬公婆；梅書遠竟也因此不娶，一直拖到今日。

婉玉想了片刻道：「只怕大哥不願意，如今他還孤身一人，只怕是還惦念著……娘，我當年還小，不知當初妳為何要棒打鴛鴦，莫非是因為門第？若當初不如此，現今只怕是孫子都滿地跑了。」

吳氏冷笑道：「我怎是光看著門第的，若是如此，當初也不會答應妳大哥了……妳可知道那崔雪萍是什麼下流貨色？當初她到咱家來，原打的主意是做老爺的妾！我起初還未曉得，只覺得她有才名，該是個知理懂義的。後來她來得勤了，偷偷塞銀子給小廝們，讓小廝把她做的詩拿給老爺看，拿捏著時間故意跟老爺撞見，打扮得脂光粉滑的，又託家裡的親眷妯娌悄悄露了意思給我，這樣的狐媚子，難道我要招進家裡頭來？我悄悄派人去打聽，這才知道她的閨譽就不好，十四歲時去廟裡進香曾被幾個歹人擄走，丟過一宿，名節早就沒了。雖她家裡人竭力掩飾著，但世上哪有不透風的牆！知道有了這檔子事，攀不上大戶做正妻了，便來打小老婆的主意！也不看看梅家是什麼門第，她這樣壞了清白的，即便是做個妾都不配！偏妳大哥還是個死心眼，一下撞到刀刃上，讓那小狐狸精迷住了魂魄，誰勸都不聽，反倒說我們污了人家清清白白女孩兒的名聲！」吳氏一面說一面咬牙切齒道：「如今她為何不嫁人？還不是巴巴的惦著妳大哥！若不是我以死相逼，妳大哥怕早就將那狐狸精娶進來了！」

婉玉聽了登時目瞪口呆，道：「我的老天爺！她在外賢慧端莊的名聲傳得極響，氣質也是極清高的，群英書堂還請她去講《女誡》、《女訓》……若真要像娘親說的這般，書堂的人可真真兒是蒙了眼了！」

吳氏順了順氣道：「原先妳還是個姑娘家，這等齷齪事不便與妳說罷了，後來我又總盼著妳大哥能回頭，這事情也就擱在肚子裡頭，可誰知道……如今便看妳大哥的意思，他應了娶親則罷了，若是還惦記那小娼婦，也就怨不得我！這些年來若不是顧念妳大哥，只怕我早就治了她了！」

婉玉唯恐母親氣壞身子，忙端茶上前道：「娘親息息怒，我看這婚事能成。大哥斯文儒雅，秉性忠厚。紫萱又是出挑美人一般的模樣，伶牙俐齒的，這兩人正好般配。況且張家是靠積軍功搏上來的，朝廷之中並無根基，若是能與咱們家結親，定然求之不得，如今便只看紫萱和大哥的意思了。」

吳氏道：「妳大哥的意思不必看了，我替他作主，回頭妳把紫萱庚帖八字要來，請個算命先生看看兩人有沒有相沖的地方，若是相合，我便請媒人提親去。」婉玉忙點頭應了。

婉玉想道：「原來還有這段緣故，大哥最是個死心眼，到如今多年未娶，應還是惦念著崔雪萍，兩人這麼些年必是藕斷絲連。大哥孝順，故而不敢偷娶，只是熬年頭等娘親點頭。但那姓崔的若真如娘親所言，那可真真兒是個麻煩事了。」她心裡默默想了一回，逐漸拿定主意，轉而去尋梅書達，將事情來龍去脈跟弟弟說了，要他悄悄去查崔雪萍其人，又再三叮囑了幾句。梅書達自然滿口答應，立即派小廝和身邊的一眾跟班去悄悄打探。

且說婉玉在梅家與親人共敘天倫，楊昊之卻押在大牢裡生不如死。梅海泉以姦罪痛打了他二十大板，每日所送飯菜皆是不堪之物，且牢中陰暗潮濕，蚊蟲鼠蟻不絕，盛夏之中更猶如蒸籠一般，只有牆角一處枯草可供臥眠，獨在牢中更是孤寂難忍，又兼有獄卒打罵，實是苦不堪言。楊昊之從小到大何曾吃過這樣的苦頭，只能日日夜夜痛哭流涕，盼著家裡能有人來救。卻不知梅海泉早已和楊崢議定，留下楊昊之一條性命，但必須在牢中關押一段時日，且不准家人前去探望。出了這等醜事，楊家自然不敢聲張，對外只道楊昊之隨貨船去了京城，唯有楊母和柳氏鎮日焦灼，以淚洗面。楊崢無法之下只得向梅家源源不斷送財物，梅海泉一律全收，仍將人死死扣在牢中。

梅海泉本意是將楊昊之關上兩、三個月，狠狠治他一治，但誰知才一個月的工夫楊昊之卻已不行了，人瘦成一把骨頭，滿身漬泥污垢，又添了病症，一日暈死在監牢裡竟久久未醒。獄卒怕出了人命，立即稟報，梅海泉這才命楊家到大獄裡領人。待將人接回去，柳氏一見愛子渾身臭氣熏天，邋遢骯髒令人欲嘔，短短一個月的時日，整個人都已脫了形，煢煢孑立，走路一瘸一拐，原來英俊風流的模樣渾然都不見了，不由放聲痛哭，眼前一黑竟暈過去，待醒過來又是「兒」一聲、「肉」一聲的慟哭。

楊崢看兒子被折磨至此，不由心疼萬分，又想到楊昊之竟包庇柯穎思殺妻，不但將梅、楊兩家的情面毀於一旦，還牽連了楊蕙菊的親事，心裡更是一陣憎恨，口中連連罵道：「孽子，將來這萬貫的家財只怕也要毀在他的手裡！還不如在獄中死了才清靜！」罵完又落淚。

楊昊之只跪在地上嚎啕大哭，連連道：「兒子錯了！」

柳氏淚流滿面道：「昊兒已經到了這般田地，難道老爺非要逼死他才甘心嗎？」

楊崢沈吟良久，搖了搖頭道：「慈母多敗兒，昊兒已是闖出大禍了，若不嚴加教導，日後說不定還惹出什麼事端來。就這般讓他回家，怕也難消梅家心頭之恨。」

柳氏瞪眼道：「昊兒都已被折磨成這樣了，梅家還有什麼不知足？昊兒畢竟是珍哥兒的爹爹，親家的心也忒狠了些！」

楊崢怒道：「親家死的是親生的女兒，能這般放過昊兒還不是看著珍哥兒的顏面！妳便少說兩句吧！」

柳氏見楊崢動了怒，便不敢再搭腔，只低了頭暗自腹誹。

楊崢嘆了口氣道：「待會兒收拾停當了，今兒晚上就送那孽子去西隴頭上的那處莊子閉門思過，不准帶丫鬟去，也不准探望。」

柳氏登時一驚，道：「西隴頭那處莊子？昊兒如今渾身是病，在家裡還能有人知疼著熱，把他拋到窮鄉僻壤的誰能經心伺候他？老爺，你若要懲罰他，也須等他身子好些了，或是多讓他帶幾個下人過去……」

楊崢瞪了柳氏一眼道：「糊塗！即便妳心疼昊兒，也須做個樣子給梅家看，咱們家的生意還須梅家照拂，或許等梅家消氣了，能再提跟二丫頭的婚事也說不定。」說完咳嗽一聲道：「此事就這麼定了，待會兒便送他走。」說完起身走了出去。

柳氏愣了半晌，忽緩過神，急急忙忙起身命丫鬟收拾行李，將吃喝穿用滿滿裝了兩大箱方才甘休，臨送楊昊之走時又悄悄塞了二百兩銀子的體己錢，母子倆抱頭痛哭一番，楊昊之方才抹著眼淚上了馬車。

第十八回　楊舉人纏綿表情意　吳解元殷勤忙試探

過了幾日，梅海泉特將柳壽峰宴請到家中，先大力讚了婉玉一回，又道自己親生女兒新死，膝下空虛，欲收婉玉為養女，拜認在吳氏名下在梅家撫養。柳壽峰起初猶豫，梅海泉又許了其子都轉運使佐官之職，柳壽峰方才應了下來。梅海泉命人將婉玉喚出磕頭，又擇吉日行大禮將婉玉收養過來。孫氏與妍玉聽聞均又妒又恨，孫氏對妍玉道：「婉玉那小蹄子都能入了梅家的青眼，論樣貌、品行妳樣樣都比她強，吳氏理應更對妳青睞有加才是。」妍玉本就對婉玉極不服氣，聽了孫氏的話深以為然，母女二人三不五時去梅家一趟，吳氏不是推說身上不好，便命丫鬟說自己不在府內，故而十次倒有九次是撲了空。

話說吳氏惦念著梅書遠的親事，命婉玉要來紫萱的八字，悄悄請了道觀裡的道長算了一卦，藺問結果為合婚，更斷言明年便有添丁之喜。吳氏抱孫心切，聽了心花怒放，厚厚的捐了香油錢。晚上跟梅海泉提及此事，梅海泉沈吟半晌道：「張家在南疆立了戰功，張亮待三軍凱旋歸來便可提到從三品，這樣的家世也算夠了，況他兩個兒子均是虎將，日後也定有一番前途。張家姑娘看著是個伶俐的，也有些品格，婉兒常讚她。既然八字相合，便就這麼定了吧。我明日便修書給何思白，請他保媒。他是遠兒的授業恩師，皇上封的資治少尹，這樣的體面也可對得起張家。」頓了頓又道：「遠兒的調職令八月底就下來，等他回了家便開始議親。」吳氏聽了自然滿意。

轉眼到了八月，九日、十二日、十五日是秋闈，各路士子均入貢院科考。考後過八天便貼出桂榜，梅書達與楊晟之中了亞元，柯瑞則名落孫山，吳氏娘家哥哥之子吳其芳高中解元。喜訊傳來，梅家上下俱各歡喜，笑談不絕。一時之間前來祝賀之人絡繹不絕。

放榜次日便是鹿鳴宴（注），梅海泉為當地巡撫，須親自主持。一早起來，吳氏便親手服侍梅海泉梳洗穿衣，一面給他繫領口的盤扣一邊道：「老爺，今日鹿鳴宴上必然是人才濟濟，若是有尚未娶親的青年才俊，便給婉兒留意著吧。」

梅海泉失笑道：「妳這些時日不是正在忙大兒子的親事嗎？怎又惦記起婉兒來？她才剛過了幾天清靜日子，怕這會兒也沒心思，再說把她多留在身邊幾年也未嘗不好。」

吳氏連忙道：「這怎麼能不急呢？前些天我聽見她跟紫萱說這輩子再不願嫁人了，只服侍咱們倆都去了，她就尋個尼姑庵做姑子去。蓮英從小就是個有主意的，說出來的話必然早已在心裡轉了千百遍，一旦認定了，便是八頭牛都拽不回。那番話說得有眉有眼，可不是什麼玩笑話，聽得我心驚肉跳的。」

梅海泉正整著官衣，聽此話手中一頓，眉頭立時擰了起來。吳氏又緩緩道：「眼下婉兒年紀也不小了，她如今占的這個身子下個月就要滿十五歲，正是說人家的好年齡，這回咱們須好好查明對方家世、人品，找個妥帖的姑爺回來。哪怕說了親事先不嫁，也別白白錯過了青年才俊。」

梅海泉若有所思，緩緩點頭。吳氏給梅海泉圍上腰帶，輕咳一聲道：「我瞧著我那侄兒就不錯，學識、樣貌都是頂頂出挑的。今年十八歲，跟婉兒的年齡也相當，這回鄉試中了頭名解元，日後自有一番前程。我哥哥外放做官，今年才剛攜家眷回來，老爺怕是還未細瞧過我那侄兒，這回多留意留意他。」

梅海泉笑道：「原來妳早已看好了人了。岳父大人是國子監祭酒，他孫子鄉試奪魁也不足為奇。」

吳氏嗔道：「說得輕巧，你也是科考過的人，應知道裡頭的難處，達哥兒不過才考了第五。」又忽而想起什麼，道：「這次楊家的老三也考試了，竟考了個第三，比達哥兒還強，真真兒想不到，楊家竟也能出了成才成器的。」

梅海泉哼一聲道：「不過鄉試罷了，怎就看出比達兒強了？待殿試考了第三，中了探花，妳再說適才那番話也不遲。」

吳氏抿嘴笑道：「是是，還是你的兒子強，等到了殿試，保准是皇上欽點的狀元郎。」

梅海泉知妻子打趣自己，此時官服俱已穿好，便笑道：「狀元又如何了？他日後能趕上他老子才是他的造化。」說著從房中走了出去。

注：鹿鳴宴，州縣長官宴請新科舉人所設的宴會，因宴席中要唱吟《詩經・小雅》中的〈鹿鳴〉之詩，故名。

梅海泉先至巡撫衙門處理政務，快到午時方坐轎至酒樓「聚英館」中，酒樓知今日巡撫大人與諸官員宴請諸舉子，早已對外懸掛「暫不迎客」的招牌。此時堂中大門俱已大開，正中供奉孔子之像，焚著鬥香，下設四張大桌，呈獻茶湯果子糕餅等物。最上一方坐著地方官員，主考官、副考官、內外簾官均已入席，留出當中主位。親隨高聲唸道：「巡撫大人到！」一眾人紛紛起身鼓掌迎接。梅海泉微微含笑入座，舉酒杯先說了一席場面話，而後命人將鹿肉端上，有樂伎彈奏絲竹管弦，眾人齊歌〈鹿鳴〉之詩。

都道科考「賺得英雄盡白頭」，舉人之中不乏鶴髮者，梅海泉粗略一掃眼，見二十出頭的青年不過五、六人而已，再細一瞧，見梅書達正與身旁一年輕公子竊竊私語，那公子正是吳其芳。吳其芳生得極其俊美，眉目疏朗，丰采高雅，身穿藕荷色纏枝蓮花六團直裰，同色腰帶和綸巾，顧盼神飛，語言常笑，因高中解元，正是春風得意之時，故而容光煥發，更添了三分神采。梅海泉亦在心中讚道：「好一個才貌仙郎！」正此時，旁邊有官員湊趣道：「梅大人，今日才子們齊聚一堂，若不吟詩作詞反倒顯不出風雅了，卑職提議，由大人出題限韻，讓各位才子賦詩一首如何？」

眾人均知此時是在巡撫大人面前爭鋒露臉的良機，若是藉此機會得了座上大人們的青眼，直接授予官職，那便是極大的好事了。故而人人摩拳擦掌，叫好應和。梅海泉道：「詩詞書畫雖雅，卻不是經世治用的正途，我看不如先讓解元和亞元們將考試作的文章謄寫出來，大家評一評，也能長長情思。」說完便命人取筆墨紙硯。

一時間眾人寫完後，呈上來給梅海泉看，梅海泉先看了吳其芳的，只見筆走龍蛇，字體極有風骨，洋洋灑灑，文采飛揚，立意新妙，在八股文中實屬不易，梅海泉微微點頭，暗道：「看來是有真才實學了，這樣的筆力，春闈可穩入前三甲。年紀輕輕便初露崢嶸，若是有人大力栽培提點，日後的前程不可限量。」對吳其芳更添了三分好感。又去看梅書達的，見作得中規中矩，知道平日裡的功夫沒少下。忽一錯眼，看見楊晟之的名字，便將他的文章挑出來看，只見字體圓融厚重，文章不見精辭妙句，但立意深遠，分析縝密嚴謹，極有大家風範。梅海泉連連納罕，抬頭望去，只見楊晟之坐旁邊一席，留心打量，見他膚色微黑，身軀凜凜，容貌甚偉，與楊昊之風流倜儻截然不同，此人穩如泰山，極有壓陣之勢，氣度凌駕眾人之上。梅海泉暗道：「不過十七、八歲的少年就有這樣老練持重的氣度，真真兒是難得了。」但轉念想起楊昊之，心中對楊晟之的好感不由減了三分，將他的文章隨手放置一旁，對吳其芳笑道：「不愧是解元，果然作得一手好文章！」吳其芳滿面含笑，忙起身拱手謝了。

眾人飲宴完畢，梅海泉一時動了雅興，道：「『聚英館』後頭有一處靈臺山，如今山腳底下的桂花都開了，不如一同去賞玩一回。」眾人聽聞無有不應，眾星捧月般簇著梅海泉出了「聚英館」。待到靈臺山下，果見一林子的桂花盡數開放，香氣襲人，景致幽靜，眾人讚不絕口。

梅海泉回頭笑道：「每年本宮都要攜家眷到此處賞桂花遊玩，尤其中秋月明之夜，在桂樹下把盞，也是極有古風的雅事。」又指著旁邊一處頑石道：「總想在上頭為這林子題字，諸位說說該題什麼字好？」

此言一出，眾人七嘴八舌議論開來，都想在巡撫大人面前爭臉，故而均搜腸刮肚的賣弄，有說：「宋之問有詩云『桂子月中落，天香雲外飄』，此處應題『天香林』才是。」有說：「唐代張九齡曾作詩曰『蘭葉春葳蕤，桂華秋皎潔』，題『桂皎』方佳。」有說題「小蟾宮」的，又有說題「月下仙」的，種種名色不一。梅海泉聽了撚鬚微笑不語。

忽聽有一極清亮的嗓音道：「宋代女詩人朱淑真有〈木犀〉一詩，藉花喻人。詩云『彈壓西風擅眾芳，十分秋色為伊忙。一支淡貯書窗下，人與花心各自香。』此詩雖為女子所作，但首聯『彈壓西風擅眾芳』，竟有不輸於黃巢詠菊『我花開後百花殺』的霸氣。桂花也本應如此，否則也便不會有『蟾宮折桂』典故了。」一番話說得抑揚頓挫，言談軒然，梅海泉定睛一望，見說話的人是吳其芳，便笑道：「那依你看此處該題什麼字？」

吳其芳道：「不如題『彈風擅芳』，應第一句古意，也盡得桂樹之姿。」

梅海泉道：「還是取了巧，容易了些。再作一首詩來。」

吳其芳早有意在姑丈面前嶄露頭角，梅海泉這一句話正撞在他心坎上，低頭一想，早已吟成四句，唸道：「長溝流月桂影斜，靜夜添香入萬家。眾花不堪西風凜，獨然一支展芳華。」

梅海泉聽罷微微點頭，眾人見梅海泉面帶笑容，忙紛紛應和，鬨然叫好。又有人忙不迭湊上前吟誦自己適才完成的詩作，一時之間好不熱鬧。

眾人忙在梅海泉面前賣弄，將楊晟之擠到了外頭。楊晟之本不擅詩詞歌賦，心知因楊昊之做的齷齪之事，梅海泉不會看重自己，便一個人慢慢在後頭走，抱著閒情逸致看起景色來。如今他中了舉，在家中已是揚眉吐氣，待自立門戶出去，便是應了心願。但想到婉玉如今入了梅家，與自己只怕是無緣了，心裡又一陣煩惱沈痛。

走著走著，前方忽見一座寺廟，眾人跟在梅海泉身後紛紛擁了進去。楊晟之生性不愛湊熱鬧，只站在院中等候，一扭頭便瞧見有個丫鬟從月亮門邊上閃過，依稀看著像是怡人，不由心中一動，跟著走了上去，進了後院，只見廊下站著個眉目如畫的綠衣女郎正逗弄一隻貓咪，細一瞧正是婉玉無疑了！楊晟之大喜，強按著心頭激動走上前，喚了一聲道：「婉妹妹。」

婉玉冷不防被人一喚，不由吃了一嚇，扭頭一看是楊晟之又是一驚，恐被母親看見，忙一拽他袖子，帶他到了禪房後無人處，方才問道：「你怎到這兒來了？」見楊晟之面上神色不同以往，因笑道：「還未恭賀晟哥哥高中呢！」

楊晟之笑道：「還是託妹妹的福，臨走時送我幾部稿子，看了受益頗多。」又抬腿露出鞋道：「科考那幾日均是穿著妹妹做的鞋考試的，果然有了好彩頭，妹妹真好似我的福將了。」

婉玉笑道：「這話說得好像你高中倒是我的功勞了。」說完見楊晟之目光灼灼盯著自己，面上不由一紅，低了頭道：「我該趕緊回去了，待會兒丫鬟要過來找了。」說著便要往前走，冷不防楊晟之一把拽了她的胳膊，道：「妹妹，有一番話……我知道本不該講的，也不應妄想，但在心裡憋久了卻又不得不跟妳說……」

婉玉心裡登時怦怦跳了起來，也不敢抬頭，只聽楊晟之道：「原先咱們相處的時日少，我也覺不出妹妹的好處，但這些時日不知怎麼的，就漸漸把妹妹放在心上了……原先我想著自己也是個庶子出身的，日後博取功名便分出家另過日子，到時候去柳家提親，與妹妹長長久久的在一處……妹妹歡喜什麼、想要什麼，只要我有，就任憑妹妹拿去。但誰知道後來妹妹竟到了梅家，我便知道是我妄想了。」

婉玉略一抬頭，只見楊晟之正定定的看著她，目光炙熱，好似要將她身上燒出兩個洞來，不由更是羞窘，定了定神道：「晟哥哥，你不過、不過是未遇見更可心的女子罷了。眼下看的只是個皮囊……若是我跟你大嫂一般是個瘸子，你便不會這麼稀罕了。」

楊晟之略一皺眉道：「我豈是光看中女子相貌的……我早就說過，我大嫂雖是個瘸子，但極能幹、極賢良，凡事料理得妥妥帖帖，可惜她腿殘，若非如此，又怎會嫁了我大哥？」說完頓了頓道：「若是妹妹也並非無心，便應我一聲，我定然想盡辦法也要試上一試。明年開春就是會試，我若進了三甲，不知梅大人是否能對我另眼相看了？」

婉玉更是大羞，甩開楊晟之的手道：「婚姻大事都是父母之命、媒妁之言，哪有私訂終身的道理？晟哥哥快莫要再提這樣的話了！」

楊晟之忙上前道：「妹妹，妹妹妳莫惱，我……妹妹……」

婉玉道：「想說什麼趕緊說吧，『妹妹、妹妹』的亂叫個什麼。」

楊晟之道：「我是怕惹妳生氣，也怕……也怕我表錯了情。」

婉玉心亂如麻，楊晟之對她一番表白，她心裡一時煩惱一時歡喜，驟然想到原先的一些景況，又有些說不清的怒氣，道：「這番話你對幾個人說過？」

楊晟之一怔道：「什麼？」

婉玉道：「我知道你跟姝姊姊曾經……她還曾做了一雙鞋給你，你怎麼不要，單收下我的？莫非你跟你大哥一般，今兒個朝東，明兒個朝西，今天好了，就來撩撥兩句，明天嫌棄了，理都不理。」

楊晟之一張臉登時脹紅了，暗道：「婉妹怎知道這件事，若是在這件事上鬧彆扭，可大不妙了。我同姝玉本沒什麼，這下真跳進黃河也洗不清。」饒是他遇事沈穩，言辭侃侃，但一碰上婉玉，便笨嘴拙舌，所有的本領一概施展不開。

婉玉見他手足無措，心裡微微有些高興，暗想：「他對誰都繃著臉，唯獨對我笑吟吟的，行事也容易亂了章法。」口中卻不饒道：「或是你如今見我進了梅家，才覺著門第高了，同我說了這番話。」

楊晟之驚愕道：「自然不是！若說真心話，我、我盼著妹妹如今還是柳家的庶女才好……何況……」

婉玉道：「何況什麼？」

楊晟之嘆了口氣，無奈笑道：「何況我本來就是楊家的庶子，若無功名傍身，連柳家也不好高攀的。」

婉玉一時怔住，默默不語。楊晟之不知她在想什麼，便道：「我同姝妹妹……我同她並無逾禮之處，不瞞妹妹，小時候不諳世事，常跟姝玉一處玩耍，確有過些情愫，但都朦朦朧朧的，並非真切。待長大些，我便知她絕非是我喜歡的女子，便疏遠了，直到我遇見妳。」

婉玉又羞起來，哼一聲道：「呸，說話不正經！」此時聽見吳氏在屋裡喊她，婉玉連忙提了裙子要跑。

楊晟之見了，忙走上前幾步擋在前道：「妹妹若是有用得上我的地方，便去東陽街上錦雲綢緞莊找劉掌櫃就是了。」手一碰，正摸到婉玉的手。

婉玉臉脹得通紅，只低著頭繞過去，順著牆角一溜煙跑了。楊晟之瞧著婉玉的背影，心裡只覺空落落得難受，暗道：「若是婉妹過幾日想得通透了，或是回心轉意了，會不會遣人去綢緞鋪子捎個信給我？」但旋即又覺得渺茫，知梅家並非一般門第，婉玉已今非昔比，況看這光景對自己也並無多大情意，即便沒有楊昊之那樁事情，也未必是自己所能高攀得上的。思前想後心不由灰了大半，但今日見了婉玉反倒覺得越發放不開，可事已至此只得收拾情懷默默走了出去。

婉玉一口氣跑到無人之處，躲在房後見楊晟之走了，方長長出了一口氣，但想起適才楊晟之所說所做，只覺臉上發燙，心狂跳不止。她從小至大，此番頭一次遭人愛慕示情，心裡既羞又窘，還有些許說不清、道不明的滋味。正愣神的當兒，卻聽怡人在呼喚自己，方才回過神，忙啐了自己一口道：「呸！青天白日的，聽信什麼男人的渾話！」理了理衣裳走了出來。

怡人一見忙迎上前道：「姑娘剛去哪兒了？太太正找妳呢。」又疑道：「姑娘怎的臉這麼紅？」

婉玉道：「剛不小心讓貓嚇了一跳，這才紅了臉兒。」又道：「珍哥兒的寄名符、長命鎖、護身符都給海明大法師換過來了？太太叫我是不是要回家去？」

怡人道：「還沒有。只是剛才小沙彌說前頭來了一群新科舉子，都是男人，恐衝撞了貴客。太太便命我來把姑娘叫進屋。」

婉玉點了點頭往禪房走去，未入屋門便聽見裡頭隱傳來說笑之聲，待走進一瞧，只見吳氏坐在大炕蒲團之上，懷裡抱著珍哥兒，身邊站著個年輕俊美的公子，錦衣華服，風采過人，一看便知不是普通人家出身。婉玉正疑惑，只見吳氏向她招手道：「婉兒過來，這是妳表兄，就是我常常跟妳提起來的，這一科的解元，還不快過來見一見。」

婉玉暗道：「原來是他，這才幾年不見，竟已經長成個大人了。」不免多看了兩眼，上前福了一福，道：「見過表兄。」

吳其芳忙作揖道：「妹妹好。」再細一打量，只見眼前少女容顏甚美，月眉星眼，玉骨冰肌，更兼一股綽約風姿，觀之驚豔。抬頭與婉玉目光相撞，不由心弦一顫，暗道：「聽聞姑媽收柳家庶女為養女，看來便是眼前這一位了，確是個美人，見過的女孩子竟一個都比不上她。」因向吳氏笑道：「姑姑好福氣，日後多一個女兒孝敬您和姑父了。」

吳氏點頭道：「婉兒確是個好孩子，又寬柔又體貼，連你姑父都常常讚她。」又道：「今日我們來這靈臺寺本是給達哥兒中舉還願來的，誰想到你們又偏偏也來此處遊玩，可見是緣分了。這靈臺寺最擅配養心的藥，我剛配了些，待會兒你帶兩瓶回去給你爹吃。」

吳其芳連連稱謝道：「偏巧我爹也得了一味健體的方子，年初配齊了那幾味藥，還說明日去姑姑家拜訪，正好給姑姑帶過來。」說完又不著痕跡的將婉玉打量幾回，笑道：「妹妹可曾讀書了？我手頭有《容齋隨筆》、《夢溪筆談》和《困學紀聞》的善本，若是妹妹歡喜，就當送給妹妹的見面禮了。」

話音還未落，吳氏便笑道：「婉兒最喜歡讀史書跟那些稀奇古怪的見聞軼事，你這禮算送對了人，還雅得緊，沒白白糟蹋珍本，我先替她應了。」

吳其芳笑道：「都道是『寶劍贈英雄』，書總要贈愛書之人方可顯出意趣來。」暗道：「看來並非空有其表，也是通曉些文墨的了，姑姑本就被人譽為才女，故而也器重有才學的女子，難怪婉妹妹能入了姑姑的青眼。」又問婉玉喜歡看些什麼書，平時都做些什麼。

婉玉笑道：「男人讀書為了立一番事業，我不過是打發閒暇，不值得一提。平日裡不過做做針線，再跟親眷們說笑一番罷了。」

珍哥兒見婉玉只顧跟人說話，將他冷落在一旁，心裡不悅，嘟著嘴、晃著胳膊對婉玉道：「姨姨抱我！」小胖身子掙扎著向婉玉蹭去。

吳氏戳了一下珍哥兒腦門道：「小沒良心，剛抱你這麼久，壓得我腿生疼，一見婉丫頭進來，便不顧我了。」又將他往懷裡抱了抱。珍哥兒聽了只得垂下手，耷拉著耳朵朝婉玉看過來。

婉玉笑道：「他哪裡是想讓我抱，不過是在屋裡待煩了，想讓我帶他出去轉轉罷了。」說著上前摸了摸珍哥兒的頭，將他抱起來道：「今日好好在屋裡待著吧，回去准你多吃幾塊松子糖，明日你小舅舅帶你看大馬。」

珍哥兒本就盼著出門玩耍，一聽婉玉所言大失所望，立刻癟著小嘴要哭，婉玉連忙哄他，珍哥兒哪裡肯依，擠著臉兒哭了起來，又開始撒潑耍賴。婉玉向來不溺愛孩子，見珍哥兒任性，心裡不由火起，拉下臉來，剛欲管教幾句，冷不防吳其芳把珍哥兒抱了過來，正色道：「哎喲！大事不好了！你若再哭，佛爺爺發怒，就該把你拉去做小和尚了！」

珍哥兒一愣，眨著烏溜溜的大眼朝吳其芳看過來。吳其芳見珍哥兒胖乎乎的臉兒掛著淚花，神態可掬，便強忍著笑，眼神裝了凶惡，肅然道：「你可知道什麼是小和尚？小和尚就要剃個小禿瓢，再也不能吃肉肉了，再也不能見到你爹爹、姨姨、外祖父和外祖母。整日都要在寺院裡頭唸經，如果唸不出來，晚上就有鬼怪出來捉你！怕不怕？」

珍哥兒從未見過這般疾言厲色，唬得連連點頭，帶著哭腔，嫩聲道：「怕。」又要將哭聲壓下去，小臉兒憋得通紅。

吳其芳語氣卻放緩幾分道：「你若乖乖的聽你外祖母和姨姨的話，佛爺爺就歡喜了。他就跟那些個神仙菩薩商量：『禪房裡的這個小官人又聰明又乖巧，又不愛哭，是個頂頂好的孩子，就不讓他做小和尚啦，也不讓鬼怪捉他了。』」

珍哥兒連忙點頭，奶聲奶氣道：「我不哭了！」又忽眨著眼睛問道：「佛爺爺還說什麼了？」

吳其芳又哄道：「佛爺爺還說了，若是你日後都乖乖的，那妖怪便永不會來捉你，還讓你舅舅帶你去玩。」說完從荷包裡掏出一串九連環，塞到他小胖手中道：「拿去玩吧。」珍哥兒得了新玩意兒，便乖乖的坐到炕上玩去了。

婉玉見吳其芳幾句便將珍哥兒哄得了，不由詫異，見吳其芳向她望過來，便點頭微笑，吳其芳亦回以微笑。吳氏看看婉玉，又看看吳其芳，只覺是一對金童玉女，看著越發可心。正此時，只見門一推，梅書達走進來道：「我爹要與眾舉子去別處了。」吳其芳方才告辭而去。

到了晚上，梅海泉應酬歸家，見風和朗清，院中高高懸掛兩溜繡屏燈，流光溢彩，遂生出雅趣，命丫鬟在院中石桌上布下瓜餅果品，石凳上鋪了半尺厚的芙蓉團繡坐蓐，又命燙一壺桂花酒跟吳氏對飲。吳氏見梅海泉有了興致，也不免歡喜，在一旁相陪。

閒話間，吳氏提及吳其芳與婉玉之事，梅海泉道：「吳其芳是個聰明的，今兒個散了鹿鳴宴，我帶舉子們四處逛逛，也想試試他們才思，在桂樹林子那裡，他挑了一首朱淑真詠桂的詩回我，特別提出一句『彈壓西風擅眾芳』讚不絕口，我原作過一首詠梅的詩，其中首聯為『群芳搖落獨秀君』，同這句有異曲同工之妙，他這是暗中討我歡喜，在官場這麼多年，他存心抖的那點機靈我怎會不知道呢。」

吳氏道：「這般伶俐也沒什麼不好，莫非要找個榆木腦袋的姑爺來？也難為他一下就想到那首詩了。」

梅海泉沈吟道：「長袖善舞、心思活絡不是壞處，但就怕這心思太多，反而倒不美了。才貌真真兒是上等的，但不知性情、人品如何，畢竟也是多年未見了，還是多看一段時日，莫要跟上次一般，再耽誤女兒的前程。」吳氏想起楊昊之，遂嘆了口氣，點了點頭。

兩人正在院中說話兒，卻聽丫鬟走過來回道：「老爺、太太，大爺回來了！」這一句驚得梅海泉與吳氏面面相覷，梅海泉道：「遠兒調職令才下來罷了，怎這麼快就回家了？」吳氏早已一迭聲命道：「快些將他引進來！」

這廂一通忙亂。且說婉玉正在房中跟紫萱說笑，聽聞大哥歸來，站起身一拽紫萱的袖子道：「走，咱們也看看去。」說罷扯著紫萱便出了門，待行到正院附近，只見七、八個丫鬟和婆子打著燈籠在前引路，後面跟著一身材高眺的男子，容貌清秀，溫文爾雅，一身書卷之氣，但面上風塵僕僕，帶了顛簸勞頓之色，此人正是梅書遠。

婉玉扯著紫萱道：「咱們從正院的後門進去，瞧瞧這大爺到底什麼樣兒的。」

紫萱皺著眉，扭捏道：「不去，要去妳自己去，又不是比咱們多生出幾對眉毛眼睛來，有什麼好看的？」

婉玉笑道：「乖乖的跟我走吧。」說完拖著紫萱從後門悄悄進去了，藏身在房後頭往外看。只見梅書遠進到庭院之中，緊走幾步上前，也不等丫鬟鋪拜墊，直直跪倒在地拜道：「不孝子見過父親大人、母親大人。」說話時眼淚已滾了出來。

梅海泉見大兒子回來，心間百感交集，但此刻卻將臉一沈，呵斥道：「你眼裡何曾有過父母？如今還有臉回來！」

梅書遠只跪著磕頭。吳氏連忙道：「遠兒容色憔悴，一看便知是日夜兼程趕回來的，老爺切莫再苛責了。」說完親手將梅書遠扶了起來，噓寒問暖道：「這個月底才將調職令發下，你怎的這麼快就回來了？」

梅書遠道：「妹妹不幸遭難，早就想回來弔唁，但聖上命我去修纂全書，故而未能趕回來，前幾日調職令一發下，我便立刻收拾行囊回來了……妹妹的靈位在何處？我要先去祭拜。」說著不由熱淚盈眶，用袖子擦拭不已。

吳氏一愣，與梅海泉對望一眼，輕咳一聲道：「這說來話長，你且好好休息，明日再論也不遲。」

婉玉見大哥如此，心中不由感動，將梅書遠仔細打量一番，心底默默嘆一口氣。當初她大哥十七歲離家去了京城，三年後才考中進士第三甲，又入翰林院進學了三年，之後授文職，在翰林院裡待了兩年。一晃已八年過去，梅書遠其間不過才回家三、四趟而已，每次均因婚事同家裡鬧得不歡而散。婉玉看了紫萱一眼，悄悄一拉她袖子道：「這人便是梅家的大公子了，妳瞧著他如何？」

這些時日紫萱已聽聞了些口風，知梅家有意將她許配給家中長子，今天婉玉拽她來偷窺，心裡已存了三分羞澀，聽聞此言不由紅了臉兒，低聲斥道：「妳再多嘴，月老就馬上給妳拴個夫君，要麼是個牙尖嘴利的，要麼就是悶嘴葫蘆，讓妳滿肚子的話都沒處說去，活活的憋死！」說完眼卻不自覺向梅書遠望去，只看一眼又馬上將頭低了下來，臉色酡紅，還微帶著三分喜色，手揉著裙帶子，站也不是、走也不是。

婉玉便知紫萱心裡是願意了，但也知此時讓紫萱知道梅書遠那段緣由並不好，遂扯了她悄悄的回了房。

第二日清晨，梅書遠聽父母說了婉玉借屍還魂之事，震驚不已，又見婉玉行動坐臥與梅蓮英無有不符，這才漸漸信了，兄妹相處倒也融洽。恰逢何思白來了書信，信中說已去張家提親，張家聽了果然樂意，過了幾日，張家便遣人將紫萱接回京城待嫁。吳氏一面瞞著大兒子，一面暗地裡張羅親事，又命下人：「盯緊了大爺，莫要讓他跟什麼不三不四的人相處了去，若是被我知道，定打斷你們的腿！」婉玉見狀不由暗暗憂心。

吳其芳隔三差五便來梅家拜訪，與梅家兄弟共論作文章科考之事，每次來必給婉玉捎一套書，或是捎什麼小玩意兒，吳其芳極擅辭令，風趣健談，亦漸漸與婉玉熟絡起來。

第十九回　起疑心婉玉入書堂　戀舊情梅大鬧家宅

這一日晚間，婉玉正在房裡教珍哥兒認字，吳氏身邊的丫鬟來請婉玉到正院去。婉玉過去一瞧，只見吳氏坐在床上，文杏手裡拿了七、八張繡片，正一一遞給她看。吳氏見婉玉來了，招手笑道：「婉兒快來，幫我挑挑哪一個好。」

婉玉上前一看，只見均是蘇繡，極盡華美精巧之能事，有龍鳳呈祥的、有花開並蒂的、有百年好合的，各色不一，婉玉知是為梅書遠的親事備下的，因笑道：「我瞧著哪個都好，都是取個吉祥的意思。」

吳氏又比又看，終將一幅石榴百子圖揀出來遞給文杏道：「就用這個。」文杏應了一聲將東西接了過來。吳氏含笑道：「適才剛接著張家來信，婚期已商定了，就下個月十七號。幸虧喜事所用之物均是幾年前就備好的，如今再按單子補些器物便可，否則一時之間怎籌備得出來呢。」

婉玉詫異道：「日子怎訂得那麼緊？我還以為要到明年開春呢……就這般匆匆的，張家也樂意？」

吳氏道：「我左思右想的，就怕好事多磨，再生出什麼變故來，自然是越快越好。起初張家也是不肯的，我說想趕著達哥兒進京趕考之前給家裡添添喜氣，明年的肖屬又跟遠哥兒犯沖，不宜成親。如今遠兒年紀也大了，不願再耽誤，張家一聽也就應了。」

婉玉點了點頭，又擔心道：「紙包不住火，若是讓大哥知道可就不好了。如今聘禮都背著他悄悄的下了，紫萱已算是咱們家的媳婦兒，大哥再生出事端，鬧起來就是兩家沒臉。」

吳氏道：「當然不讓他知道。遠兒調職回來，原要等個把個月才重新上任，但今兒個早晨，我跟妳爹商量了，讓他給遠兒指派個差事，先離家些日子，派人盯緊了，待咱們將婚事籌備得了再將他召回來，到時候也要辦喜事了，他還能怎麼鬧？」

婉玉嘆了口氣，輕輕點了點頭，又想了想道：「崔雪萍也不得不防著，我明日去書堂一趟，仔細瞧瞧她到底有什麼能耐，大哥竟能讓她拿住了魂魄。」

吳氏冷笑道：「妳可不知，她極會在人前裝樣，否則我起先又怎會被她騙了去？她在外人跟前拿捏著清高架子，在長輩面前也裝得極懂事端莊，可在妳大哥跟前又裝成楚楚可憐的模樣，妳大哥偏又是個心軟的……」說完嘆一口氣道，「罷了，妳去瞧瞧也好，若是有什麼好法子，便好好治一治她。」婉玉連聲應了。母女倆又將婚事細細商議了一回，婉玉方才告退。

第二日清晨，婉玉早早起床梳洗打扮得了，用過早飯，又去正院向吳氏請安，說了一回方才退出。帶著怡人並兩個老嬤嬤、兩個小丫頭，乘馬車往「群英書堂」去。待進了西院，只見各府的小姐林林總總已來了五、六位。婉玉挑了極靠前的位子，小丫鬟立刻上前擦桌抹椅，怡人將紙筆放妥了，又命奉上清茶，婉玉方才坐了下來。

正此時，妍玉和姝玉恰從門口走進來，一見婉玉俱是一愣，二人對望一眼，心裡均不痛快起來。妍玉低聲道：「大清早就這般晦氣，好端端竟碰見婉玉這個小蹄子！」姝玉深以為然，兩姊妹仰著臉兒走過去，尋了個地方遠遠的坐了。妍玉斜眼偷一打量，只見婉玉身上穿一套連雲紋錦紅萼梅花刺繡比甲，同色長裙，頭上、耳上戴著錚亮的赤金釵環，左右手腕上各戴一只金鑲玉的鐲子，通身的打扮皆是一派貴氣，不由心中更犯了酸，又見婉玉身旁前前後後跟著四個伺候的下人，前呼後擁著，周圍的小姐們觀之無不咋舌，竊竊私語。

妍玉暗自氣悶，忽見有三、四個姑娘圍上來，低聲道：「妳們家的那小潑婦怎變了個人似的？前後還這麼多人伺候，嘖嘖，看她如今的氣派，與往日大不相同了。」

妍玉冷笑一聲道：「什麼『我們家』？我們家可容不下這樣大的一尊佛，如今她攀了高枝兒，改姓梅了，是梅家的小姐呢，我們柳家哪入得她的眼。」

眾人皆是一愣，忙追問起來，姝玉道：「她確不是我們家的人了，改換門庭去了梅家，如今是堂堂巡撫家的千金，快莫要說她是我們柳家的姑娘。」

眾人聽了登時七嘴八舌議論起來，更有再去追問的，妍玉見婉玉風光，心中正彆扭，聽眾小姐追問更不勝其煩，但又不好拉下臉子，只是連連冷笑。紅芍立在一旁伺候，見了婉玉如今的派頭，心中頗不是滋味，用眼睛瞄著怡人，只見怡人穿了五色刺繡緞面水田衣，牙黃腰帶，配月白長裙，均是上等的料子，頭上戴的紗花和金釵也極其別致精巧，比殷實人家的小姐看著還要體面。反觀自己身上，衣裳雖也是上好的，卻是揀妍玉穿厭了的，已顯出四分舊來，佩戴的釵環也不過是原先那兩、三樣，唯有插在髮髻裡的一丈青是上個月妍玉賞給她的，她原先瞧著還不錯，但如今跟怡人的首飾一比，也顯不出貴重了。紅芍看著怡人嫉妒不已，暗道：「誰知道五姑娘竟然發達了，攀上了梅家，若我不跟四姑娘，怡人如今的體面理應是我的才是！梅家兩位爺均是出挑的，若是當初我跟了五姑娘去，憑藉美貌，未必在梅家就做不成半個主子。」

婉玉佯裝未聽見眾人嘰嘰喳喳的議論，往最前方書案上一瞧，見有一部文集，命怡人取過來一閱，見其中所書詩詞文章均是崔雪萍所作，不由起了興趣，一頁一頁翻看，只見辭藻華美，頗有文采，字裡行間極喜用典，盡揀生僻的來作，又見寫的文章小品雖有意趣，但難脫窠臼，立意模仿痕跡甚重。

婉玉合上文集心中暗道：「原先與崔雪萍不過打幾次照面，不鹹不淡說笑幾句，並不知其人心性如何，但就文章來看，此人極喜歡掉書袋，看來是個好賣弄才學、彰顯知識廣博的；作的文章立意無甚意趣，落俗套而已。但閨閣中的女孩兒或愛上她的文采，或悲秋傷春卻故作淡泊豁達的調調，或被其賣弄的才學唬唬住也未可知。崔雪萍學識是有，但並非如外界所說才華出乎眾人。」想著命人將文集放了回去。

不多時，雲板聲響，崔雪萍搖搖晃晃走了進來，婉玉將她極仔細的上下打量幾番，只見她容長臉面，生得白皙，一對水汪汪的雙目尤為奪人，合中身量，穿豆綠撒花鑲邊銀色暗花緞面對襟褙子，雪青長裙，頭上綰倭墮髻，只插一根玉簪，耳上、手腕上也均戴著玉器。昂首而入，身帶一脈清高孤傲之氣，竟隱隱有凌人之勢。

崔雪萍入了書堂便開始講授《賢媛集》，約莫過了半個時辰，一章講完，又歇息了片刻。待到第二堂課，崔雪萍道：「上回教了作詩，大家寫的命題詩我也都看了。有人寫的律詩真真兒是亂了韻、錯了平仄，竟還未用著典故，我看著都覺得可笑，更別提傳揚出去讓人家笑話了。這兒有一首我寫的，萬莫說我寫得好，不過是給大家看看罷了。」說完將自己寫的詩作高聲朗讀了一遍，又把眾人的詩作拿出來每篇點評，一時說這一篇辭藻堆砌，一時又說那一篇出了韻。點評過後喝了一口茶，頓了頓道：「我三歲識字，六歲作詩，過目不忘，十四歲曾寫過一篇文章，書堂裡大儒看了都說我若是男子，科考必能奪魁，後又因詩詞作得有些名望，更有人看了我的詩作，便要上門來提親的。前些時日有人將我作的文章和詩作整理成一部集子，亦有好多人爭相去看。可見想作得一手好詩就要多寫多看才是。」

婉玉聽了崔雪萍的話連連皺眉，暗道：「雖有幾分姿色和才學，但孤高自許，目無下塵，也忒狂妄了些。」對崔雪萍又添了兩分不喜。此時只聽背後坐著的小姐與同桌竊竊私語道：「就這番三歲識字，六歲作詩的話，她已講了七、八遍了，難不成每次作詩都要講上一次？」另一人笑說道：「這是人家頂頂得意的事，自然要多講幾回了。不過個平民出身的，哪裡比得上官家的小姐，又恐失了體面，當然要多說自己如何才華橫溢了，好壓過咱們一頭去。」婉玉聽了暗自搖頭。

待回到家，梅書達便來找她，低聲道：「妳要我查那崔雪萍，如今有些眉目了。」

婉玉抿嘴笑著打趣道：「平日裡你總跟我吹噓自己手下多少跟班，無所不知，這回怎過了這麼久才有了信兒？」

梅書達忙辯解道：「那崔雪萍表面上做得規矩極了，妳命我不可打草驚蛇，我又怎麼敢讓人查個天翻地覆？不過是悄悄查問罷了，還怕有心人看出端倪來。但查出這番事故也是機緣巧合，妳聽了保准大吃一驚……我前幾日跟朋友一處吃酒，席間有紅香樓的名妓白香兒彈琴助興，柯琿最是個好酒色的，灌幾盅黃湯就開始口若懸河，跟白香兒調笑，說了一句『即便是書堂裡的女教習都不及妳風情』。我因想著書堂裡的女教習就只崔雪萍一個，就聽上了心，悄悄問他，他起先不肯說，後來我讚了他幾句，又想法子套問，他一時忘形才講了。妳猜猜是什麼？」

婉玉催道：「講了什麼？還要賣關子不成？」

梅書達壓低聲音道：「他竟然說自己跟崔雪萍曾勾搭在一處！」

婉玉吃了一驚，道：「這可當真？可別是柯琿說出來哄你的！」

梅書達道：「我起先也怕他是吹噓，便又追問了幾句。柯琿說那崔雪萍生得有幾分顏色，又是一心想高攀的，故而有時藉故到東院走動，東院皆是一干富家子弟，有貪圖她美色的用言語挑逗，她也不抗拒，偶也打情罵俏幾句，漸漸便有人放開膽量與她調笑，不免生出齷齪事來。後有一位跟柯琿交好的公子，亦與崔雪萍相好，悄悄與柯琿講了此事，柯琿聽說便去東院瞧熱鬧，也動了心思，眉來眼去便勾搭上了，貪新鮮時做了一陣子的快活夫妻……」

婉玉驚得目瞪口呆，用帕子掩著口道：「我的老天爺！如此淫奔下作，竟還能在書堂做教習，莫非外頭就沒有風言風語了？」

梅書達哼一聲道：「只怕管書堂的那位也是她的裙下臣。咱們家斷了她攀附的念想，拖了這麼些年，她眼見著越發無望，青春年華也快不在了，便自己想出路，有這些齷齪之事也是在近些年。聽柯琿言，她十四歲便讓歹人引誘了去，失了清白，所以對此也不在乎，眼界卻奇高，等閒的大戶人家還不入她眼，一門心思尋個頂尖的人家，寧願嫁進去做妾。跟她相好的男人也均是極有出身的，見慣了絕色美人，對她不過是圖個新鮮，怎可能用真心，不過占佔便宜罷了。後來厭了、倦了、或有了新歡便皆不再理睬她，她又愛在旁人跟前裝清高模樣，故而也不敢鬧出來，只能自己吃虧。」

婉玉聽得瞠目結舌，反倒笑起來道：「這些都是真的？若她真的做了，竟還是個極有能耐的人，我倒小瞧了她！」

梅書達道：「我也恐此事是假的，又去套問了柯琿身邊的小廝，這才將事情證實了。一個崔雪萍相好的也曾經與我相識，我今兒早晨悄悄花銀子問了他身邊的長隨，證實此事不假。」

婉玉道：「大哥可都知曉這些事？」

梅書達嘆氣道：「大哥即便是知道也不信……我原先也勸過他，他對我說崔雪萍是個極可憐又可敬的女孩兒，等了他這麼些年，他萬不能辜負了人家……再說眼見為實，若是咱們紅口白牙的說出這些事來，只怕大哥還會說是咱們玷污人家女孩名節。要是他肯信，這麼多年早該信了。」

婉玉在樹底下的石凳上坐了下來，皺眉道：「真不知大哥中什麼邪了，只怕是咱們越說崔雪萍的不是，他越要將她娶進來，須好好想個法子，斬草除根才是。」

梅書達聽罷湊上前壓低聲音道：「要不我想辦法將她處置了？」

婉玉一抬頭，見梅書達眼中隱隱閃著寒光，立刻明白他想了些什麼，一戳梅書達腦門道：「省省罷！快將那些心思收起來，如今你也是有功名的人，萬一鬧大了被御史言官知道，往上參一本就夠你吃不完的，別再連累了爹爹。況且再因此事跟大哥生了嫌隙更得不償失。」梅書達點了點頭，嘿嘿笑了兩聲，便不再作聲了。

過了兩日，梅海泉命梅書遠隨部下到附近幾個州縣巡察江堤，待梅書遠一走，吳氏立即將婚事大張旗鼓的籌備開來，婉玉從旁協理，免不了日夜操勞。不幾日崔雪萍也得知梅書遠將要成親，不由大驚失色，忙使奶娘余婆子悄悄的去找梅書遠商議，但余婆子回來稟道：「梅家大爺四日前得了巡撫大人令，匆匆忙忙出去辦差了，因走得急，也不知現在在何處，更不知何時才能回來。」

崔雪萍的心登時灰了大半，道：「可知是和哪一家結親？」

余婆子道：「聽梅家管事嚴娘子說，大爺與神武將軍家小女兒結親，故而此次婚宴要辦得極隆重，本地有頭臉的文武要員都要來賀的。」說著，那余婆子小心翼翼看了看崔雪萍臉色，又道：「嚴娘子還提了……說……說……」

崔雪萍忍著氣道：「說什麼？」

余婆子字斟句酌道：「說太太特地交代了，成親那天不准姑娘去，若是見了姑娘只管打出去便是……」

崔雪萍大怒，抬手將身邊的茶碗狠狠摔在地上，罵道：「老不死的潑娘賊！一把年紀不安生待著，每每出來攪是非弄出屌事！莫非我在她跟前低三下四、搖尾乞憐了還不成，要生生逼死我嗎！」說完又捂著臉趴到床上痛哭，心知自己要以正妻之名風光嫁入梅家已成無望，一時之間憤恨絕望皆湧上心頭，哭得死去活來。

余婆子嘆道：「姑娘莫要傷心了……唉，我早先便說過，如此這般拖著不是個辦法，姑娘偏擰著性子不聽人勸。早些年有姚家、汪家的人過來提親，姑娘就該應了，也算後半生有靠，安安穩穩的過日子，又何苦到這般境地。」

崔雪萍淚流滿面，抬起頭哭喊道：「那些都是什麼人家？姚家不過是有幾畝薄田，外加幾間鋪子罷了，我嫁過去能有什麼指望？汪家雖殷實些，可又是個白丁，日後也無前程可言，我若找了這樣的人家，不知有多少人會在旁看我的笑話！」說完又埋首大哭。

余婆子好言勸了好一陣，又拍著崔雪萍的後背道：「既然梅家太太放了話兒了，姑娘即便想進門做妾怕也是無望，姑娘這些年又跟自己爹娘鬧得僵了，怕也沒人給妳作主，不如我去打聽打聽，給姑娘說個好親事，再不能這般拖著了……」

一語未了，崔雪萍忽坐了起來，用帕子一抹臉，冷笑道：「都等了這麼多年，我還非要進梅家的門了！只可恨遠哥兒那榆木疙瘩腦袋，迂腐不堪，偏偏認定無父母之命便屬淫奔不才，若他稍肯變通些，將我置在外宅裡，等過一、二年有了兒子，還愁梅家不肯認我？若到時敢將我趕出門，我便寫一紙訴狀告到御史跟前，看他們梅家敢不敢丟這個臉！」

余婆子一驚，忙勸道：「姑娘莫要妄為！梅大爺說過，他爹是個眼睛裡不揉沙子的，原先梅巡撫有個愛妾，也是極得寵愛的，就因為耍了手段，硬是生生被灌了湯水落胎，然後遠遠打發走了。這些年若不是大爺一力護著，怕咱們也不會有這般安生的日子。」

崔雪萍道：「妳當我是沒分寸的人？遠哥兒不肯偷娶，我也就淡了這個心思了。」

余婆子嘆道：「要說品貌，梅家大爺真是個人才，怨不得姑娘放不下了。」

崔雪萍聽了亦滴下淚道：「原先我不過因他是梅家的大公子才更刮目相看些，若說品貌、才幹，更勝他的男人也不是沒有。但這幾年我見慣了虛情假意，更覺出他這份真心可貴來……」說完又覺不妥，忙道：「眼下遠哥兒卻不在……妳說他是不是早已知道，所以故意躲著我？」

余婆子道：「我看不像，梅大爺是讓姑娘牢牢攥在手心裡的。」

崔雪萍擰著眉靜靜想了片刻，方把眉頭舒展開道：「是了，記不記得四年前，梅家那老貨逼得狠了，遠哥兒無法，便贈了我三千兩銀子，從此男婚女嫁各不相干。我當時可不曾哭鬧，只給他留了一信便不知蹤影了。聽說遠哥兒看了信登時便流下淚來，尋了我好幾日，你們得了我的囑咐，遠哥兒一來便說『沒看見啊』、『不知道啊』，他急得跟什麼似的，後來找著我便道海枯石爛也不會變心，若家中不同意，便就這麼守下去了。」說罷面上帶了幾分得色，笑道：「這才是我想要的結果。」

余婆子讚道：「姑娘是頂頂剔透精明的人兒，有一萬個心眼兒，又能說會道的，我原就常說，即便是十個絕頂聰明的男人都敵不過妳。」

崔雪萍聽了心裡又舒坦幾分，對余婆子道：「曾有位極有修為的道長看過我家的祖墳，說陰宅風水極佳，我這一輩必能出貴女，即便不入宮為妃，也能以夫為貴封賞誥命，最差也是四品恭人，旁人皆說此人應是族裡稍遠的一房堂姊，唯有她嫁了個游擊武官，但我覺得合該是我才對。若論見識、手段，我比她強得多了！」

余婆子唯唯諾諾的應著，見崔雪萍面色略好了些，便打了熱水來給她洗臉。崔雪萍坐到鏡檯前一看，只見自己臉上哭得梨花帶雨，更有一派美態；再想起自己才華橫溢，色色出挑，本該出頭於上上之人，比之梅書遠要迎娶的張紫萱強上三、四倍不止，但如今卻落得這般境地，不由又掉下幾滴淚，想起吳氏更是咬牙切齒，心裡頭暗暗謀劃起來。

婚期一日一日近了，婉玉這一日在房中查點喜事所備的各色物件，一時管事的嚴娘子取了一封禮單來，呈給婉玉道：「這是族裡各房孝敬來的首飾細軟，請姑娘過目。」婉玉打開一瞧，只見禮單上寫著：

如意海棠樣式小金錠子二十個；如意梅花樣式小銀錠子二十個。

赤金小鳳釵十支；赤金大鳳釵十支；含珠金步搖十支；雲腳珍珠鬆鬚簪十支；

金鑲玉蝴蝶簪十支；金鉸鏈墜蝴蝶抹額一對；赤金瓔珞圈五個；紅寶石項鍊兩條；

藍寶石項鏈兩條；赤金鑲祖母綠項圈一對；紫水晶墜子十對；瑪瑙墜子十對；

琥珀墜子十對；翡翠手鐲五對；羊脂玉手鐲一對；玉如意一對；玉白菜一對；

各色玉珮十塊；龍鳳呈祥香囊十個；百蝠流雲香囊十個；葡萄百子香囊十個；

宮粉十匣；胭脂十匣；綢緞若干。

婉玉看完笑道：「真是大手筆了，難為他們有心。」正說著，采纖急匆匆走進來道：「大爺不知怎的突然回了府，正在前頭跟太太鬧僵起來，姑娘快過去看看吧！」

婉玉登時一驚，立即起身趕了過去，走到門口便聽見梅書遠大聲道：「既是給我成親又為何瞞著我？張家的姑娘我連話都不曾說過幾句，又差了這麼多歲，怎可能是良緣？」婉玉進屋一看，見吳氏坐在炕上氣得面色發白，梅書達和吳其芳早已走了。梅書遠正站在屋子當中急得跳腳，忍住不向吳氏發狠，便指著身邊下人罵道：「你們一個個都當我是麵捏的還是泥塑的？這樣的大事都不知會我一聲，我要你們何用？真該都拖出去賣了，省得放我眼前糟心！」

吳氏大喝道：「說的什麼話?!你這是指桑罵槐的說我讓你糟心呢！我且告訴你，我讓你糟心也罷，不讓你糟心也罷，這喜事是非辦不可了！你岳丈大人在前線立了軍功，皇上聽聞他小女兒要出嫁，和皇太后親自賞了好些東西，明兒一早宮裡的大太監就到了。你若在這個時候讓梅家沒臉，便趕緊找根繩子勒死我罷了！」

梅書遠道：「只為這婚事，我苦苦求了母親這麼些年，難道崔姑娘是洪水猛獸？為何母親就是不准她進門？兒子不敢埋怨母親，但又實在不願娶張家姑娘，不如去找根繩子將自己勒死，既保全了梅家的體面，也落得個乾淨！」說著便要往外跑，慌得下人們一把將梅書遠拉住。

吳氏罵道：「孽障！你這是要翻了天不成！你勒自己前，先勒死我……」說著淚便滾了下來，哭道：「不爭氣的兒，竟被個女人拿住了魂魄，我怎就生了你這麼個孽障！」

梅書遠在吳氏跟前「撲通」一聲跪下來道：「但凡上刀山下火海，娘親命我去，我絕無二話，但唯有這件事，我……我怎能對不起崔姑娘……」

吳氏冷冷道：「你拿她捧得像仙女，便將自己親娘視作糞土了？既如此你便趕緊收拾了滾出去，日後莫要認我和你爹爹，只跟那小娼婦在一處快活，我只當我從未生養你罷了！」

說完心裡又恨又苦，抄起手沒頭沒臉的狠狠打了梅書遠幾下。

梅書遠跪在地上低著頭生生捱受著，婉玉恐母親氣壞身子，又怕鬧僵了無法收場，先將下人們全都打發出去，而後上前抱住吳氏道：「娘親莫要再氣了，原本是辦喜事，合該一家人高高興興的才是。」又在吳氏耳邊小聲道：「哥哥是不知紫萱的好處，待成了親一起過日子了，哥哥自然能回心轉意，娘何必跟他費這一時的唇舌呢。這婚事連皇上和太后都驚動了，他想不娶都不成，日後慢慢磨他的性子，哥哥又是個極重情義的人，也不會薄待嫂嫂。崔雪萍那賤人若是還敢掀什麼風浪，咱們慢慢收拾便是。」

吳氏心裡略好過了些，一把握住婉玉的手，淚眼迷濛道：「我這當娘的還不是全為了你們好，你們過得好了，即便讓我死一萬次我也情願。」說完低頭一瞧，見梅書遠正跪在自己跟前用袖子拭淚，想起大兒子向來人品出眾又極其孝順，看他這番模樣又心疼起來，放軟了聲音道：「張家姑娘不論家世，就單說模樣、性情、才幹也都是百裡挑一的，不信的話去問你妹妹。」說完推了婉玉一把，連連使眼色。

婉玉馬上道：「我跟娘的眼力決計不會錯的，別看她爹是武將，但她文文雅雅，還會一手好丹青，笛子也吹得好，是個琴棋書畫都精的女孩兒，清清白白的，品格和氣派不是小門小戶淺薄之輩可比。你見了就知道，比那勞什子的崔姑娘強上百倍。」

梅書遠本就因父母私自訂下親事而在氣頭上，又聽婉玉說「小門小戶淺薄之輩」、「清清白白」等語，顯是意有所指，暗諷崔雪萍來的，登時大怒，腦子一熱未想言語輕重，冷冷道：「妹妹快莫要說妳和娘親的眼力，若是眼力好，又怎會相中楊昊之那個空有皮相的無恥之徒？我的眼力再不濟，也不會尋個意欲謀殺親夫的女子回來！」

婉玉聽了這番話登時氣怔了，眼淚一下子掉了下來。吳氏氣得渾身亂顫，早已起身揚手便打了梅書遠一記大耳刮子，恨聲罵道：「孽障！你說什麼混帳話！」

梅書遠話一出口便知道自己造次，開始後悔，見婉玉哭了也不由訕訕的，暗道：「妹妹先前所託非人，我還拿這事刺她，真真兒該死了！」故一句話都說不出，只管站了發呆。

吳氏高聲吩咐道：「來人，將大爺帶回去休息，還有五天便是大喜的日子，這些天大爺要好生歇息，沒我的命令，不准讓他出府，外頭的客，一律回絕了，不准讓見！」又把梅書遠貼身的小廝、長隨、丫鬟叫到跟前訓斥，說了盯緊大爺，這幾日若是出了事必打斷一眾人的狗腿等語。然後回頭百般安慰婉玉。

當下打發梅書遠回房，丫鬟們打來水伺候婉玉洗臉，又將玉膏和胭脂水粉等取來。婉玉想起梅書遠說的話越發堵心，更把帳算到崔雪萍頭上，呆呆的出起神來。

第二十回　請援兵婉玉下圈套　聽真言梅大怒驚心

剛在吳氏面前，婉玉含著傷心不敢表露，待走到園子裡方才撐不住哭了起來，倒將怡人唬了一跳，忙連聲詢問，婉玉只是搖頭，一邊拭淚一邊往前走。

梅書遠離了吳氏房卻未走遠，在樹叢後頭見妹妹一邊哭一邊走，心中登時不是滋味，連忙跑了過去，深深作揖道：「好妹妹，剛才是我氣迷了心，滿嘴裡胡說八道，妹妹只當我是狗嘴裡吐不出象牙，千萬莫要跟我一般見識。我給妳賠不是了！」

婉玉別過臉道：「橫豎你心裡頭只念著那個崔姑娘，現在連帶我跟娘都讓你看不順眼了……莫非你的心讓豬油蒙住了？你可知道崔雪萍到底是個什麼樣的人？」

梅書遠嘆一口氣道：「妹妹，我心裡也難受得緊。其實雪萍是個極聰慧、極清俊的好女孩兒，她的事情我都知曉的……」將她單獨拉到清靜之處，低聲道：「她並未瞞著我，自打一開頭便對我說了，她十四歲的時候被歹人壞了清白，為此整日裡不敢見人，還尋死過好幾回，若是我因此不願娶她，她也毫無怨言……雪萍太過可憐命薄了些，她生得好，又極有才藝和見識，卻遭遇此大不幸，我怎能就因此嫌棄她？反要對她更好些才是。」

婉玉心裡一震，暗道：「這崔雪萍果然是有手段的，知道哥哥心軟，一下子便掐了他的死穴，可恨、可恨！」口中試探道：「她的其他事你倒是知道不知道？我聽外頭每每有許多風言風語，傳得不甚好聽。」

梅書遠皺了眉道：「既然是風言風語那必不是真的，都是旁人窮極無聊亂嚼舌根子，妹妹從來不是說歪話的人，旁人亂傳之事豈可當真？」

婉玉心裡頭冷笑，但點了點頭，不再多說。梅書遠又道：「雪萍等了我這麼多年，委實不容易，娘就是嫌棄她不清白才不肯點頭讓她進門，這一拖竟這麼久了……」

婉玉道：「可如今跟張家的親事已經訂下，連皇上都知曉，所以這事是決計不能改的了，哥哥歡喜也罷、厭惡也罷，都要將紫萱娶進門。」梅書遠聽罷長嘆一聲，久久無言。

婉玉觀其神色，便知哥哥心裡再不情願，但也默認了這樁親事，便又接著道：「崔姑娘等了這麼些年，就是為了嫁進來做妻的，她向來心高氣傲，又怎會願意屈居人下做個小妾呢？哥哥這樣說豈不是小看了她？再者說，咱們梅家是有家訓的，除非妻不能生育子嗣，方可納妾收房，哥哥莫非忘了不成？」

梅書遠連忙道：「原先雪萍跟我說了，若是能與我在一處，即便是做妾也甘願。但我因想著萬不能委屈了她，這才未同意罷了。爹爹向來不理內宅，若是娘肯答應，我再去求爹爹同意便是。」又央告道：「娘一向最疼妹妹，求妹妹幫一幫我吧！我怎能讓人背後戳脊梁骨，罵我是忘恩負義、始亂終棄之徒！」

婉玉暗道：「先哄哥哥將這親結了再說。」便假意答應道：「成了，我答應你就是了。」梅書遠大喜，千恩萬謝的作了幾個揖才罷。

婉玉別了梅書遠，暗想道：「因婚期訂得急，也太忙亂了些，故而一時之間未顧得上那娼婦，可恨她又小心謹慎，做得滴水不漏。與她有染的均是大家公子，也不好差遣，而且此時即便說了，無憑無據，哥哥也不會信服。這些時日我是想了幾個主意，可細一琢磨又覺得不好，真真兒是……」婉玉正在犯愁，這時有管事的婆子前來當差，便只得丟開了心思，轉了回去。

這一日便是迎親大喜之日，自寅時起，梅府上下燈火通明，光彩奪目。卯時一到，立即燃了鞭炮，更伴有鼓樂齊鳴，四班小戲團耍百戲給眾人看，比廟會還要熱鬧十倍。往來官客眷屬、王孫公子不勝枚舉，更有佩刀掛劍的武將，車水馬龍，浩浩蕩蕩前來，車馬轎子蜿蜒了整整一條街不止。梅書遠身穿喜服，騎高頭大馬，將花轎迎入府來，身後跟六十四名紅衣家奴，另有吹吹打打的樂師與抬嫁妝的下人，總有二、三百人，氣勢非凡。旁人觀之無不指點讚嘆，一時間路旁亦人頭鑽動。

待迎入府中，吉時正新郎新娘拜堂，鞭炮齊鳴，震耳欲聾。婉玉在府中一刻也不得閒，因不忍吳氏太過操勞，故而府中之事大半落在她身上，日夜不閒，妥帖籌劃，約束下人，往來之人見了都暗暗驚奇。

婚禮直熱鬧了一天方才散了，婉玉身心俱疲，茶飯都未用幾口便胡亂睡了。第二日清晨起床，梳洗打扮停當便去吳氏院中請安。待進正廳一看，只見梅海泉和吳氏正端坐於上首，梅書達站在一側，紫萱跪在地上，正托著茶碗獻茶，梅書遠則跪在另一旁。

婉玉細細端詳，見紫萱身穿大紅底子戴立領五彩纏枝迎春刺繡垂絡子流蘇雲肩，大紅底子的五彩纏枝迎春刺繡圓領袍，頭戴大紅的宮花，並插一支大龍鳳金步搖，臉兒上施了脂粉，帶著新媳婦的喜氣和羞怯之情。梅書遠亦是一襲紅色長衫，在一旁跪地磕頭。婉玉見二人神情均無異樣，這才舒一口氣。

吳氏將茶碗接過來喝了一口，看看紫萱又看看梅書遠，怎樣看都是男才女貌，再沒有這樣登對的了，不由覺得自己歷盡千辛萬苦終尋了個滿意的媳婦，心懷大暢，笑得合不攏嘴，握著紫萱的手道：「好孩子快起來吧。」說完取出一封大紅包塞到紫萱手中。

梅海泉看了梅書遠一眼道：「如今成了家便更不同了，善待你媳婦兒，也將那些往日裡散漫的心思都收一收。待你婚假過了便去衙門述職，男子漢大丈夫，家是成了，業也要立起來才是。」梅海泉說一句，梅書遠便應一句。梅海泉又看了看梅書達道：「還有你，這些日子淨知道淘氣玩樂，如今也將心收了，明年開春還有會試，你哥哥考了三甲，給你做了榜樣出來，你要多學學才是。待過幾日你便收拾了去京城，咱們家在京城有一處舊宅，你去了好好讀書。」梅書達亦點頭應了。梅海泉待看到婉玉，聲音略放柔了些，道：「這段日子妳也辛苦了，旁人均能躲閒，唯有妳不能，回頭讓廚房做點滋補的東西吃。」

婉玉笑道：「都是自家人的事，有什麼勞累可言呢。如今有了嫂子，也能幫我分擔一、二。」

吳氏一手拉著紫萱，另一手拉著梅書遠道：「願你們倆能和和美美的過日子，能早日給梅家開枝散葉。」紫萱臉脹得通紅，低下了頭。吳氏一笑，對紫萱道：「若是遠哥兒欺負了妳，妳只管來告訴我，我替妳打他出氣。」紫萱「嗯」了一聲便不再說話了，吳氏知道她羞臊，便尋個話頭將事情岔開，屋中也其樂融融。婉玉悄悄打量梅書遠，見他神情自若，但眉目間仍有落寞之色，不由暗暗皺眉。

十日之後，梅書遠自去衙門述職，梅書達收拾行裝與吳其芳一道進京趕考。紫萱在梅家與眾人相處也融洽，她性子活潑，又極愛說話，待下人寬厚，故府中上下的人也多愛與她親近。梅書遠待紫萱雖不似新婚燕爾如膠似漆，但也總有幾分憐惜之情，事事處處多予照顧，吳氏看在眼中暗暗高興，婉玉卻存了幾分隱憂。

話說這一日，婉玉一早起來託辭到寺廟燒香，帶了怡人、夏婆子並一個小廝，去了東陽街的錦雲綢緞莊。夏婆子和小廝先入內讓店中的閒雜人迴避，婉玉方才下了馬車，店掌櫃慌忙迎了上來，連臉都未曾抬，低著頭道：「是貴客來了，三爺早已在後頭等著，請隨小的來吧。」說著在前引路，來到店後房中。

婉玉入內一瞧，只見楊晟之早已在房裡頭等了，穿一襲玄色緙金絲的儒衫，頭上髮髻中插一支碧玉簪子，已有了一身氣派，跟往日截然不同。婉玉一見便笑道：「晟哥哥，我已瞧出你的官威了。」

楊晟之忙站起身行禮，笑道：「我哪裡有什麼官威，讓人見笑了。」說完一雙眼朝婉玉看來，見她神態超逸，自己朝思暮想之人便在眼前，心裡不由一熱。

婉玉忙將頭低了，臉上有些燙，心中暗嘆道：「若不是小弟早去了京城，身邊無可用之人，我又不認識別家的少爺公子，哥哥之事又趕得急，我怎會又麻煩到他來，唉，明知他有這個心，我還招惹他，確實不該了。」但見到楊晟之，心裡卻有一股止不住的歡喜之情。

楊晟之一邊讓座一邊笑道：「妹妹寫給我的書信我已看了，不過是個小忙，舉手之勞罷了。」頓了頓又道：「妹妹找的人我也看了，但眼下我這兒有一個人倒是比他更合適，不如妳見上一見。」說完命人打起珠簾，喚了一個人進來。

那人一入內便磕頭道：「小人見過三爺。」

楊晟之道：「你起來吧，我與你說的話你想清楚了？」

那人站起身道：「任憑三爺吩咐，若三爺能高抬貴手，小人便上刀山、下火海也在所不惜。」

那人約莫二十五、六歲，容貌生得雖普通，但面上一雙桃花目尤其奪人，身長玉立，穿戴平平，但難掩渾身的風流氣派。楊晟之看了婉玉一眼，婉玉微微一點頭，楊晟之便揮手讓那人退下了。

婉玉道：「這人是什麼來歷的？」

楊晟之笑道：「說起來有趣，他喚作賈清，他爹叫賈泉，揚州人士，原先也是極有產業的，但父子倆均好賭，敗光了家產。這賈泉曾化名陳三德到我們楊家來行騙，捲走了一大筆銀子，回到家鄉花天酒地日夜揮霍。也是機緣巧合，這兩人竟因賭錢鬧事被官府抓了，又牽連出這樁案子來，我當時恰隨家中商船到揚州一趟，那知縣的兒子曾與我有同窗之誼，我去拜訪他時，他便將此事跟我說了。此時賈泉已死在牢獄當中，我便將賈清帶來打算請家父處置，那賈清怕了，願將剩下的銀兩奉上來買命，我正好接到了妹妹的書信，便想命他做此事，若做得妥了便饒他性命，不再將他送官，也不再報與家父知曉。」

婉玉忙問道：「他可做得妥當？」

楊晟之道：「我已允了他，若是將此事做成了還送他一筆銀子，他自然千肯萬肯的，他有個四歲的獨子，如今在我府上命人看管著，也不怕他跑了去。這賈清原先便是眠花宿柳之輩，做此事必然是手到擒來了。」

婉玉暗道：「如此說來，那賈清奉上的銀兩也被晟哥兒私吞了，他連這樣的事也不避諱我，竟說出來了。」想著抬起頭，偏逢上楊晟之亦朝她望來，兩人目光一撞，婉玉面上一紅，便又將頭低了下去，低聲道：「成了，那便用他，我原先鎮日裡挑人選挑得辛苦，卻不知晟哥哥這兒早就有了合適的人呢。」

兩人又商量了片刻，待臨走時，婉玉深深一拜道：「有勞晟哥哥了。」楊晟之低聲笑道：「對我妳還說得著什麼麻煩不麻煩？只是妳上回抄給我的那些書稿極有用的，妳若得了閒便再抄些給我。」婉玉小聲點頭應了，低頭一瞧，只見楊晟之腳下穿著的仍是她做的那雙鞋，臉兒不由又燙起來，只垂著頭不語。

楊晟之看著婉玉只覺有千百句話要講，但又不知道該如何說起，最終只說一句：「妹妹若有用得著我的地方，只管讓我去做，肝腦塗地也是心甘情願的。」

婉玉心中感動，暗道：「楊晟之竟待我這麼好，我……我真是……怎麼都報答不完了。」一低低道了一聲：「讀書辛苦，你要多多愛惜保重身體。」對他福了一福，轉身走了出去。

卻說崔雪萍仍舊到書堂去，因著這幾日梅書遠並未露面，也未曾讓小廝過來探望，故心裡含著怨怒，渾身也懶懶的。但她一到西院便聽說東院來了一位揚州的富家少爺賈清，出手極為闊綽，為人豪爽，此次高中桂榜的楊家三公子楊晟之更與其交好，家底極為殷實，如今已二十六歲，卻還未娶妻室。

崔雪萍藉故去東院周旋，果見一錦衣華服的年輕公子，通身的氣派，一看便知不是尋常百姓出身，她悄悄打量那公子，只覺其人品風流比梅書遠更奪目幾分，不由動了心思，偏巧賈清也朝她看來，兩人目光一撞，頗有心旌搖曳之意。過了片刻，賈清又藉故去跟她說話，聊的不過是金陵的風土人情，二人不久便相熟了。找個藉口日日見面，那賈清百般撩撥，眉目傳情，崔雪萍也十分有意，半推半就，二人打得火熱。

崔雪萍回家與余婆子說起此事，余婆子聽完道：「揚州來的？這也太遠了些，不是知根知底的人，誰知他家底是不是真豐厚，再著說了，若是他萬一在揚州有了妻室又該如何？」

崔雪萍想了一回道：「楊家的三公子跟他交好呢，聽說是跟他家做過生意的，可見說有錢不是假的，楊家的三爺也證實他未曾娶妻。他穿戴花銷都不是小家子氣的，尤其那股氣派，一瞧便是從小錦衣玉食長大的，我的眼力絕錯不了。」說完又拿出賈清贈的赤金嵌寶鐲給余婆子看。余婆子唸佛道：「阿彌陀佛，若真是如此，他對姑娘有情，那也是咱們的一番造化了。」

崔雪萍稱心滿意，想起梅書遠這些時日對自己不問不睬，心中憤恨，對賈清更添了幾分意思，卻不知梅書遠因到附近幾個州縣辦差，一時之間不能回來見她罷了。崔雪萍又讓余婆子悄悄打探，聽聞賈清在城中買了一所大宅，又有七、八個下人伺候，進出左右均是前呼後擁，心中又信了幾分，此時余婆子道：「姑娘，我看此事應該是成了，昨兒晚上姑娘還嘀咕著，怕是假的，如今該放心了吧。這會兒人家連宅子、下人都買了，聽說他家裡頭是皇糧商，爹娘都死了，只剩一個大哥，如今還要給他使銀子通融，讓他在此地捐個官做，看來家底豐厚得緊。」

崔雪萍緩緩點頭暗道：「原先遠哥兒就跟我提過，梅、楊兩家關係不同往昔，說是當中結了天大的梁子，梅家不過看在外孫子的臉面上才忍下來的。東院裡那些個公子們也說現如今楊家做生意都要看官爺們幾分臉色，原先的威風滅了三、四分呢……這賈大爺跟楊家三爺交好，我就有幾分信了，如今余嬤嬤又打聽出他買了宅子、下人，想來是真有錢了。」一念及此，面上便帶了三分喜色，但口中卻嘆一口氣道：「可惜不過是一介商賈，若是做官人家出身，便也不比遠哥兒差了。」

余婆子深知崔雪萍的脾性，知道她素是個滿心願意歡喜但面上還要端幾分的人，聽了此話心知崔雪萍心裡已經許了，便不再多說，一笑便丟開了。

卻說賈清受楊晟之之命去勾引崔雪萍，他自詡英俊倜儻，原本心中不願，待一見崔雪萍，見其生得頗有幾分顏色，心中便樂意了。等二人相熟，又見那崔雪萍對外雖一派嫻雅貞靜，但無人之時卻眉目含春，頻頻撩撥，饒是那賈清流連章台青樓，卻從未見過如此女子，直將他挑逗得百爪撓心，恨不得立時上前一親佳人芳澤。

楊晟之察言觀色看出幾分，恐其生出情意與崔雪萍串通一心，便點了幾句道：「崔氏雖然名聲敗壞些，但頗有些積蓄的，你看她的穿戴豈是平常婦人的用度？如今她跟家裡父母鬧得僵了，只住在公婆家，雖說是公婆，但也是未拜過天地的，若是想改嫁怕也沒有什麼阻攔。不知以後哪個將她娶了，平白得了那一大筆銀子。」

賈清聽了不由怦然心動，細細琢磨一番，竟是越想越有道理，暗道：「崔氏雖是個破鞋，但好在生得俊俏，又有這麼多身家，若是娶了她便有銀子去賭場翻本，日後腰纏萬貫也可揚眉吐氣。」便對楊晟之賠笑道：「三爺您看……我若假戲真做將那崔氏娶了……」

楊晟之聽了緩緩笑道：「那你萬萬不可讓她知曉你的底細，這婦人慣是喜歡攀龍附鳳，若是能哄著她成了親，也算你的能耐了。」

賈清一聽此言便知楊晟之是允了，喜得不由連連搓手，在床上翻來覆去想了一夜，第二日一早便梳洗打扮停當，急急的往書堂跑，但因來得太早，書堂中還靜悄悄的。賈清知曉崔雪萍在西院當中有一處休息之所，平素極為僻靜，便翻牆溜了過去，到崔雪萍房前將窗戶紙捅破了一看，只見崔雪萍恰好在房中喝茶，余婆子立在一旁伺候。賈清見了掀開簾子便走了進去，一邊作揖一邊笑道：「崔姑娘大好。」

崔雪萍笑道：「原來是你，怎麼到我這兒來了？此處是閨閣女孩兒家待的地方，當心待會兒被人當成登徒子打出去。」一邊說一邊遞眼色與余婆子，又親自去倒茶，余婆子心領神會，悄悄退到門口守著。

賈清笑道：「不過是想念姑娘罷了，就算被當成登徒子，為姑娘挨幾下打也甘願。」說著崔雪萍端茶上前，賈清藉著接茶碗的當兒，暗暗在崔雪萍手上摸了兩把。

崔雪萍白了賈清一眼，在旁邊椅上坐下來嗔道：「賈公子放尊重些吧。」

賈清一邊喝茶，一邊挑著桃花眼看她，笑道：「什麼尊重？妳手上有蜜，我心裡甜呢。」說完又探過身去看崔雪萍雪白的腕子，口中胡謅道：「腕上這鐲子就是我送的那只吧？妳戴著果然好看，我那兒還有一條紅珊瑚的手釧兒，是宮裡賞下來的，回頭也送妳。是我該死，忘了姑娘是個金玉一般的高貴人兒，若戴這些金啊銀啊的也忒俗氣了些。」

這一句正撞進崔雪萍心窩裡，口中卻道：「什麼金玉，我不過是個大俗人罷了。」說完轉身取自己原先寫過的得意詩作給賈清看。原來梅書遠自幼勤習詩書，滿腹經綸，一見崔雪萍作的詩便驚豔其博學多聞、頗有文采，深深為之傾心；但這賈清卻是個不學無術之徒，勉強認得幾個字而已，故捧著紙箋看不出子丑寅卯，只是連聲讚好，心中卻早已急不可待了，草草看了兩眼便丟在一旁，湊上前低聲道：「姑娘才學驚人，又生得這般美貌，不知哪個有福，能消受姑娘這樣才貌雙全的佳人。」說著動手動腳起來，張開右臂便去摟住崔雪萍的肩。

崔雪萍半推半就，面染桃花，目如春水，細聲細語道：「賈公子這是幹什麼？我那婆子還在外頭呢，若讓人看見了我還能有什麼顏面活著？」

賈清早被崔雪萍的眼神勾得神魂都飄蕩了，一把摟住了道：「心肝，我的心妳還不明白嗎？」說完將崔雪萍牢牢箍在懷裡湊上前親嘴。

崔雪萍早就有意，此刻不過微微掙扎幾下，遂放軟了身子，任賈清輕薄。賈清心裡火燒火燎，一把將崔雪萍推在炕上，崔雪萍掙道：「這便萬萬不可了，你若娶了我，我才能依你。」

賈清道：「我這幾日就叫媒人到府上提親，如若違言，必遭天打雷劈。」

崔雪萍道：「婚姻大事須父母之命、媒妁之言，怎能你說提親就提親了？」

賈清道：「如今我爹娘都不在了，沒有父母，婚姻之事自然是我說的算了。嬌嬌，妳若肯依從我，我便將妳明媒正娶了做妻。」

這一句直說得崔雪萍心花怒放，又因賈清撫摸逗起春興上來，便伸臂與賈清摟成一團雲雨成一處。崔雪萍自有幾分水性，動情之處燕語鶯聲嬌啼不盡；賈清本是花叢高手，又是久曠之人，兩人自是十分投趣，盡情偷歡了一番。事後賈清海誓山盟，又滿口胡謅自己如何有錢有勢，百般許給崔雪萍榮華富貴，崔雪萍聽了自是稱願，與賈清越發如膠似漆。

且說梅海泉上個月得了宮中的旨意，皇上欲下江南巡察，故命各級官員不得怠慢，為接聖駕人人俱是忙得人仰馬翻，梅海泉親自命梅書遠隨五城兵備到附近州縣巡察監理，清明政治，補種花草。梅書遠忙得晝夜不閒，待各處事宜完畢，已過了一個月有餘，等回到家，整整睡了兩日，方才將精神緩了過來。紫萱守在一旁噓寒問暖，伺候得周到妥帖，每餐均親自下廚給梅書遠做滋身補養之物，又做了應季的衣服鞋襪等。吳氏知曉後不由歡喜，梅書遠也覺得紫萱賢慧。

這一日下午，梅書遠從衙門回來剛要回房，卻見婉玉站在假山後頭跟他招手，便走上前道：「妹妹有什麼事？」

婉玉低頭撚著裙帶子道：「有件事要跟哥哥說，但又恐哥哥聽了生氣，不信我，反而罵我。」

梅書遠笑道：「妳說便是了，我怎會生妳的氣？是不是妳打壞了我什麼心愛的東西？那些個身外之物壞了就壞了，換一個就是了。」

婉玉看了看梅書遠的臉色道：「哥哥剛剛辦差回來，衙門中瑣事又極多，怕是還沒見過崔姑娘吧……我想著上次崔姑娘受了委屈，便想替哥哥去安慰探望一番……」

一語未了，梅書遠喜道：「好妹子，難為妳替我著想，我真不知該怎麼謝妳了……說到底是我惹出的事，反倒連累妳操心……」

婉玉道：「你且聽我說完。我前兩日到書堂卻聽到一樁極駭人的事……崔雪萍竟攀上了揚州來的富家少爺，兩人傳了好些個不好聽的名聲出來，還說是下個月便要成親了！」

梅書遠臉色登時一變，道：「此話當真？」

婉玉道：「我也怕是假的，還悄悄託人打聽了，他們說……說……」婉玉說到此處抬眼看了看梅書遠，低下頭道：「這話兒我實是說不出口，哥哥若不信，現在便換衣裳隨我去書堂，你一看便知曉了。」

梅書遠聽了只覺一股熱血衝上頭頂，暗道：「雪萍與我情訂三生，怎能做出背叛之舉？先前這麼多年都熬過來了，我定會娶她相守，她怎可能攀上什麼揚州來的富家少爺？莫非當中有什麼誤會不成？」想到此處不由拉著婉玉追問，婉玉只搖頭道：「哥哥不如隨我去書堂看看，眼見為實吧。」梅書遠聽罷便立刻回房換了衣裳，帶著小廝念東與婉玉乘一輛馬車往書堂而去。

此時書堂早已放學，院子中一片寂靜，門房攔著梅家兄妹不讓進門，梅書遠塞給他一串錢，門房方才放了行。待入到院中，婉玉領著梅書遠到了崔雪萍在書堂當中的休息之處，剛走得近些便聽房中隱約傳來說笑之聲，婉玉將窗紙捅破了，對梅書遠使了個眼色，梅書遠湊上前往房裡一望，登時驚得目瞪口呆，手腳冰涼。

只見崔雪萍正坐在賈清的腿上喝酒，雲鬢鬆散，身上襖釦全開，露出裡頭水紅的鴛鴦刺繡肚兜；賈清衣衫半解，一手攬著崔雪萍的纖腰，另一手在她胸前撫弄，口中道：「心肝，像適才那般，賞我一口酒吃吧。」崔雪萍格格笑了一聲，喝了一口酒哺到賈清口中，兩人親嘴戲舌好不親密。

梅書遠素以為崔雪萍是個品行端莊的女子，見此情此景如同天打雷劈一般，更是火冒三丈，直欲往屋中衝去，婉玉一把將他扯住，一隻手掩著他的口搖了搖頭，又向房中努了努嘴低聲道：「我聽人言，崔雪萍常與東院的富家子弟在這裡廝混胡來，最近這些時日又和賈清在此處……」說到這裡，又聽賈清道：「我前些時日便說要請媒人到妳府上提親，妳百般拖著不肯……如今妳也不必瞞我，我聽聞妳原先的相好是梅家的大公子，妳是不是還巴望著他，想嫁進梅家去呢？」

這一番話正說中崔雪萍的心事，這些時日她與賈清相處，瞧出他是個胸無點墨之輩，心裡不由失望，更看輕了三分，只覺自己跟著他，怕是不能因丈夫功名得封誥命，故而又想起梅書遠的好來，對賈清的心雖然淡了，可又捨不下賈清許給她的正妻之位和富貴榮華，故而心下猶豫起來。今日聽賈清這般一說，崔雪萍不由發慌，忙伸胳膊一摟賈清的脖子道：「你渾說些什麼呢？我都已是你的人了，你還不信我？」
賈清哼一聲拉下臉道：「我確是不信妳，妳那點兒事我俱是知曉的……妳先前就背著旁人跟富家的公子哥兒胡來，我不是撚酸吃醋的人兒，不計較前嫌，因是愛妳才想將妳娶進來，誰想到妳權當我是冤大頭！花我的銀子，戴我的首飾，吃我買的酒菜，穿我買的衣裳，現如今全是哄我呢！」說完站起身要走。
崔雪萍忙一把將賈清拉住，陪著笑臉柔聲道：「清哥兒，我怎會是哄你？我是一心一意跟你的。」
賈清冷笑道：「梅家的大爺自然比我強上百倍，又有功名又有個位高權重的爹爹，妳去等著他吧！」
崔雪萍道：「梅家的大爺是個書呆子，怎能跟你比了？」說到此處冷笑連連道：「迂腐不堪，不過是會讀書罷了，別的還能有幾分本事？只會跟在梅家那老貨身後頭當應聲蟲，他娘說一句，他便應一句。原先我是戀著他，為了今後在一處，想讓他將我偷偷娶了，他竟連這個膽子都沒有，根本不像男人。」
賈清一聽此言，斜著眼看著崔雪萍道：「這些年他應該貼了妳不少銀子吧？我聽說妳爹前年爭強鬥狠惹了官非，還是梅家大爺從中斡旋才被無罪放出來的，就連賠給對家的銀子都是他自己掏的荷包。」
崔雪萍聽了越發冷笑道：「這可是他自個兒樂意的，我可沒求他，我爹娘早已不認我，將我趕出去，我先前還同他講了，這事不必太管，不過是家裡賠點銀子罷了。是他非要寫信給縣太爺，又倒貼銀子，說到底，他這般做，我還不領情，也不稀罕！」

賈清聽了笑道：「乖乖，妳這般說，我才信妳真對他無情了。」說著上前將崔雪萍摟在懷中。

崔雪萍道：「誰能跟他有情呢？不過是熬了這麼些年，心裡有怨罷了。」說完抬起臉，媚眼勾著賈清笑道：「如今信我了？」

賈清道：「信、信，自然一百個信、一萬個信。」說著便湊上前親嘴，崔雪萍吃吃嬌笑，二人倒在床上滾成一團，此時卻聽「砰」一聲，大門驟然一響。

第二十一回　梅書遠情斷群英院　楊蕙菊親訂柯二郎

崔雪萍登時駭了一跳，慌忙扭頭朝門口看去，此時梅書遠已奔至眼前，揪住她衣襟，揚手便狠狠給了一記大耳刮子，咬牙罵道：「賤人！淫婦！」罵完又將她從炕上拖下。

崔雪萍還未緩過神，身上又挨了一腳，痛得她慘呼不絕，但此時已顧不得多想，忍著疼爬起來往門外跑。梅書遠氣得渾身亂顫，哪裡容得她跑出去，一把拉住崔雪萍的頭髮，將她揪到眼前罵道：「外作賢淑內作淫蕩的娼婦！這些年騙得我好苦！我為著妳不惜離家多年，做不孝之子頂撞父母，更因娶了妻對妳含愧，想要用盡心力補償……誰知妳竟是、竟是如此沒有廉恥！」梅書遠一邊說一邊滾下淚來，只覺心碎難言，又滿腔苦恨，再見崔雪萍披頭散髮，衣衫半敞，想到她適才淫態浪語，還對他辱罵蔑視，心中怒火更盛，又一掌打在崔雪萍臉上，打得崔雪萍耳朵嗡嗡作響，辨不出東南西北，直直跌到地上，梅書遠指著她罵道：「不但淫蕩，竟還是個忘恩負義、狼心狗肺的小人！妳捫心自問，這些年來我待妳如何？我對妳的情意又如何？若是妳存一絲半毫的善心，便不會說出那樣的話來！」

崔雪萍早已被打懵了，癱坐在地捂著面頰，緩了幾口氣方才回神，暗道：「梅書遠那呆子怎會摸到這兒來了？事到如今已經什麼都瞞不住了，我方才說的話怕也都讓他聽了去，此番便是撕破了臉面，絕無轉圜餘地，真真兒可恨！」想到此處她看了賈清一眼，只見賈清目瞪口呆的坐在炕上，心中又想：「為今之計只能死死抓住賈清，跟著他方可有日後的富貴。」便梗著脖子冷笑道：「這麼些年，若不是你山盟海誓、甜言蜜語的騙我，怕是我早就已經嫁人了！你誤我這麼多年的青春，許了我多少回要將我娶進門做正妻，呸！到頭來還不是貪圖權勢娶了將門閨秀？如今尚算不清誰辜負誰，你竟在這兒質問起我來了？你早已娶了妻室，我卻沒有夫君，我願意與誰相好又跟你有什麼相干？」

梅書遠氣得雙目赤紅，咬著牙道：「卑鄙無恥！這樣的賤人還不如打死了乾淨！」說完上前便掐住崔雪萍的脖子，崔雪萍登時大駭，想躲已是來不及了，被梅書遠壓制在地上，兩眼翻白，雙足不斷亂蹬。婉玉躲在窗口見到此景，登時大吃一驚，當下顧不得避嫌，帶著念東，提起裙子便跑了進來，跪在地上一把抱住梅書遠的胳膊，哭道：「哥哥快些停下來，若為這個淫婦吃了人命官司，未免太不值得，不但對不起剛進門的嫂嫂，更對不起爹娘！」說著便去掰梅書遠的手指。

梅書遠聽到此話，神魂這才清明起來，雙手一軟，鬆開崔雪萍的脖子，跌坐在地上，眼淚止不住往下淌；崔雪萍又驚又怕，渾身亂顫蜷到牆角，捂著脖子咳嗽不絕；賈清一見婉玉，更是雙目發直，渾身都酥倒了。

婉玉和念東去拽梅書遠的胳膊，欲把他攙扶起來，婉玉用帕子拭淚道：「哥哥，咱們回家去吧。」念東亦道：「大爺，你千萬要保重身子，萬莫讓這淫婦氣壞了自己。」說完狠狠踢了崔雪萍一腳，啐道：「呸！小婦養的賤種！連窯子裡的婊子都不如！」崔雪萍疼得嗚咽一聲，又羞又恨又怕，不敢聲張，只得強忍了羞恥，越發蜷在牆角裡頭。

梅書遠呆愣愣的，任婉玉和念東將他架起來向外走，待走到門前，他忽然站定了身子，猛一回頭對崔雪萍厲聲道：「賤人！往日裡是我自己瞎了眼！如若我再念著妳一絲半毫，便叫我不得好死！」說完便頭也不回的走了。

待回到梅家，梅書遠栽進臥房一躺不起，到夜間便病了起來，渾身發燙、神智不清，更兼滿口胡言亂語，將紫萱急得六神無主。此時老爺、太太已睡了，紫萱不敢聲張，只好急急的命香草去找婉玉，又一迭聲命人去請大夫。婉玉本已寬衣卸妝要睡了，聽說哥哥病了，忙又穿了衣裳趕過來，紫萱見著她，一把攥住她手腕，抹著眼淚嗔怪道：「下午跟妳出去時還好好的，怎回來跟變個人一樣，失魂落魄的，到晚上竟然病成這副模樣……妳到底跟他去了什麼地方，讓他中了這麼大的邪性！」

婉玉進臥房撩開幔帳一看，只見梅書遠緊閉雙目躺在床上，口中只管糊裡糊塗的亂說，不由擰了眉頭暗道：「哥哥前些日子出門辦差，積了勞累，今兒個下午又怒火攻心，氣結於胸，這才發了病，身上倒是好調養，但就怕落下什麼心病。」便道：「應該是這幾日操勞的，嫂嫂不要擔心。」

一時間大夫來了，給梅書遠診脈開了方子，一碗藥灌下去，梅書遠便沈沈睡了過去。第二日醒轉，想起自己往日糊塗，又悔又愧，下決心要痛改前非。

下午，婉玉和紫萱被丫鬟引到正房裡，吳氏靠在秋香色引枕上，臉色不大好，道：「我有兩件事要說，第一則，皇上的聖駕還有半個月就要到了，這期間萬萬莫要生出什麼是非，誤了老爺和兩個哥兒的前程。妳們回去好生約束下人，不但是府裡的，莊子上、鋪子裡的那些個管事、奴才也要多敲打敲打。」婉玉和紫萱二人齊聲應了。

吳氏嘆了口氣，又將眉頭擰起來道：「還有一則，我也是剛接著帖子才知曉的……楊家的二丫頭楊蕙菊跟柯家的老二柯瑞訂了親了……眼下雖與那兩家鬧得僵了，但面子上的事兒反而更要做得周全，依著往年的例，訂親各家均要送表禮，妳們倆說說送些什麼好，不能太貴重，也不能沒了體面。」

婉玉和紫萱聽了吳氏的話俱是一驚，互相對望一眼，婉玉暗道：「原來是楊蕙菊與柯瑞訂親了，怪不得娘身上不自在。但因我的事，這兩家本該也交惡才是，怎麼……」

婉玉正疑惑，紫萱卻早已脫口而出道：「訂親了？咱們家不是才退了她跟達哥兒的親嗎？這般快又找了婆家，倒像是打了咱們的臉似的。」

吳氏聞言哼了一聲，冷笑道：「我看就是存心找咱們不痛快，要落梅家臉面，哪家不成竟找了柯家！柯穎思害死……」吳氏說到此處見婉玉向她猛使眼色，忽想起紫萱不知道此事，便硬生生將後半句話嚥下去，冷笑道：「訂親也罷，俗話說『不是一家人不進一家門』，這兩人家世正正般配。」

婉玉忙將話頭接過來道：「我前些日子盤點庫房裡的東西，看見有一套吉祥如意的玉器首飾，有一對鐲子、一對耳墜子、一個掛墜並一根簪子，不算上好，但水頭很足，拿出去送人也體面。我記得還有一對紅漆嵌螺鈿龍鳳紋蓋碗，看著喜慶，也一併拿出去送了吧。這兩樣東西加起來也夠了，哥哥訂親時，柯家送的禮也不過如此。」

吳氏搖了搖頭道：「不成，楊家當初給的表禮甚豐，總要再添一些。」

紫萱道：「那再配四個印著『百年好合』花樣的銀錠子和一對景泰藍的瓶，湊足四樣。」

吳氏擺了擺手道：「罷了，就這麼著，妳們去辦吧。」婉玉和紫萱見吳氏神色倦怠，知道她乏了，便一同退了出來。

待出了門，紫萱低聲道：「怎麼菊姊姊跟瑞哥兒湊到一處去了？」說完掩著口笑道：「不知道妍玉聽說了會怎樣，柳家太太聽說了又會怎樣？瑞哥兒可是那母女倆心中的乘龍快婿呢！如今快婿成了人家的姑爺，只怕那兩位真真兒要被氣死了。」

婉玉笑道：「她們氣不氣死跟咱們有什麼相干？要是柯家真有意，只怕早就去柳家提親了。」

紫萱幸災樂禍道：「我這就藉送禮的名義，打發個小丫頭子去柳家，探探那頭的情況，若是打聽到什麼新奇有意思的事再告訴妳。」說完便急急忙忙的派人去了。

婉玉看著紫萱的背影，「噗哧」一聲笑了出來，暗道：「雖說是嫁了人，嫂子到底還是個十六、七的女孩兒罷了。」心底卻對紫萱隱隱有幾分羨慕，一面去庫房備表禮，一面命人將珍哥兒抱來逗弄說笑了一回。

如今且說楊、柯兩家的親事，原來自梅家退了與楊蕙菊的親事後，楊蕙菊便躲在房中哭得死去活來，終日以淚洗面，茶飯不思，才幾天身上瘦得只剩一把骨頭。楊母和柳氏見楊蕙菊終日沒精打采、病懨懨的，心中也著急，楊母便對柳氏道：「菊姐兒這般下去也不成，非要鬧出大病不可。憑楊家資財、地位還愁找不到才子佳婿？妳多去派人打聽打聽，選個品貌上佳的姑爺來，菊姐兒知道了，心病一除，自然身子都好了。」

柳氏正有此意，口中連忙應了，心道：「跟梅家結親真真兒是造孽！梅氏那個瘸子怎配得起昊兒？原本我就跟老爺說這門親事結不得，後來果然被我說應驗了！那個瘸子死了還陰魂不散，不但連累昊兒住到莊子上，還攪散了菊姐兒的婚事！莫非梅家以為我們楊家再找不到好親事了不成？此番我非要找一個上佳的姑爺回來，不但堵旁人的嘴，更堵住梅家的嘴！」

柳氏念頭一定，便四處託人打聽合適的人家。誰想到外頭的流言早已滿天飛了，或說梅氏在楊家死得不明不白，是楊昊之殺妻致死的；或說楊家得罪梅家，兩家交惡這才退親的；或說楊蕙菊八字剋夫傷子，梅家不敢娶進家門的。種種不一而足，故柳氏託人打聽詢問，旁人或畏懼梅家權勢不敢攀親；或擔心楊蕙菊八字不好衰敗家運；或有的雖不知真相，卻認定多一事不如少一事，不願蹚渾水的。如此幾番下來，與楊府門第相當的人家竟無一個願意娶楊蕙菊過門。

柳氏無奈，只得再往下挑揀，但尋常人家又難入她的眼，不是嫌棄人生得醜，就是嫌棄對方沒有功名，可有功名的寒門子弟她又瞧不起。一連拖了許多時日，直到發了桂榜，又傳來梅書達中了舉人的喜訊。楊蕙菊聽罷越發傷心惱恨，一下便病倒了，湯湯水水的吃了半個月也不見好轉，反增了其他症候。楊母看在眼中急在心上，百般哄勸楊蕙菊，又催柳氏快些找一門好親事來。

柳氏道：「媳婦兒這些天都把人家一一挑揀過了，只怕是沒有合適的，要不咱們往遠一點的府縣州城再打聽看看？」

楊母立刻道：「萬萬不可！妳忘了蕙蘭的事了？當初是風風光光嫁到外省大戶人家去的，可咱們派人過去看她，回來都說她過得不好，受婆婆和丈夫的氣，若是當初她嫁得不遠，受了委屈還能回娘家來，也能有個照應。」

柳氏聽了亦嘆氣道：「母親說得是，媳婦兒再看一看吧。」心中卻煩惱不已。

卻說楊蕙菊要另尋婆家之事別人聽了並不十分上心，但柯瑞之母馮氏一聽立即便動了心，跟夫君柯旭商量道：「老爺，楊家那二丫頭我從小瞧著就不錯，知情達理，端端正正，從小是跟在楊家老太太身邊調教出來的，品格、相貌都出眾，性子也大方，不如咱們給瑞哥兒說來做媳婦兒，兩家就更親上加親了。」

柯旭雖愛參修悟道，不願管家中世俗之事，但做事仍有些分寸，聞言瞪了馮氏一眼道：

「妳忘了思丫頭跟楊家老大的事了？楊家只怕恨死了咱們，鸞丫頭聽說在楊家過得也不順心，怎可能再答應這門親事？況且若是答應了，梅家那頭又怎麼辦？這不是明擺著讓人家沒臉？」

馮氏聽了滿不在乎道：「此一時彼一時，這門親可是梅家退的，放眼整個金陵城裡，有頭臉的人家誰願意娶楊蕙菊過門？不如咱們提親去，反正梅家已經恨上咱們，多不多上這一樁婚事又有什麼打緊？」她說完見柯旭沈著臉色，又苦口婆心道：「老爺，若是往常的光景，我定去給瑞哥兒找個別的媳婦兒，可眼下……眼下咱們家卻是不如以前了。莊子上這幾年收成都不好，街上的鋪子也都沒什麼進項，家中進得少、花得多，眼見這體面就快要維持不住了，若不是鸞丫頭悄悄的塞銀子回娘家，待到過年的時候連打賞下人做棉衣的錢都沒有……」說著用帕子按了按眼角，接著道：「若是娶菊丫頭進門，以楊家財力，必能帶來一大筆嫁妝進門，到時候多多買上良田和好一些的莊子，咱們柯家就又有銀錢可使了。楊家也會看著菊丫頭的面子待鸞兒好些，做生意時也會對咱們照應一、兩分的利。」

柯旭聽了，面上緩了緩道：「話雖如此，但梅家知道了只怕是不好……」

馮氏道：「這你只管放心，瑋兒跟梅家二公子交好呢，聽說二人常在一處喝酒，這事讓他去說，保准能將這個疙瘩解了。」然後又絮絮說了楊蕙菊許多好處和楊家如何有錢。柯旭本來就不喜俗務，聽馮氏這般一說，也就只好點頭同意了。

馮氏便立刻張羅開，請了媒人到楊家去。柳氏已恨極了柯家，自然一口拒絕了。柯穎鸞得知，心思一轉，立刻到了楊蕙菊住的綴菊閣，坐在床沿上噓寒問暖了一番，又嘆氣道：「我那個弟弟瑞哥兒，聽說妳病了，急得跟什麼似的，直想過來看看，你們是從小到大的情分，旁人自然比不了。他聽說妹妹因退了親難受臥病，也跟著掉淚，跟妹妹說句體己話兒，妳可萬萬別向外傳，瑞哥兒竟說『這是梅家那小子沒福消受，若是換成我，還巴不得求來這門親，好好待菊妹妹一生一世』。」

楊蕙菊正臥病在床，聽到此話嘆了口氣，眼淚默默流了下來，低聲道：「我知道老太太、太太和嫂子都疼我……」

柯穎鸞忙道：「該死！是我又招惹妹妹傷心了……」說著忙眼眶一紅，用帕子拭淚，靜了片刻又嘆道：「可我們瑞哥兒是個死心眼的孩子，竟真央求了我娘來家裡提親了！可……可如今的事妳也知道，婆婆自然是不願意的。」

楊蕙菊聽罷吃了一驚，抬頭向柯穎鸞看來。柯穎鸞握著楊蕙菊的手道：「其實我們瑞哥兒也是個極好的孩子，生得比梅家那二公子還俊俏上幾分呢！他品格好，也考了秀才功名的，早先我就瞧著你倆極般配，但妹妹當時已有良人，我便不好多說什麼了……但婚姻大事本就講個緣分，妹妹也要放寬心……妹妹是個聰明人，千萬也別耽誤了自己。」

楊蕙菊本就不是死心眼的人，只不過前些時日憂思過重罷了，聽了柯穎鸞的話，心中一動，垂下眼簾默默無言，過了片刻方問道：「瑞哥哥真上門來提親了？」

柯穎鸞心中一喜，忙道：「千真萬確的事，他說了，他與妳青梅竹馬，自小長在一處，妳又端莊賢淑，絲毫沒有嬌嬌小姐的刁蠻脾氣，他與妳最是相稱，若是能娶了妳，也是這輩子的福分了。」

楊蕙菊聽罷想了一回，對柯穎鸞道：「二嫂，我身上有些乏了，想睡一會兒，妳明兒個再來看我吧。」

柯穎鸞忙道：「看我，都忘了妹妹身子弱，竟坐了這麼久了，妹妹也乏了，趕緊歇著吧。」說完告辭離去。

楊蕙菊暗道：「若是瑞哥兒真有這份心也是難得了，柯家自然處處比不上梅家，但瑞哥兒若能好好上進，確不比達哥兒差幾分。」然後又想起柯瑞溫柔親和、俊秀文雅，遠比梅書達飛揚跋扈、霸道傲氣可親，心裡便回轉過來幾分，遣人去請柳氏。

待柳氏來了，楊蕙菊便撐起身道：「娘，柯家來咱們家提親，妳便應了吧。」

柳氏聞言吃了一驚道：「妳渾說些什麼？」

楊蕙菊流淚道：「這些時日女兒已想明白了，任憑再怎麼傷心難過，這婚事也成不了了。我是被退了婚的人，名聲上不好聽，難得還有人願意娶我。柯家門第跟咱們也般配，女兒嫁過去既不會降了身分，又不致高攀門第在婆家受氣。瑞哥兒是從小相處到大的，知根知底，比旁人都強些，還是有功名的人，這次科舉雖然沒中，但刻苦讀書，總有金榜題名的一日。」說完又哭著央求起來。

柳氏原不同意，奈何她本性就是個溺愛孩子的，見楊蕙菊病得蠟黃著臉兒，容顏憔悴，心便軟了下來。將此事跟楊母說了，楊母聽了久久無言，最終嘆氣道：「瑞哥兒也是我從小看著長大的，確是個好孩子，門第上也配了。菊姐兒病了許久，難得她有相中的人兒，雖說咱們家跟柯家當中出了點岔子，但說到底還是親戚，有這麼多年的交情在裡頭，既如此就訂下來吧。」

第二十二回　楊晟之情贈梅英簪　梅婉玉覲見柳淑妃

又過了兩日，梅書遠身子逐漸好了起來，吳氏心中歡喜，又記掛遠在京城趕考的梅書達和侄兒吳其芳，便細細備了幾件厚衣裳和十幾樣物品，命人送到京城。

這一日，婉玉正在房裡教珍哥兒認字，怡人走了進來，低聲道：「姑娘抄的書已經給楊家三爺送去了，姑娘送的包袱也給了他了。可如今三爺就在後院二門外穿堂小徑裡，說不見姑娘一面便不走，妳看這事……」

婉玉手一頓，放下毛筆，站起身，避開珍哥兒對怡人道：「不是讓妳說我不方便出去嗎？」

怡人道：「我當然講明了姑娘的意思，可三爺說了，他就在那兒等著，姑娘什麼時候方便了，什麼時候再出來見他。」

婉玉眉頭一皺，擰了擰帕子低聲道：「這回哥哥的事全賴他幫忙，若是不去反倒顯得是咱們過河拆橋似的；可是去了，萬一被人撞見，傳出閒言閒語可如何是好？楊家老三膽子也忒大了些，竟找上門來了！」

怡人道：「我勸了半日他都不走，要不姑娘去見一見他？」

婉玉本想不去，但又知楊晟之有個執拗的性子，如若不去讓他真在原處等著，反而更容易招惹是非出來，但不知怎的，得知楊晟之在外面等她，她心裡竟然生出一絲歡喜來，一咬牙道：「去就去，不過是見一面罷了。」說完賭著氣一跺腳，連披風都不拿便出了門。

待來到後院二門外穿堂裡一瞧，果見楊晟之正站在那裡，身穿玄色鬥紋錦上添花洋線番羓絲的大氅，更顯得身形魁梧挺拔。楊晟之不確定婉玉能不能來，心裡正七上八下，抬頭一看，卻見從門口出來個女孩子，穿著對襟棉綾褙子，繡白色梅花・底下是深青棉裙，頭上盤雙鬟髻，只插幾枚點翠花鈿，卻將一張臉襯得越發雪白娟麗。楊晟之一愣，臉上的喜色便再掩不住，上前作揖道：「妹妹來了。」

婉玉見到楊晟之，心中也有些雀躍，臉上淡淡道：「什麼樣的事非要見我一面不可？這光天化日的，若是被人瞧見了，嚼了舌頭根子可怎麼好？」

楊晟之見婉玉穿得單薄，身子一轉擋在門前風口處，對婉玉笑道：「妹妹妳別矇我，我知道妳既然肯讓人到這兒來取東西，那此處必然穩妥得緊……八成妳放了小廝們的假，這會兒沒人守這個門。」

婉玉瞪了楊晟之一眼道：「你這滿面的憨厚都是裝出來的，心裡倒是精明得緊，有什麼要緊的話就趕緊說吧。」

楊晟之道：「第一件事要告訴妹妹，昨兒個賈清跟崔雪萍成親了，事情我都已料理妥當，梅家再不必為這檔子事煩心。」

婉玉吃了一驚，道：「成親了？怎麼這般快？」

楊晟之道：「賈清哄她呢，說萬貫家財都在揚州，先在此處成親，待回了家鄉再風光大辦，於是只備了一乘素轎，便把崔氏抬進門了。」說完從懷中掏出一只錦囊，遞給婉玉道：「這是妹妹拿給賈清作戲送給崔雪萍的首飾，妳點點，若是少了哪一樣，我去給找來。」

婉玉打開一瞧，只見裡頭是一套赤金嵌寶的釵環和鐲子，正是自己拿出去的，便笑道：「這東西本就想著是肉包子打狗一去不回，花了錢消災免難的，誰想後來竟又回到手裡，難為晟哥哥有心，我在這兒再謝一次。」說著便要行禮。

楊晟之忙攔住道：「謝來謝去的做什麼，這是我願意的。」頓了頓又道：「我明天便要進京趕考了，這才想著再見妹妹一回……」

婉玉被他灼灼的眼光盯得有些不自在，遂垂了頭道：「是我該死，若不是因為我家的事耽誤了你，你怕是早就進京去了。」

楊晟之道：「先前是因為姨娘病了，我一時之間沒法抽開身，恰好又幫了妹妹。如今姨娘的病好了，妹妹的事也辦妥了，我也能安心上京考試。」

婉玉笑道：「晟哥哥此番一去必然金榜題名，衣錦還鄉。」又道：「我這些時日整理出來的書稿都讓怡人交給你了，其中有幾篇是我哥哥作過的文章，在翰林院考試裡都是得了甲等的，晟哥哥看看也能有個參考。」說著又低了頭道：「上回你託竹風捎信來，說若是哥哥的事辦成了，便要我做條腰帶給你，我也做好了，跟書稿放在一處了。」

楊晟之胸口一熱，低聲道：「好妹妹，妳等我回來……」又吶吶道：「妹妹……

我……」

婉玉耳根子發燙，別開臉朝左右看了幾眼，道：「你快回去吧，讓人瞧見了不好。」

楊晟之低低「嗯」了一聲，忽從袖口掏出個物件插在婉玉頭髮上，兩手握住婉玉的手，緊緊捏了捏道：「那我走了，妳多保重，這兒風大，妳也快些回去吧。女孩兒家身子嬌貴，莫要被風吹出病來。」說完鬆開手，轉身便走了。

婉玉愣了半晌，此時才覺冷風習習從門口灌進來，不由打個寒顫，伸手往頭上一摸，從髮上拔下一根翡翠梅花簪子，簪上還刻著四個字「梅英采勝」，精緻滑溜，碧綠瑩透，一見便知是個稀罕物。婉玉一怔，想到她如今過繼給梅家，從「柳」姓改成了「梅」，玉簪又正暗合她如今的名字中有「玉」字，且這個「勝」又與楊晟之的「晟」諧音，不由大羞，咬著牙低聲道：「長得忠厚老成，倒有這麼多花花腸子，這簪子定要想個法子送回去才是。」可心裡又歡喜，拿著簪子撫摸不住。

正此時卻聽身後有人輕咳了一聲，婉玉唬了一跳，轉身一望，只見怡人手上搭著披風，笑嘻嘻的站在她身後。婉玉這才放下心來，伸手戳了怡人腦門道：「妳這小蹄子站在人身後吭都不吭一聲，存心要嚇死人。」

怡人抿著嘴笑道：「我百般怕姑娘冷，好心送披風來的，不巧卻看見有人給姑娘暖手了。」一邊說一邊將披風繫在婉玉身上。

婉玉知怡人是偷看見了，臉上一紅，瞪了她一眼道：「渾說什麼呢！」怡人見婉玉惱了便不再取笑，主僕二人緩緩走了回去。婉玉本想著立即將簪子送回，但楊晟之第二日一早便動身進京趕考，婉玉只得暫且將簪子收了起來。

又過了半個多月，皇上的聖駕儀仗便到了，梅家父子為接駕已忙得幾夜不曾好睡，準備將聖駕接到皇家行宮之中，整個金陵城俱是一派肅穆莊嚴。皇上此番前來亦有宮中內眷隨行，因念淑妃娘娘柳婧玉是金陵人氏，與家人多年未見，便恩准隨駕省親，柳家得此喜訊無不歡喜。

至酉時，婉玉到各房巡察，念東早已等候多時，來到跟前磕頭道：「姑娘，今兒個有件事不能不回……崔雪萍那淫婦又去招惹大爺去了！」

婉玉渾身一震，立刻回過神，瞪著雙目道：「你說什麼？」

念東道：「姑娘莫急！今兒個本是要到城外頭接駕，大爺出門得早，正準備上轎子呢，那淫婦便衝出來了，跪在地上抱著大爺的腿又哭又鬧的，要大爺救她一救，我們死拉活拽的才把她拖開。她哭得死去活來的，說原先都是她自個兒錯了。」一說著學崔雪萍的語調神態，細著嗓子道：「『遠哥兒，先前種種皆是我不對，是我自個兒自視甚高，讓豬油蒙了心竅，但你一直是我心裡頭第一欣賞愛慕的人兒，你向來寬厚，如今我落得這個地步，你不能不體恤人啊！』大爺什麼都沒說，轉身上了轎子，從簾子裡丟出四兩銀子給她，說情分盡了，讓那淫婦日後再也別來找他。」

婉玉心道：「前些時日我聽晟哥兒說那淫婦跟賈清成親了，這段日子怕是過得不遂心，又念起哥哥的好來，哥哥這次是鐵了心要跟她一刀兩斷，真真兒是個好事。」

原來那崔雪萍嫁了賈清，原以為自己終嫁與豪門，自此之後富貴無憂。但誰知新婚第二日，賈清便帶她搬出大宅，反租了個小院住，又將原先送給她的金銀首飾全都拿走了，到下午，楊家又將賈清四歲的兒子送了過來。崔雪萍一見，只覺晴天霹靂，方才醒悟賈清是個騙子，哭天抹淚的要跟他和離，又因言語不和二人廝打起來。可女子的氣力自然敵不過男子，那賈清將崔雪萍打了一頓，更指著罵道：「下賤的婊子，名聲臭得三條街之外都聞得見，若不是老子，誰肯要妳這破鞋？」罵完拿了崔雪萍的體己首飾，帶著兒子出門吃喝，緊接著就進賭坊去賭，至晚間方才歸家。

崔雪萍惱恨難言，又認定是楊晟之夥同賈清騙了自己，便上楊家去鬧。但此時楊晟之早已啟程進京趕考了，崔雪萍反被楊家門房打了出來。賈清只覺自己如今討了個漂亮有錢的老婆，心中自然得意。奈何崔雪萍心如死灰，更對賈清恨之入骨，也不與他同床，賈清惱了用強，崔雪萍便如挺屍一般躺在床上裝死，賈清了無意趣，口中粗罵不已，便又拿崔雪萍的錢逛青樓去嫖。

崔雪萍苦不堪言，但她早已跟娘家鬧僵了，無處可去，時常跟余婆子一處抱頭痛哭，這才想起梅書遠的好處來，忍著羞恥找上了門來。

婉玉將來龍去脈問清楚了，便派人前去敲打賈清。賈清自是滿面堆笑相迎，待人走了又將崔雪萍揪到跟前打罵道：「賤人！妳以為老子是誰，竟想給我扣綠帽子不成？」
崔雪萍哭道：「如今你用著我的銀子花天酒地，還用我的銀子養你的兒子，你也算是個胯下長著玩意兒的，只會吃酒、賭錢、打女人，竟也配罵我了？」
賈清道：「妳也用不著跟我說這些話，妳是什麼貨色我自然清楚得緊。快些將銀子拿出來，否則咱們全都沒有安生日子過！」
崔雪萍大哭道：「這些日子你已花了幾十兩了，又拿走好幾件首飾，書堂我早就去不得了，家中沒有進項，總還要留點兒錢過日子吧？」
賈清冷笑道：「若是沒銀子妳便出賣罷，本就是個水性楊花的賤婦，這個綠帽子我橫豎都是戴定了，倒不如能換些銀錢回來！」說完拿了崔雪萍頭上、頸上、手上的釵環墜子便出了門。
這不到半個月的工夫，崔雪萍原先的積蓄便被賈清揮霍得差不多了，待沒了銀子，賈清輸光了身家，竟真引著人來逼崔雪萍賣肉。崔雪萍只覺後半生再無可依靠，痛哭不止。
偏巧街坊有一家屠戶，已經四十有餘，死了媳婦一直沒有續弦，貪圖崔雪萍美色，常常藉故到崔雪萍家裡，還經常送點兒賣剩下的肉。崔雪萍是箇中老手，度其神色便知其意，雖嫌棄屠夫貌醜鄙俗、出身下賤，但總好過讓賈清日夜凌辱，便抹脂搽粉的眉目勾引。屠夫神魂顛倒，將全部家當都拿出來要買崔雪萍回家做妻。賈清起先不願，但見崔雪萍實在榨不出油水，又有婉玉敲打他不可做得太絕，便收了五十兩銀子將崔雪萍賣了去。

崔雪萍心高氣傲，自覺嫁了屠夫再無法於此地立足，兼之又有無數風言風語，便攛掇屠夫搬到金陵城附近的州縣，再也未見過其人了。

且說皇上南巡，人人盡心竭力、兢兢業業，梅家父子已幾夜不曾回家睡覺，吳氏放心不下，日日派小廝前去送衣、送飯，紫萱亦免不了操勞。婉玉上有母親和嫂子忙碌，反倒清閒下來，鎮日裡不過看一回書，教珍哥兒認一回字，再跟怡人說笑一回罷了。偏這一日一早，忽聽門吏來報行宮中有太監前來傳旨，眾人皆是一驚，吳氏忙命擺了香案來接，太監前來宣旨道：「梅家次女原係柳家五女，淑妃娘娘念其骨肉情分，特宣入行宮晉見。」言畢，接了梅家賞錢，笑道：「二小姐且去換衣裳吧，咱家便在門口等著，宮中的轎子都已備好了。」婉玉無法，只得換了吉服，隨太監一同入行宮。吳氏不放心，細細囑咐了一回，命兩個辦事牢靠的管事跟著，又派了七、八個年輕力強的長隨跟在後頭，方才讓婉玉去了。

婉玉坐在轎中行了一段路，待入了行宮，輕撩開簾子向外一瞧，只見朱紅色的高牆夾著一條青石板甬道，深暗悠長，四下皆靜，耳旁只得聽見腳步之聲。婉玉將簾子放下，暗道：「柳婧玉跟我同歲，原先她沒進宮時，我和柯穎思經常同她一處玩耍。她自小就色色出挑，彈得一手好琴，曾有個道士看過她八字，說她日後貴不可言，如今果然應驗了。一晃眼這麼些年不見，不知成了什麼樣子？」一正想著，忽轎子一停，簾子掀開，有一宮女站在轎邊，婉玉伸手扶著宮女的手下轎，太監將其引到一處客堂之中，早已有四個教引的老嬤嬤恭候，教婉玉如何走、如何跪、如何見禮、如何答話，婉玉一一記在心上。待研習完畢，太監這才將婉玉引到柳婧玉見客的桂月廳。

才進屋門，婉玉便聞到一股撲鼻而來的桂花暖香，心中奇道：「怪哉！早已過了桂花飄香時節，這會兒怎會有桂花的香味？」眼尾掃到屋角擺著的瑞獸金猊口中緩緩吐著青煙，心中才恍然道：「原來香爐裡焚的是桂花香，味兒竟跟真桂花一個樣，也不枉名為桂月廳了。」一面想，一面盈盈跪倒行禮，只聽得頭上方有一女子道：「婉兒快過來，讓我瞧瞧。」

婉玉再謝，起身抬眼一瞧，滿目皆是珠光寶氣，真個兒好似桂月蟾宮一般。樑上高懸水晶羊角大燈，下鋪波斯國地毯，四面垂著綴錦繡珠珞的鵝黃長紗，窗上掛一玉片簾，全是磨得極薄的白玉翡翠穿成，玲瓏剔透。最上首設一紫檀雕花長椅，上鋪繡著五蝠萬壽如意流雲的絲絨墊子。有一位宮裝麗人端端正正坐在那裡，恍若月中嫦娥，頭戴九翬鳳冠，身穿真紅五彩雲紋縷金牡丹刺繡常服，纏枝牡丹丹鳳朝陽雲肩，裙襬繡江牙海水。那麗人與妍玉容顏極像，卻尤勝兩分靈氣雍容，只是她眼眶通紅，眼角隱有淚痕，顯是剛剛哭過，卻別有楚楚之態。婉玉不由暗讚道：「柳婧玉比年少時越發超逸了，孫氏竟也能生養出這樣的女兒！」

孫氏正坐柳婧玉右下手之位，身上亦按品級妝扮。娟玉坐孫氏身側，頭上戴紅翡滴珠鳳頭釵，赤金的壓髮，身穿桃紅竹菊萬字福壽刺繡吉服。妍玉坐娟玉身畔，梳望仙髻，髮上珠翠環繞，鬢旁插兩支堆紗宮花，頸上戴赤金瓔珞圈，身穿一襲泥金底子五彩團花刺繡的吉服；紫菱坐在娟玉對面，亦是按品級妝扮；姝玉挨著紫菱坐，穿著打扮與妍玉相同，只是吉服為豆青色，略顯暗淡老氣了些。婉玉見了暗暗嘆息道：「面上不薄待庶女，卻在衣服上花這點小心思，拚命顯出自己女兒的好來，孫氏這個毛病竟還沒改過來。」但轉念一想，孫氏所做也是人之常情，心中也有些唏噓悵然。

柳婧玉已上下將婉玉打量了幾回，握住婉玉的手，轉過臉對孫氏笑道：「剛我見姝、妍兩位妹妹，便已覺得再沒有這般標緻的了，如今婉兒一來，竟把那兩個給比下去了。」孫氏心裡一刺，但面上少不得堆出笑來。

柳婧玉慢慢問起婉玉讀什麼書，平日裡做些什麼，在梅家過得可好等語，婉玉一一應了，柳婧玉讚不絕口。婉玉只含笑垂著頭不語，心道：「柳家母女原就跟我有舊怨在，今日聽淑妃如此稱讚，心裡怕是早就不舒坦了。」想到此處眼角一瞥，果見孫氏笑容勉強，再一瞧妍玉，婉玉微微一怔，她原以為妍玉素有愛搶尖向上、鋒頭獨壓眾人的性子，今日也必然容光煥發、神采奕奕，但誰知妍玉沒精打采的垂著眼簾，憔悴著臉兒，下巴都瘦尖了，即便用了胭脂水粉也難掩一臉懨懨病氣，姿態氣度竟連姝玉也有所不及了。

原來妍玉一心嫁柯二郎，但一個月前竟傳來楊蕙菊與柯瑞訂親的消息。妍玉聽聞一下子就懵了，好比一盆冰水兜頭淋下來。待回過神，「哎呀」一聲嚎啕大哭，直哭得要背過氣去，一邊哭一邊又往外奔，要去找柯瑞理論，讓柯家退親。唬得孫氏一把拉住，命丫鬟、婆子將妍玉按到屋裡，將房門關得嚴嚴實實。

妍玉心肝欲碎，在屋中急得賭咒發誓上躥下跳，又跪下來抱住孫氏的腿哭著求道：「娘親！瑞哥兒也是妳相中的姑爺，妳怎能任他跟楊家訂了親去？妳快些帶我去柯家，讓他們把親事退了！」

孫氏又急又惱道：「這豈是咱們說得算的？妳快些起來，地上涼，妳這般跪著也太不像樣了！」說著命白蘋和紅芍上前拽妍玉起身。

妍玉放聲大哭，死也不肯起來。孫氏一面暗恨柯家私與楊家訂親，一面又後悔，當日妍玉對柯瑞存了小兒女心事，她識破後並無勸誡，反而助長她的念頭，讓妍玉對柯瑞越發癡癡迷迷。正惱恨著，又見妍玉苦苦哀求不迭，遂嘆了一口氣，摸著妍玉的頭道：「乖孩子，柯家怕是不行了，再說了，如今他們家的光景也不如早些年了，不尋這門親事也罷。娘留心給妳看著，保准找個比瑞哥兒還好的，我看吳家出的那個解元就是頂好的人才，梅家二公子也是個有出息的，回頭……」

話還未說完，妍玉便捂著耳朵尖叫道：「不要！不要！任他是解元、狀元，還是什麼宰相大臣，就算是皇上和玉皇大帝我也統統不要！我只念著一個人兒，即便是死了，我也要與他死在一處！」一面說，一面滾下淚來，放聲大哭不止，道：「若嫁不成他，我還不如死了！」說著跳起來就要尋死。唬得紅芍和白蘋一把抱住，屋中鬧成一團。

孫氏見妍玉髮髻凌亂，臉兒上淚痕縱橫交錯，心中又氣又疼，少不得耐心哄勸，妍玉怎聽得進去，一門心思要去柯家見柯瑞，孫氏無法，只得命婆子將門緊緊守著，又命丫鬟一刻不許離妍玉半步，嚴加看管。妍玉整日哭鬧，後來如同犯下了心病，人都比往常癡傻了兩分。柳壽峰這些時日亦晝夜忙著接駕之事，孫氏又有意隱瞞，故而他竟不知家中早已鬧翻了天。

婉玉見妍玉帶病態愁容，略一思索便想出所為何事，默默搖了搖頭。此時只聽柳婧玉道：「我雖不才，但父親卻是同科進士出身，為此地名士，柳家亦以詩禮教誨，聖上因我略會作幾首詩便隆恩眷顧，欽封淑妃。適才見家中外男作了幾首詩，甚有意趣，不如妹妹們作幾首詩吟詠，也可助興。」說罷沈吟片刻，命傳筆墨伺候，握著毛筆寫了「花間一夢」四字，笑道：「這些日子淨看些普天同慶的字眼，不如作些個精巧的題目。昨日有個樂師彈了一曲新作，皇上聽罷就命名為〈花間一夢〉，不如就以此為題，或詩或詞，詠上一首，不必拘泥束縛。」

眾人齊聲應了，柳婧玉又把那樂師喚來，命其彈奏此曲，對眾人道：「這曲子我讓她彈上三遍，以此為限，待彈完了，妳們也該作出來了。」

宮女端來筆墨紙硯，四玉在八仙桌前坐了。婉玉提起白玉紫毫筆，想道：「柳淑妃省親回家，不過是為見親人，將我宣入內不過是看著梅家的顏面，我又何必在此處搶了柳家姊妹的鋒頭去？不如胡亂寫一首搪塞吧。」此時只聽得耳邊樂曲悠揚，心中一動，筆下早已寫成，又將所作謄到花箋之上。

眾人均為作詩費盡神思。過了片刻，姝玉寫完了，放下筆將墨跡吹乾，一抬頭的工夫，剛好與婉玉目光相撞，婉玉微微一笑，姝玉心中厭惡，繃著臉，冷冷將頭扭開了。婉玉頗感無趣，但少不得打起精神應付。此時樂曲已至第三遍結尾，妍玉不擅詩文筆墨，剩下一句絞盡腦汁對應不出，一抬頭見堂前供著幾盆芍藥菊花，心思一動，這才勉強湊成一首。

柳婧玉命人將詩文呈上來，紫菱、娟玉的不過草草看過一眼便放在一旁，將剩下三人寫的拿來仔細看，只見上面寫道：

〈憶王孫・花間一夢〉　梅婉玉

月色脈脈小庭幽，枕夢初醒花滿頭，星霜換改人依舊。長嘆否，馳隙流年又一秋。

〈花間一夢〉　柳妍玉

素菊芍藥競嬌妍，小曲幽坊起蒼煙。

花影沈沈人睡去，天涯夢短忘雕欄。

〈花間一夢〉　柳姝玉

翠鈿羅帕爭笑語，銀燈火樹照天明。

月宮嫦娥愁容改，花間仙姝春夢醒。
日月山川亦生輝，歌舞樓臺總遺情。
盛世光秀祥雲瑞，彩扇紅牙頌太平。

柳婧玉細細讀了幾遍，留意打量了姝玉幾眼，將每首都稱讚一回，又將眾人所作發下去傳看。婉玉見了別人的猶可，一見姝玉所寫暗暗吃了一驚，心道：「想不到柳姝玉竟有如此好文采，所作與眾不同。但柳婧玉明明說了不喜普天同慶的字眼，她竟寫了這樣一首，詩雖然是好詩，但到底是顯得不好了。」原來姝玉早已在胸中憋了一口氣，她本是個極清高的人，只覺自己滿腹才華施展不出，因從小受嫡女妍玉壓制，心上之人又改戀上婉玉，她心中越發委屈憤懣，這次柳婧玉命作詩，她便有意賣弄文采，要搶妍玉、婉玉二人的鋒頭，故而費盡心力作了這麼一首，沒想到柳婧玉竟未多予讚揚，心中自然不快，神色也蔫了下來。

柳婧玉命宮女、太監將賞賜之物端上來，柳婧玉道：「聖上南巡要在此處多待上些時日，特恩准我省親，並允許骨肉多相聚些時日，過兩日妳們再來，我在此處擺宴賜酒。」眾人口中齊齊謝恩，高頌聖上天恩大德，叩拜後緩緩退出。

柳婧玉拿著詩文又看了一回，靜靜出了會兒神，此時柳壽峰進來拜見，柳婧玉賜座，將四下人屏退，只留下兩、三個心腹，然後將眾人所寫詩文命人呈到柳壽峰眼前。柳壽峰一一看了，抬起頭小心問道：「娘娘覺得如何？」

柳婧玉嘆了一聲道：「我來之前是相中妍兒的，可她如今變得病病歪歪，全無一絲神采氣度，臉上的肉都快瘦乾了……看她寫的詩亦是些風花雪月的調調，不成大格局，且隱有悲戚之音，對女孩兒來說是大大不吉了。」

柳壽峰拭了拭額頭的汗道：「妍兒原有個好性子，也愛同人說笑，只是今日不知怎的，怕是染了小病，身上不爽利吧。」

柳婧玉道：「其實過繼給梅家的婉兒卻是這幾個人裡的尖兒，落落大方，穩穩當當的，氣度不凡，家裡怎把這麼好的女兒送了人去？」

柳壽峰道：「先前未想過妳這一層，誰知事情便到了這樣的地步？如今要回來也是不成了，梅家是死了女兒才看中婉兒，她的事柳家已作不得主了。若是讓她進了宮去，憑才貌和梅家之勢，只怕是……」

柳婧玉立即道：「我知曉了。」

柳壽峰度其神色道：「娘娘也盡可放心，梅家怕是不會送她進宮，聽說有意將她許配給吳氏娘家哥哥的兒子吳其芳，此人是本地這一榜的解元，如今進京趕考去了。」

柳婧玉笑道：「若是如此，待吳其芳高中了，我便請太后下懿旨賜婚，也算讓梅家承一個人情，四木家的面子上也有光彩了。」柳壽峰連連點頭。

柳婧玉喝了一口茶道：「姝玉胸中倒是有些丘壑的，容貌雖比不上婉玉、妍玉二人，但也是個出挑的了，風度也極好，只可惜太孤高自許了些，正所謂『嶢嶢者易折，皎皎者易污』，何況又是庶出，出身上也差了。」說完嘆道：「若非我這麼些年未能生出一男半女，又何至於想到這個法子？若是有妹妹進了宮，誕下皇嗣，也算我有了臂膀依靠，倘若等到年華老去，聖寵不再，到那時再無子嗣……」柳婧玉聲音哽咽，再難出聲，身旁宮女見了忙遞上帕子，幫她拭淚。

柳壽峰忙道：「娘娘莫要傷感，千萬保重身子，子嗣本是機緣，萬不可憂心忡忡，只用心調養，自會有添丁之喜。娘娘身為天眷，本就是柳家門庭的榮光，若家中能再出一位娘娘則更是光耀門楣了，但不知是哪個孩兒有這般福氣。」柳婧玉微微點頭，父女倆又絮絮說了片刻，直到太監來催，柳壽峰方才告退。

柳壽峰歸家，一進房門便瞧見孫氏正歪在床上閉目養神。白蘋見了忙輕輕推了推孫氏肩膀，低聲道：「太太，老爺來了。」

孫氏聽了馬上睜開眼，一邊坐起身一邊理著頭髮對柳壽峰笑道：「瞧我，只說要歇上一歇，沒想到一閉上眼就睡著了。」說著去看柳壽峰臉色。原來柳壽峰自從知道孫氏薄待婉玉後，這些時日都對她淡淡的，晚上也常去周姨娘房裡歇著。孫氏一肚子委屈憋悶，但又少不得對柳壽峰越發體貼，說著千百種好話兒哄柳壽峰回心轉意。孫氏邊說又忙下床親自幫柳壽峰換下朝服道：「老爺也乏了吧，白蘋，快去拿熱毛巾給老爺淨面。」接著又自顧自嘆道：「這幾個孩子裡唯有婧兒不在身邊，我日日夜夜的想著、盼著，今日見她平安康健，我也就放心了……」說著掏出帕子拭淚。

柳壽峰坐在椅子上接了白蘋遞上的熱毛巾擦臉，聽了孫氏此言，又想起臨走之時婧玉依依不捨之態，心中一揪，口中卻道：「大女兒沐浴君恩，侍奉天子左右，這也是柳家的榮光，妳在她面前萬萬不可說勾她心酸的話。」

孫氏連連點頭，但仍不斷用帕子拭淚。柳壽峰將毛巾遞給白蘋，對孫氏道：「我聽說妍兒今天精神不濟，莫非是病了？今日進行宮晉見娘娘，這已是天大的隆恩眷寵，她怎能如此怠慢？妳將她喚來，我要好生問一問她。」

孫氏知妍玉失了柯瑞，那股子傷心難受還沒過，正是精神委頓，若是讓柳壽峰見了難免不生出事端，忙道：「妍兒身上確實不大好，正吃著藥呢，這會兒已經睡了。」

柳壽峰皺著眉道：「生的什麼病？要不要緊？」

孫氏道：「不過是受了風寒，時不時頭疼腦熱的。前些日子老爺因接駕日夜操勞，也就沒把這個事兒告訴你。」

柳壽峰道：「既如此，就把姝丫頭叫來，我有話跟她說。」

丫鬟不多時將姝玉引來，柳壽峰細眼一瞧，見姝玉穿著青緞掐牙的坎肩，裡頭穿棗紅色立領衣裳，襯得鵝蛋臉粉白細緻，杏目裡隱含一段愁，容貌雖不及妍玉，但氣質清高，也別有楚楚之姿。柳壽峰暗暗點頭，和顏悅色的問她今日見淑妃說了什麼話，都見了什麼，淑妃賞了什麼東西。姝玉一一答了，又命紅槿將淑妃賞的東西拿來給柳壽峰看了一回。

待姝玉退下，柳壽峰又命丫鬟們都退了，拿起茗碗喝了一口，對孫氏道：「婧兒入宮久久未懷上子嗣，今日她悄悄跟我說想接個妹妹入宮去，若是能誕下皇子，日後也能有個依靠。」說完滿面笑容道：「只怕咱們柳家要出兩位娘娘了。」

孫氏立刻精神一振，心突突跳了起來，上前湊了湊道：「不知婧兒看中的是誰？」

柳壽峰道：「原本看中的是妍丫頭，可她今日沒精打采的，太過不符了些。」說完放下茗碗道：「可三丫頭又有個不好的性子，太過清高孤僻了些，平日裡跟旁人一概不親近，待她再好，她也是淡淡的，自小就不如妍兒乖巧討喜。但誰想到她竟能寫得一手好詩文，我剛留心看了，這般品格入宮也算夠了。」

孫氏聽了心中登時不是滋味，送妍玉入宮她是萬萬捨不得的，但又不甘心讓姨娘的女兒壓過自己一頭，心中盤算來盤算去仍未揑定主意，只低頭默默坐著，良久才乾著嗓子問道：「老爺的意思是讓三丫頭入宮了？」

柳壽峰道：「此事怎是我說了算的，再過幾日，行宮中賜宴，到時候再由娘娘親自定奪吧。」

這兩人在房中自以為說得機密，卻不想此話卻被姝玉的生母周姨娘聽了去。這周姨娘本是在孫氏跟前伺候的，因見孫氏睡了便到暖閣裡做針線，恰好躲著將這一番話聽了個滿耳。等到柳壽峰和孫氏到外間用飯工夫，周姨娘悄悄從暖閣裡出來，先在跟前伺候，然後連飯都顧不上吃，連忙到姝玉的閨房，將所見所聞說了，雙手合十道：「阿彌陀佛，老天保佑，娘娘千千萬萬莫要選了妳去，深宮大院可不是尋常人待的地方，我聽說裡頭吃人都不吐骨頭。妳就守著我過平平安安的日子，這才是福氣。」

姝玉本在吃飯，聽了周姨娘的話便再也沒有心思動筷子了，命人將飯菜撤了，坐在床上心潮起伏，暗道：「今日叩見淑妃，那般氣勢排場真可謂是無上尊榮了，普天之下，只有皇家才配得起這樣的雍容威儀！若我能入宮去，就也能跟她一般，成為人上之人，到那時，莫說是姸玉、婉玉，即便是朝廷命官，見了我亦要行禮叩拜，也算是揚眉吐氣了。」

周姨娘不知姝玉心事，猶自唸道：「我不過就是個家生的丫鬟，太太抬舉才做的姨娘，所以妳出身上就差了些。如今想給妳說門好親事，有的人家聽說妳是庶出的還嫌棄，若是進了宮，還指不定要受什麼擠兌……」

姝玉最恨聽人提「庶出」二字，當下拉了臉道：「姨娘少說兩句吧。擠兌不擠兌的我不知道，如今在這家裡，咱們母女和祥哥兒就已是活得比旁人矮半截了！如若我能進了宮去，封了娘娘，妳跟弟弟也算是熬出了頭，日後太太哪還敢再給你們臉色看，丫鬟、婆子也都要高看幾分。」

周姨娘吃了一驚，道：「妳說什麼？莫非妳想進宮去？」說著一把握住姝玉的手道：「妳發了昏吧，皇上今年都有四十五、六了，妳才多大？三宮六院七十二妃，後宮裡這麼多的美人兒都巴巴的盯著這一個男人，妳以為自己能見皇上幾面？姝姐兒，妳可千萬別犯傻，日後找個知疼著熱的男人成親是正經，堂堂正正的做大房，夫妻和順、兒孫滿堂的會比什麼不強？咱們不過就是平平凡凡的人，可別妄想著做什麼鳳凰孔雀。」

這話說得姝玉越發堵心，將手抽回來道：「什麼平凡人？保不齊我就能做個鳳凰。我原先也想著找個知心的人成親，可那些個王孫公子，哪一個不是三房五妾的，今兒個對妳好，來往殷勤的看著、哄著，明兒個指不定就把妳拋在腦後頭又戀上新歡，到頭來哪個都靠不住……」說著眼眶一紅，眼淚掉了下來，抽泣不止。

周姨娘不知姝玉與楊晟之的舊事，見狀不由怔了，連忙安慰道：「我不過勸妳一勸，妳怎的哭上了？如今妳也確實到了歲數，回頭我去求老爺，讓他留意，給妳尋個好人家。」

姝玉淚流滿面道：「姨娘，如今我就要爭這一口氣，聽說皇上雖然年歲大了些，但文武兼修，英明不凡，若是能侍奉左右也是我的造化……選得上選不上都是我的命，我認命罷了。」心中卻道：「婉玉本是個氣質剛硬、舉止驕奢的貨色，但因時運趕得好，竟得了梅家的青眼，一躍成為梅家的小姐。我自問出於婉玉之上，又豈能比她矮了去？這宮是非入不可的，待日後榮歸故里省親，楊晟之向我叩拜行禮之時，必會因錯待我而追悔莫及！」

周姨娘聽了也不好再勸，知道此事自己也作不得主，只得嘆了幾聲，又安慰姝玉一回方才走了。姝玉靠在床頭，一時想起楊晟之原先待她和風細雨，如今疏遠淡漠；一時想起妍玉事事處處都欺壓她一頭；一時又想起淑妃氣勢非凡、雍容顯赫。不由心中傷感，直泣到半夜，方才命紅槿打水洗漱睡了。

第二日早晨，姝玉起床盥洗一番，勉強吃了一碗粥，倚在榻子上看了一會兒書，心不在焉地想到過幾日淑妃擺宴，恐淑妃點了姸玉，直呆呆坐到下午方才想出一個妙計。待吃過晚飯，姝玉拿了兩樣針線去了姸玉房中，進屋瞧見姸玉用帕子蓋著臉正躺在床上，紅芍看姝玉進來不由一怔，迎上前道：「三姑娘來了，有什麼事兒嗎？」

姝玉道：「昨日宮裡賞下來幾塊五色刺繡的帕子，我一向喜歡素淨的顏色，這兩塊桃紅的太豔了些，想著四妹妹喜歡，就拿來送她吧。」

紅芍接過來笑道：「謝謝姑娘了，只是我們姑娘吃了飯就鬧胃疼，這會兒吃了藥正躺著，怕是睡了。」

姝玉道：「吃了飯就躺著，腹中存了食可不是養生之道。」說著上前推了推姸玉，喚了幾聲。

姸玉將帕子拿下來，看了姝玉一眼，揮著手有氣無力道：「我正煩著，妳來做什麼？若是有話就趕緊說了，我正難受呢。」

姝玉附在姸玉耳邊輕聲道：「我知妳煩什麼，不就是因為瑞哥兒的親事嗎？我已幫妳想了個絕佳的法子了。」

姸玉眉毛一挑，睜開眼道：「什麼法子？」姝玉低聲道：「妳一向是個聰明人兒，怎這會兒犯傻了？當然是去求大姊姊，如今她是娘娘，如若她親自下旨讓妳和瑞哥兒訂親，柯家焉有不退婚之理？只怕楊家也不敢鬧。」

妍玉精神一振，翻身起來一把抓住姝玉的手，雙目晶亮道：「是了！是這個理兒，該死！我怎麼早沒想到！」

姝玉道：「到底是姊妹一場，我自然願意妳心想事成，妳成天這樣病著，我們看了也著急。」

妍玉滿面掛笑，病都好了一半，握著姝玉的手道：「好姊姊，幸虧妳提醒我了，我該怎麼謝妳？」

姝玉笑道：「有什麼謝不謝的。只是這事兒不能跟母親說，她若知道必然怕傷了跟楊家的和氣，只怕不准，再查問起來連我都要跟著挨罵受罰呢。等回頭見了娘娘，妳找機會悄悄求她一求，她向來對妳疼寵，自然一聽就准了。」

妍玉連連點頭道：「妳說得有理，我聽妳的。」但心中又狐疑道：「姝玉一向清清冷冷的，怎突然一下子跑到我這兒說起這個來了？今兒個中午娘過來，偷偷跟我說大姊有意選一個妹妹入宮，莫非姝玉知道了消息，想入宮不成？」但轉念又覺得姝玉不可能知道，加之她本就戀著柯瑞，哪有心思進宮，只怕是許她當皇后她也不會稀罕，如今得了妙計，更一切都不在乎了，便對姝玉道：「若是、若是大姊姊知道柯家與楊家有了婚約，不肯幫我呢？」

姝玉道：「總要試試才知，妳好好央求央求，她興許心一軟就准了呢。」

妍玉聽了又鼓起興來。其實她心中早已就如死灰一般，今日得了這個計，就好比溺水之人抓了稻草，一心一意籌劃起來。

姝玉暗道：「如今這障礙是除了，她去求大姊姊，求下來了是她跟柯瑞的緣分，少不得日後要念我幾分好處；求不下來也怨不得我，但是懂規矩的大家閨秀豈有自己親口去求姻緣之理？淑妃娘娘見她這般行為，怕是也不會讓她進宮去了。」

且說婉玉拜見淑妃後回到家中，將賞賜之物取出來一看，只見有金項圈一個、銀項圈一個、紫金海棠樣式錁子一對、金銀錁子各一對、赤金如意簪一支、紅珊瑚髮簪一支、水晶翡翠手釧一對。婉玉想起自己剛還魂到柳家，婧玉升了品級，不過才賞賜了她兩部書、一方硯、兩個紫金錠子罷了。心中感慨世態炎涼，微微搖頭嘆了口氣，拿出金項圈給了珍哥兒，珊瑚簪子給了紫萱，赤金如意簪給了吳氏。過不久文杏又回來，不但將簪子送還，又多添了一對鐲子，交給婉玉道：「太太說這東西還是姑娘自己留著戴，就當攢嫁妝吧，這鐲子是夫人當姑娘時的陪嫁，剛一試戴已經小了，命我拿來給姑娘戴。」婉玉無法，只得收了起來。

又過了幾日，淑妃擺宴，太監又來宣婉玉入宮，婉玉推說染病未去。第二日清晨，婉玉剛剛起床，正在盥洗的當兒，卻見紫萱推門進來急匆匆道：「不得了了，可有大新聞了呢！」說著在婉玉面前一坐，連額頭上的汗珠都顧不得擦，附在她耳邊道：「昨天晚上皇上臨幸了姝玉，當夜下聖旨，封姝玉為才人，還賞賜了柳家好多東西呢！」

婉玉聽罷登時大吃一驚，目瞪口呆道：「我的天！妳是聽誰說的，皇家的事情萬不能胡傳，萬一錯了可就了不得了。」

紫萱睜著一雙圓眼睛道：「錯不了！柳家連聖旨都接了。前些日子我姊姊想繡幾個花樣，可身邊巧手的丫鬟又病了，就問我借了綠蘿去。今兒個早晨綠蘿回來說的，我一得著訊息就趕緊過來告訴妳。」說著壓低聲音道：「聽說這裡頭的事兒亂得很呢。」說完給婉玉使了個眼色。

婉玉立即道：「怡人，妳帶著小丫頭子先出去吧。」待怡人退下，紫萱方才道：「昨兒個飯前皇上是點了淑妃的牌子，淑妃說身上不方便就薦了姝玉。皇上起先未動心思，但恰好看見姝玉在筵席上拿著紅牙小板吟了一首詞，待吟誦完了便召她進內殿問了幾句話，之後就留下來了。」

婉玉愣了片刻，待回過神方才感慨道：「真真兒想不到，這幾個女孩子裡，最不愛說笑講話的就是她了，我原先冷眼瞧著，就覺得她是個不甘屈居人下的，沒想到她竟有這個造化。」說著想起姝玉和楊晟之之事，嘆一口氣道：「只怕她也是心裡頭憋了一口氣，一心一意要立出一番成就來，也罷，各人有各人的命運和緣法。」

紫萱隨手抓了桌上八寶盒裡的蜜醃杏乾吃，一邊吃一邊道：「妳這話兒說得怎麼像七老八十的老太太似的，當心待會兒長出皺紋來。」說完又斂了笑意，正色道：「柳家如今出了兩個皇上的枕邊人，還不搖身抖起來？只怕柳家那位太太日後更神氣了，我頂頂看不慣她那樣子。我爹在邊疆立了軍功，品級比柳家伯父高了，她這才待我姊姊有幾分尊重，待日後柳家再發達一步，只怕她就要給姊姊氣受了。」

婉玉笑道：「嫂子是不知道柳家女兒封妃的緣由。爹原先是皇上的伴讀，君臣之情就遠非尋常可比，爹爹又能幹，在朝中也有一派威望，皇上自然更高看幾分。若不是死去的蓮英姊姊是個瘸子，進宮的事又怎會落到柳家頭上？因四木家交好，皇上才封了柳家女兒為妃，否則柳家區區一個織造，怎可能出一位淑妃娘娘呢？再者說了，姝玉是庶出的，她這一進宮長的是姨娘的臉，孫氏恐怕這會兒心裡正悶著，哪裡還顧得上神氣。」

紫萱愣愣道：「難怪柳家一直對梅家畢恭畢敬的……這些事妳是從哪兒聽來的？」

婉玉含糊道：「閒暇時聽幾個老嬤嬤磨牙罷了。」

紫萱往嘴裡丟了幾塊杏乾，忽想起什麼，「噗哧」一笑道：「只怕孫氏還有一件更大的事兒要煩呢。聽說昨天行宮擺宴之前，妍玉跑去求淑妃，央告她下旨准她跟瑞哥兒的親事。娘娘原本也未說什麼，雖不太高興，但看樣子也是要允了，便將她母親喚來問瑞哥兒的事，一問才知道原來人家早已和楊家訂了親了。淑妃登時便惱怒了，說是『有違閨閣之儀，若不嚴加管教必為喪德根本，敗壞門風』，不單將妍玉罵了一回，還讓回去嚴加管教。妍玉一直哭哭啼啼的，本來吃了飯還要看戲，卻連戲都沒看成就讓柳伯父派人送回來了。回到家柳伯父便動了氣，若不是孫氏攔著，只怕要將她打出個三長兩短呢。」

婉玉想起自己還魂柳家，也是因柯瑞之事遭柳壽峰痛打，心中默默嘆一口氣，道：「那位柳大人最重臉面，此番栽了跟頭，必然是惱怒狠了，妍玉的日子恐怕是不好過。」說完斜眼看著紫萱道：「姝玉的事也就罷了，妍玉的事情妳怎的也知道得一清二楚，活像自己親眼見了似的。」

紫萱道：「都是綠蘿打聽來的，柳伯父回去大怒，罵人的聲音站在妍玉住的院子外頭都能聽見，能瞞得了誰呢？」

婉玉道：「這畢竟是人家的事，可萬萬別再往外傳了，吹到柳家耳朵裡未免傷了兩家和氣。妳回去好好敲打綠蘿，讓她把嘴閉緊了，不許亂嚼舌頭。」

紫萱噘嘴道：「妳當我是沒輕沒重的人嗎？早就囑咐好了，總共我就告訴了妳一個人，人家好心告訴妳新奇事兒，妳倒掃了興。」

婉玉站起身將桌上的八寶盒蓋上蓋子，塞到紫萱手裡道：「是、是，我承妳的情，難為嫂嫂一大清早就跑過來告訴我這樣大的新聞，這一盒零嘴帶回去吃，回頭讓丫鬟把盒子給我捎回來。」

紫萱抱著盒子笑道：「算妳還有良心。」又道：「如今姝玉封了才人，咱們家是不是也要預備賀禮過去？」

婉玉道：「這個自然。」想了想又道：「當日婧玉一進宮皇上就封了昭容，如今姝玉確是有所不如，一個才人的封號未免寒酸了些，只比尋常的宮女高了一等。但咱們的禮也不能薄了，就按照當日賀婧玉入宮的禮單，各項減一、兩成就行了吧。」

紫萱點了點頭，看婉玉頭髮沒梳，便拿起梳子站在婉玉身後頭道：「我給妳梳頭髮，我手藝頂好的，就連妳哥哥讓我綰了頭髮以後，都不讓旁人梳了呢。」說著便要給她梳頭。

婉玉轉過身對著鏡子，從鏡中看著紫萱笑道：「阿彌陀佛，看樣子嫂嫂跟哥哥已經是極要好的了，也不枉費我操心一場。」

紫萱脹紅了臉啐道：「呸，妳再胡說我就走了。」待梳了一會兒又低聲道：「他……他是待我比原先好了，有心裡話也願意跟我說說。前些天夜裡偶爾聽我說一句想吃廣順齋的點心，他第二天一早就特地命小廝給我買回來了。」

婉玉道：「夫妻本是一心的，他不對妳好還能對誰好去？」紫萱聽了心中越發歡喜，給婉玉梳好了頭，二人又說了一陣，方才告辭離去。

第二十三回　悲切切豔遇浪蕩子　意綿綿夜見幽怨女

卻說楊崢是個有心人，眼見這些時日梅家待楊家越發疏遠了，前兩日皇上又下旨，升授梅海泉光祿大夫之位，梅家仕途上更進一步，而柳家與梅家比往日更好，也得了不少好處。楊崢略有些沈不住氣，這些時日他聽聞柳家長媳懷了身孕，立時覺得是個良機，心中盤算一番，親自備了賀禮送上門來。柳壽峰心中歡喜，忙設宴款待，二人把盞言歡也甚相得。

酒過三巡、菜過五味，楊崢將酒杯端起來道：「大舅哥，實不相瞞，我今日來還有一事相求。」

柳壽峰道：「妹夫儘管說便是。」

楊崢嘆道：「皇上恩寵，梅大人加封了從一品的官銜，待他小兒子金榜題名，梅家便越發顯赫了。這些日子我靜下心來一想，怕是梅海泉存了要跟我們楊、柯兩家斷了交情的心思。」

柳壽峰忙道：「四木家均是一體的，一榮俱榮，一損皆損，何況梅大人的外孫還是楊家的嫡長孫，妹夫是多慮了。」

楊崢道：「話雖如此，但梅家如今跟吳家、李家、張家來往親密，咱們三家倒要退了一射之地……大舅哥也知道你那不成器的外甥闖了多大的禍，只怕梅家還懷恨在心，這仇橫亙在心裡，若是解不開，即便維持著面子上的親熱，私下裡也是漸漸遠了，這般下去可是大大不妙。」

柳壽峰細一想也覺得極有道理，不由皺了眉頭道：「那依楊兄的意思……」

楊崢道：「我想請大舅哥在府裡頭擺個宴，將四家的人聚一起，好將這恩怨解了，只要能化干戈為玉帛，任憑梅家怎樣我都甘願！」說完又拍著胸脯道：「這筵席的一切花費都由我承擔。」說著從衣袖裡掏出三千兩銀票，推到柳壽峰面前道：「還望大舅哥幫我這個忙。」

柳壽峰滿口答應道：「妹夫太見外了，一家人不說兩家話，這有何難？我親自去請巡撫大人，但如若他不來我也沒有辦法。」又堅決不要銀票，與楊崢推辭一番方才收了下來。待送走楊崢，柳壽峰忙換了衣裳，坐了轎子到梅家邀請梅海泉赴宴，說四家人共賀巡撫大人榮升從一品之銜。梅海泉立刻琢磨出當中的用意，想著這些日子也晾了楊、柯兩家一陣子，火候也差不多了，如今自己仕途上高升一步，不知有多少人看著眼紅，這三家雖不成器，但好歹也是個臂膀，便點頭應了。柳壽峰大喜，自覺臉上有光，忙回家操辦起來。

第二日晚間，梅海泉便乘了轎子到了柳家，柳壽峰遠接高迎，將其引到廳中。梅海泉進大廳一看，只見天色還沒暗，屋中就已紅燭高照，彩燈齊明，條案上瑞獸口中焚著鬥香，八仙大桌上陳列著各色瓜餅和果品，豐盛非常。楊崢、柯旭早已到了，兩人見梅海泉進屋均站了起來，行禮問好，又忙不迭的請他坐上首。梅海泉臉上淡淡的，入席而坐。柳壽峰吩咐開宴，丫鬟們托著盤子魚貫而入，各色佳餚不一會兒便擺滿了。

席間柳壽峰談笑風生，盡說些風雅之事，楊崢殷勤勸酒，待兩、三盞酒下肚，梅海泉臉色稍緩。柳壽峰觀其神色，知道差不多了，便向楊崢使了個眼色，楊崢心領神會，輕咳一聲道：「梅大人，我那孽子做出這般喪盡天良的事，我本也沒臉見您。這些時日我把那畜生送到莊子去了，他成天裡痛哭流涕，懺悔不迭，死命央告我要再見大人一次，好向您當面請罪。」說著小心翼翼的看梅海泉臉色，見他垂著眼簾不語，便高聲道：「畜生！還不快滾進來！」

話音剛落，楊昊之便從廳中側門裡一逕兒跑了進來，「撲通」一聲跪倒在梅海泉跟前，磕頭如若小雞啄米一般，口中道：「岳父大人，小婿知錯了！」

梅海泉一看楊昊之，胸中的惡氣便不打一處來，再見他膚潤體健，可見得這些時日養尊處優，哪有一絲憔悴懺悔的模樣，更添厭惡之情，冷笑道：「我不敢擔你這一跪，如今蓮英死了，我怎是你的岳父大人？只恨當初有眼無珠罷了！我饒你不過看在外孫子的情分上，你快些起來，你我毫無關係，你跪我做什麼？」

楊崢聽這話說得不像樣，忙站起身一腳踹在楊昊之身上，罵道：「孽畜！沒良心的下流種子，痰迷了你的心竅、油脂糊了你的眼！沒王法的敗家孽障，你想氣死我不成？」

這一腳著實踹得不輕，直將楊昊之踹得癱在地上血氣翻滾，好一陣才緩過神來，他心裡又恨又怒，又深懼嚴父和岳父威嚴，只得爬起來跪在地上哭道：「父親大人息怒，岳父大人息怒。」

楊崢又要舉手打，柳壽峰和柯旭忙上前攔住道：「快坐下來歇歇，別氣壞了身子。」

楊昊之自有幾分聰明，見狀忙哭道：「我早就知道錯了，每每想起來恨不得死了乾淨！」說著倒也不疼惜，左右開弓扇了自己二十幾個大耳刮子，一邊打一邊哭喪著臉道：「我不是人！我是畜生！幹出沒王法的事！我對不住蓮英！對不住爹娘！我活該天打雷劈！」

楊昊之原是個極俊美的男子，如今卻跪在地上一身狼狽，反倒添幾分滑稽淒慘。柳壽峰忙上來勸，柯旭也忙不迭跟梅海泉賠不是，楊崢又怒罵痛斥了一回。

梅海泉見屋中鬧得不可開交，便一拍桌子道：「夠了！」屋中頓時靜了下來。梅海泉指著楊昊之道：「滾出去！」

楊昊之一愣，拿眼偷看著楊崢，梅海泉又一拍桌子怒道：「莫非沒帶耳朵來？還不快滾！」

楊昊之求之不得，忙起身一溜煙奪門而出。

梅海泉嘆一口氣，對楊崢和柯旭道：「這層事畢竟是咱們這幾家的家醜，我也不願鬧開出去，便到此為止了。」

楊崢忙道：「這是我們楊家對不住梅家，日後但憑巡撫大人一句話，楊家赴湯蹈火也在所不惜。巡撫大人盡可放心，我們楊家永永遠遠跟梅家是一條心的。」

柯旭道：「楊兄所言極是，我們自然與巡撫大人是一心的，莫要因為幾個不成器的孽障就存了隔閡。」

梅海泉沈著臉不語，柳壽峰忙從中調停，又扯了旁的話題，說到皇上過幾日便要擺駕回宮之事，方才將這一節揭了過去。

且說楊昊之在屋中受辱出來，心裡自然憋了一肚子氣，待到了客房，怕讓柳家的下人笑話，故而也不讓丫鬟、小廝服侍，跟貼身小廝掃墨道：「我到外頭轉一轉，散散心，若是旁人問起，就說我出恭去了。」說完自己抱了一罈酒走到園子裡，一邊走一邊心中罵道：「就算不看楊家的面子，也要看珍哥兒的面子，那瘸子已經死了，又何必這般不依不饒？爹也真是，這些日子我在莊子上吃了這麼多苦還不夠？如今才回來就劈頭蓋臉的打罵，這日子確是沒法過了。」他到了園子裡，讓冷風一吹，腦中清明了幾分，又捧起酒罈子來喝了一口，想到如今父親不待見自己，就算回了楊家，在府裡頭過日子也是難熬，不由愁上添愁。

正此時，楊昊之隱隱約約看見一個女子站在荷塘邊上，因有樹影和假山擋著，故看得不太真切，那女子將一團東西丟到荷塘裡，而後嚶嚶哭了起來。

楊昊之登時嚇得寒毛倒豎，心中大駭道：「不得了了！莫非是蓮英的鬼魂出來要找我索命不成！」正嚇得要奪路而逃，卻聽「撲通」一聲，那女子竟從岸邊跳了下去，先沈到水裡，又冒上來撲騰了幾下。

楊昊之聽得真切，心道：「有聲響，這就不是鬼了。」壯著膽子向前走了兩步，果然見荷塘中確是個人，楊昊之不容多想，見荷塘岸邊有幾階臺階通向水中，便忙蹚水下去，伸手一撈剛好能勉強拽住那女子身上穿的披風，奮力往岸邊拽過來，心中想的卻是：「一命還一命，我今日救了這一命，總算能抵蓮英那一命了吧？」

楊昊之費盡氣力將那女子拖上岸，那女子趴在地上咳嗽不止，凍得瑟瑟發抖。楊昊之藉著月色定睛一瞧，不由大吃一驚，原來這女子不是別人，正是柳家四姑娘妍玉。

原來自那日妍玉知道與柯瑞親事無望，只覺得了無生趣，今日趁家中有客，母親親自去操持，無人看管她，便開箱倒櫃的將柯瑞送她的玩意兒全都找了出來，一邊收拾一邊哭得淚乾腸斷，把東西都包到一個包袱裡，自己悄悄來到荷塘邊，先把舊日裡那些珍愛的東西盡數丟進荷塘之中，狠狠哭了幾聲，心裡賭氣，一時想不開竟尋了短見。

楊昊之暗暗吃驚，將披風蓋在妍玉身上，柔聲道：「妹妹為了什麼事想不開，竟要投湖？如今妳衣裳都濕了，再一吹風怕要凍出病，我送妳回去吧！」

妍玉哭道：「我不回去，回去做什麼、你救我又做什麼？還不如讓我死了！」

楊昊之無法，因褲子全濕了，冷風一吹，也凍得直打哆嗦，見旁邊有一處水榭，便對妍玉道：「那我扶妹妹到水榭裡歇一會兒吧。」妍玉只啜泣著無語，楊昊之便將她攙起來，進到荷塘邊上的水榭當中。楊昊之先扶妍玉坐下，又見水榭中有蠟燭、火盆、錦被等物，心中歡喜，便將蠟燭和火盆都點著了，回頭看了妍玉一眼，心道：「我若走了，保不齊她又要尋死，我剛才豈不是白白救她了？但夜也快深了，園子裡沒人，只能等巡夜的婆子們來，求她們將妍妹妹帶走了。」

妍玉只坐在榻上裹著被子痛哭，她適才是賭氣投湖，此刻被救，回想起來，心中亦害怕不迭。楊昊之守著火盆，問妍玉為何要去尋短見，妍玉抑鬱良久無人傾訴，此刻對著楊昊之索性全都說了。楊昊之連連搖頭嘆道：「想不到妹妹竟是這等重情重義的女子，還如此一往情深，竟要為情而尋短，妹妹這樣好，是柯家的小子沒有福氣了。」說著把帶來的那罈酒遞到妍玉面前道：「天氣冷，妹妹喝點酒暖暖身子吧。」

這一句話正撞到妍玉的心坎裡，想到柯瑞與她相好多年，竟不能清楚她的人品，而楊昊之只聽她所言便能體會她一番心意，明瞭自己情苦；又見楊昊之殷勤體貼，言語關懷與柯瑞別無二致，不由滴下淚來，將酒罈接過，仰起脖子就灌了幾大口，卻辣嗆得連連咳嗽。

楊昊之讚道：「妹妹真是女中豪傑！」說完也將酒罈子拿過來灌了一氣。

妍玉本就不勝酒力，又喝得猛，登時頭就昏了，臉也紅了起來，楊昊之見妍玉面染紅霞，頭髮濕濕的貼在臉兒上，更襯得嬌弱可人，不由怦然心動，身子向前移了幾分，暗道：「柳家的女兒果然個個都是美人，難得妍妹妹還是個懂風月的癡情人兒。」

妍玉酒力上湧，只覺楊昊之是個知己，話比往常多了幾倍，楊昊之又殷勤勸酒，妍玉喝了幾口，腦中越發渾沌，說起與柯瑞的前塵舊事，心中越是委屈惱恨，說著便趴在楊昊之懷裡哭道：「昊哥哥，他不要我，莫非是我生得不美嗎？」

楊昊之自從到了莊子就再未近過女色，此刻妍玉投懷送抱，心裡不由一蕩，聞得鼻間暗香浮動，下腹如同起了一團火，啞著聲音道：「妹妹花容月貌，旁人豈能比過妳了？」

妍玉聽了此話越發賭氣道：「我的清白他都不要，還給了我好大的沒臉。昊哥哥，若我用這話問你，你又如何答我呢？」

楊昊之聽了更是口乾舌燥，又多喝了酒水，壯了膽色，念頭一起便不管不顧，摟緊了妍玉道：「好妹妹，妳何須問我該如何答，今日我救了妳，就是老天爺給的緣分。」說著一口吹熄了燭火，將妍玉壓在榻上便解她衣裳。

妍玉腦中渾渾噩噩，但也知道輕重，想掙扎卻不能起身，正要開口大喊，楊昊之早已湊過來親嘴，按住了雲雨起來。

妍玉又驚又怕，酒已醒了大半，但事已至此也毫無用處，直至雲收雨散，妍玉顧不得身上難過，只忍著羞恥草草穿了衣裳，也不理楊昊之，慌得奪路而逃。失魂落魄的回了碧芳苑，丫鬟婆子們見妍玉頭髮蓬亂，容顏慘白，渾身濕淋淋的，不由大吃一驚，早有機靈的跑去告訴孫氏。妍玉只道自己失足跌進荷塘裡去了，待孫氏一走便躲進被裡哭了一宿。眾人皆以為妍玉是因柯瑞之事想不開罷了，竟均未瞧出異狀。

妍玉真個心灰意懶，她本是個心氣極高的人，自小容貌美麗，又是家中最小的嫡女，受盡寵愛，到何處去都自視高人一等。且不論婉玉、姝玉，即便是楊蕙菊她也從未放在眼中，但如今婉玉成了梅家的小姐，姝玉入宮做了天眷，楊蕙菊搶了她心上人，而她卻淪落到殘花敗柳的境地。妍玉又羞又憤，本無顏再活，但因尋死過一回，回想在湖中掙扎的可怖之景，竟不敢再尋短見，只是終日裡抑鬱寡歡，每每迎風流淚罷了。

且說楊昊之那晚色字當頭，腦中一熱誘姦了妍玉，待酒意退了，方才想到後果，不由驚出一身冷汗，草草將地方清理了便跑回家中，提心弔膽的過了兩日，見外頭風平浪靜，料定妍玉怕羞不敢聲張，方才放下心來。等靜下來一想，憶及妍玉美貌癡情，心又癢了起來。暗道：「如今那瘸子死了，大戶人家都不願將女兒嫁過來做填房，妍妹妹是柳織造的嫡出女兒，況且又已失身於我，應嫁給我才是，若錯過了她，只怕日後沒有這麼好的人兒。」轉念想到柳壽峰萬難答應，若是這醜事張揚出去自己也絕無好果子吃，不由又犯了愁。

楊昊之思前想後，終於拿定一計。第二日楊昊之藉著柳氏的名義，打發丫鬟給妍玉送了幾盒東西，又特地命丫鬟將一封信親自交到妍玉手中。妍玉拆信一看，只見楊昊之洋洋灑灑，在信中表白愛慕之情，約她晚間在柳家園子裡相見，如若妍玉不去，他就要去央求長輩作主。

妍玉又驚又怕，心中雖恨，但又恐楊昊之將二人的醜事告訴她爹娘知曉，一整天都神情恍惚，坐臥不寧。至晚間，只得瞞了旁人，獨自悄悄來到園子裡。原來楊昊之早就知道柳家園子後頭有一處狗洞，待天色黑了，他便從洞裡爬進來，在荷塘邊上的假山後頭巴巴的等著，正百爪撓心的當兒，只見黑抹抹的來了一個人影，藉月光一看知道是妍玉，忙趕上前輕聲道：「妹妹，好妹妹，妳可來了，我還怕妳不來。」

妍玉穿著披風，用帽子遮了半張臉，側過身道：「你叫我來到底想怎樣？你對我、對我做出那樣禽獸不如的事……如今……如今這般要逼死我不成……」說著心中憤恨難平，回轉身拚命捶打楊昊之，眼淚簌簌滑落。

楊昊之也不還手，只用手擋著，「撲通」一聲跪下來道：「千錯萬錯都是我的錯，妹妹若是不解恨便狠狠打我吧！都怪我對妹妹早就存了愛慕之心，當日一時把持不住，壞了妹妹名節！」

妍玉哭道：「如今說這個還有什麼用？你當我沒那個膽子不成？我先殺了你，再殺了我自己，也落個乾淨！」說著又去打楊昊之。

楊昊之一把攥住妍玉的手道：「好妹妹，仔細疼了自己的手，妳若不解氣，我打自己便是。」說著一邊捶胸一邊罵道：「楊昊之，你真是個畜生！就算愛慕妍玉妹妹，也不該做出這等下作事！妍玉妹妹高貴溫柔、貌若天仙，豈是你這凡夫俗子能癡心妄想的？」一邊說一邊用眼悄悄去看妍玉。

妍玉聽楊昊之這般一說，手便頓了下來，身子一軟，伏在旁邊的石頭上嚶嚶痛哭。楊昊之忙上前道：「妹妹別哭壞了身子，我做了對不起妹妹的事，任憑妹妹責罰。」說著從懷裡掏出一串紅寶石手釧，上頭綴著珍珠串兒，下掛一鑲了和闐玉的結牌，遞給妍玉道：「這是上回去京城時候買下的稀罕玩意兒，說是前朝皇宮裡妃子才有得戴的，可以掛在手上，也能掛在衣裳扣子上。這手釧兒我一直收著，連前些時日皇上南巡，我都沒呈上去。直到遇見妹妹，才覺得這貴氣的東西只有妹妹才配戴得起。」

妍玉只是哭，理都不理。楊昊之拉著妍玉的手，將手釧塞到她手中，妍玉但藉月光一瞧，果見那手釧兒流光溢彩，顯見不是平凡東西。楊昊之最會哄女孩兒歡心，忙打起千百般溫柔體貼道：「是我對不起妹妹，就算妹妹要我挖心掏肝我都樂意，只求妹妹能開心展顏一笑。」

妍玉此時心頭的火氣已消了幾分，但想到自己處境又萬念俱灰，將手釧兒往地上一摔，道：「即便送個金山、銀山又有何用？我不稀罕你這勞什物兒！」怔怔坐著，眼淚又流下來。

楊昊之忙將手釧撿起來，雙手捧著，直挺挺跪在妍玉跟前道：「妹妹恨我便恨了，但這東西還是收了吧……我也不知從何時開始就戀慕上了妹妹，吃飯時、睡覺時，心裡念著的都是妹妹，妹妹對柯瑞一往情深，我心裡時時刻刻的嫉妒，但誰知那小子竟身在福中不知福，白白辜負了妹妹這一番深情，若我是柯瑞，寧肯死了，也不能負了妹妹！妹妹在我心中是仙女般的人兒，我只敢悄悄看著，萬萬不敢褻瀆了一分去。那日是我迷了心竅，妹妹恨我、打我、罵我，都是應當的，只求妹妹萬萬不要想不開，妳若有了好歹，我也不能獨活了。」說著眼淚也滾了下來。

妍玉聽了楊昊之這番話臉上發燙，有些癡癡的，她自小至大，從未有男子對她說過這般情話，再朝楊昊之一看，只見月光照在楊昊之臉上，更襯出他面如冠玉、目若朗星，俊俏不在柯瑞之下，更有一番翩翩風采。妍玉不由一愣，想到被此人愛慕，對楊昊之的厭惡之情又去了兩分。

楊昊之見妍玉容色稍霽，便站起身上前將手釧兒親手戴在妍玉手上道：「好妹妹，這是我的一片心，妳好歹收著吧。」

妍玉低頭暗道：「事已至此我又能如何了？都道一女不嫁二夫，我的清白既已給了他，他又對我一片癡心……」想著抬頭看了楊昊之一眼，見楊昊之雙目中柔情款款，心頭又一撞。

楊昊之素來是在女人身上做慣了功夫的，見狀焉有不知的道理，忙甜言蜜語一番，賣弄學識文采，臨別時又約妍玉幾日後再相見，妍玉道：「那就要看我高興不高興了。」說完便轉身走了。

楊昊之心道：「妳已是我囊中之物，只須稍加手段，來日方長，還怕妳不乖乖的聽話？」心中又盤算了一番。

第二十四回 梅小姐含怒警婢女 雙生女露酸諷婉玉

且說皇上在金陵住了將近一個月方才擺駕回宮，見金陵各地政風嚴明清淨，不由龍顏大悅，大小官員凡政績卓越者皆有升授。待送駕完畢，各處陳設應用之物又足足收拾了半個月方才清理完畢，人人均是勞困疲倦不堪。

轉眼間年關將至，吳氏命紫萱備下年貨，又仔細打點東西，命小廝和長隨們給梅書達捎去。紫萱因新掌家務，斷不肯讓旁人小瞧了去，因而事事親力親為，但忙了幾日便覺得身上懶懶的，站著不是、坐著也不是，還添了挑嘴的毛病兒。請來大夫一診，當時便診出了喜脈。

吳氏和梅書遠大喜過望，厚厚的賞了大夫，親自到紫萱房裡噓寒問暖一番，讓她一概事物皆放下，只安心著養胎，賞了幾盒吃食和補藥，又特地把兩個極有經驗的老嬤嬤撥來給紫萱使喚。婉玉心中也十分歡喜，將一攤子家務事接了，四下忙碌起來。

過了些時日便到了年關，各家均張羅著過年。梅海泉和吳氏因愛女死而復生，長子成了親，媳婦剛過門不久便懷了身孕，小兒子又中了舉，家中添了這幾樁好事，心中自然歡喜，便要大大操辦起來。自除夕晚上便命下人在門口擺上粥鋪，拿出錢銀連著三日來打齋捨粥，待正月初三，又將各房的親戚請來一處吃年茶。

初三清晨，婉玉正似醒非醒，隱隱約約聽見有人說話，便喚了一聲，從被窩裡伸出手來將床幔掀了。怡人正在外頭跟個小丫頭子低聲講些什麼，聽見動靜，回頭一瞧，忙走上前道：「剛才大奶奶讓人送東西來，把姑娘吵醒了。」

婉玉揉著眼坐起身，怡人忙將衣裳展開，婉玉伸手穿上，問道：「什麼時候了？」

怡人道：「辰時四刻了。」

婉玉吃一驚道：「都這麼晚了怎的不叫我？今兒個各房的親戚都要來呢，太太病才剛好，嫂子又是雙身子，這幾日害喜得厲害，這兩人可顧不過來。」

怡人道：「是太太吩咐讓姑娘多睡會兒的，說姑娘這些日子操勞過了，怕累出病來。親戚那頭有幾個管事的婆子和媳婦顧著，再說時候還早，客人才來了三、四個呢。」

婉玉點了點頭，怡人喚了小丫頭子進來，伺候婉玉梳洗，淨面之後，又用青鹽擦牙。婉玉看身上穿的是一件荔枝紅連雲荷花刺繡的長襖，奇道：「這衣裳我先前怎的沒瞧見過？」

怡人笑道：「這是大奶奶剛打發人送來的，說是她做姑娘時做的衣裳，還是簇新的沒上過身，如今再穿就嫌花色嫩了，上頭的花樣都是她親手繡的，要姑娘別嫌棄。」

婉玉笑道：「她的活計比繡娘還好呢，我一直想讓她繡個荷包，她是懶慣了，一直拖著，今日送這麼件衣裳來，也算她念著我。」說著低頭看，見衣服上的刺繡精緻鮮亮，不由心生喜愛，摸個不住。

怡人給婉玉梳了頭，將梳妝檯上的匣子打開道：「今兒個姑娘想戴什麼首飾？」

婉玉道：「配這衣裳頭上戴鮮花才好，可惜如今沒有。」說著伸手一指道：「就戴那根赤金鑲玉的燈籠簪子和那兩支堆紗的宮花吧。」又取出一對碧玉的耳墜子自己戴上。

怡人一一幫婉玉戴好，往鏡中看了看道：「耳墜子若是戴玉，頭上也須戴個玉飾才好。」說完拿起一支玉簪道：「不如戴這個，正陽綠的。」

婉玉一看，那簪子正是楊晟之送她的「梅英采勝」簪，忙道：「這簪子戴不得，快放回去。」看著簪子又想起楊晟之來，他同自己相處的時光彷彿歷歷在目，閒暇的時候，不知怎的，心裡頭總浮現出楊晟之的臉，濃黑的劍眉、湛湛有神的雙眸、高挺的鼻子和微抿的唇，看著她的目光常常火熱又蘊含深情……想到這裡婉玉臉上一紅，忙打消了念頭，一邊伸出手讓怡人給她戴金鐲子一邊蹙眉道：「這根簪子妳找個盒子裝了單獨放起來，妥善收著，日後我有用。」怡人應了一聲。

婉玉又道：「采纖呢？今兒個親戚來得多，讓她在咱們這個院子裡管好了小丫頭子們，別瞎胡鬧。大過年的也別拘著大家，吃酒耍樂的別出了園子就是了。」

怡人道：「姑娘忘了，昨兒個晚上采纖就來回稟，她家裡人接她回家吃年茶，怕是晚上才能回來，姑娘是准了的，還跟她說要是晚了就在家睡，明日一早回來也成。」

婉玉一想確有此事，失笑道：「是我忘了。」又問怡人：「妳是從外縣來的，家裡人應該都在外頭，但若是想回家去看看，我便准妳幾日假，或是這兒有什麼相熟的親戚，也可去走動走動。」

怡人搖頭道：「哪兒有什麼家裡人和相熟的親戚。我娘沒的早，只留下我一個女兒，爹後來又續弦，娶的這一位是個母夜叉，自她來了我就沒幾日好過的。前些年我爹也沒了，她就把我賣給人做了丫鬟，什麼家不家的，不回也就罷了。」說著眼眶發紅，強笑道：「也就跟著姑娘才過了兩天舒心日子。」

婉玉聽了不由憐憫，口中嘆一口氣，抬頭見怡人一張臉兒圓潤了不少，眉眼也比先前長得更開了，更添了兩、三分穩重出來。想到這個丫鬟自柳家便一直忠心跟著自己，大小事都服侍妥帖，又有眼色，還經常在旁邊提點幫襯著，心裡一暖，從匣子裡拿了一對金纏銀的鐲子塞到怡人手中道：「大過年的，傷心什麼呢。我這兒也沒什麼，妳一直待我如何，我心裡明白得緊。這鐲子妳拿著，喜歡就戴著，不喜歡就拿去鎔了打別的首飾。妳服侍我一場，日後我定不會虧待了妳。妳沒有爹娘，我就替妳作主，待妳到了歲數，我就放妳的契書，還給妳備一份厚厚的嫁妝。」

怡人一愣，登時大喜，臉上發紅道：「謝謝姑娘！」說著聲音便哽咽起來，跪下要磕頭。

婉玉扶了她一把，笑道：「不做這些禮了，這是咱們倆的情分。」說完又道：「就是采纖一走，身邊倒一時間缺了人手……我這些時日看銀鎖和心巧都是伶俐的，有心抬舉一個升上二等，妳說這兩人哪個好些？」

怡人聽了忙掏出帕子在臉上抹了兩把，細細想著說道：「銀鎖是個有心人，我聽說她原先的名兒叫玉鎖，因姑娘來了，重了那個『玉』字，還沒等太太發話，就說要改名，她有個姊姊金環在二爺房裡當差，她就順下來改叫銀鎖了。因這件事，太太覺得她有眼色，又聽說她辦事穩重，就撥到姑娘房裡來當差。我冷眼瞧著，也是個不多說話的，凡事心裡有數⋯⋯至於心巧⋯⋯」怡人微皺了眉道：「我早就想跟姑娘說，心巧倒是應了她的名兒，事事做得巧，可就是心太巧了些。自從大奶奶有了身孕，她就往大爺那院裡去得勤了，姑娘要給大奶奶送什麼東西，也都是她搶先去送。有事沒事的也愛去轉轉⋯⋯昨兒個聽香草跟我說，心巧還跟底下的丫鬟打聽過大爺和大奶奶的事兒，香草臉上不大好看。」

婉玉登時臉色一沈，沈吟片刻道：「心巧是從人牙子手裡買的，到咱們家不過三年的光景，比不得家生子知道規矩，也不比妳這樣聰明的知道輕重。我原看她有股機靈勁兒，識幾個字，還會說話討人喜歡，這才把她點過來，想不到她存了這個心。」

怡人將手爐取出，從抽屜裡取了兩個梅花的香餅放進去，蓋上蓋子塞到婉玉手中道：「這府中上上下下的丫頭，但凡有野心的誰不想往上爬呢，在梅家，即便做半個主子，也是一輩子得享富貴了。心巧生得整齊，在府裡的丫鬟裡算是拔尖的了⋯⋯」婉玉冷笑道：「只怕是因為自個兒生得好，這才存了這個心！若爺兒本性風流就不說了，怕就怕本來好好的爺兒，也被勾搭壞了，要納了妾收房！」

怡人見婉玉臉色不好便不敢再多言，心中奇道：「大爺是朝廷命官，又生得儒雅斯文，日後前程無量，丫鬟們有這個心也不足為奇，不過是各自憑本事罷了，不說大奶奶陪嫁了四個丫鬟，個個都出挑，況太太身邊還有丫鬟呢，也未必輪得上心巧。大戶人家的王孫公子哪個不是三妻四妾。姑娘鮮少動怒，怎為這檔子事動了氣性？」她哪裡知道婉玉因經歷不同，早已對納妾之事恨之入骨，尤厭存了心思要給人做妾之輩，故而此刻露出了氣惱之色。

婉玉道：「妳把心巧叫來。」怡人出門命小丫頭子去叫，片刻小丫頭回來道：「心巧姊姊到羅香館給大奶奶送東西去了。」

婉玉眉頭微挑了挑，也不再問，命人將早飯端來，用了一碗粥、兩碟子小菜和三塊麵點，待飯菜撤下，外頭小丫頭子才報心巧回來了。過了一陣，心巧進來道：「姑娘，我回來了。」

婉玉扭頭，見心巧站在她跟前，留心打量，見她穿了青緞子掐牙的比甲，裡頭套棗紅色長襖，因外頭冷，一張臉凍得白裡透紅，反倒更顯得好看了，眼睛水汪汪，有一番小家碧玉之姿。

婉玉喝了一口茶問道：「這大早晨的妳跑哪兒去了？連個人影兒都瞧不見了。」

心巧忙道：「今兒個早晨大奶奶遣人給姑娘送了衣裳過來，又問咱們這兒還有沒有姑娘做的蜜漬烏梅糕，大奶奶一早晨就念叨著想吃。我一時沒找到，便說等找著了送去。剛我看壁櫥食盒裡還擺著兩塊，就親自給送過去了。」

婉玉淡淡道：「妳確是個辦事伶俐的，連一碟子糕餅也巴巴的端著送過去，回頭我問問大奶奶，若是她也相中妳了，就把妳撥到她身邊伺候，守著她、也守著大爺，省得妳一趟趟的跑，大冷天裡，再凍出什麼病。」

心巧心中「咯噔」一沈，抬頭一瞧，只見婉玉臉色平靜，怡人站在她身邊垂著頭端茶伺候，她素來伶俐，聽婉玉口氣不似以往，腦中一轉，忙道：「姑娘，是我做錯了！今兒個采纖回家，正是院子裡用人的時候，送點心派小丫頭去就是了，我全憑姑娘責罰！」說著便跪下來。

婉玉道：「妳先起來，我有事跟妳說。」

心巧惴惴不安，只得站了起來。婉玉道：「我昨天聽娘說，家裡一房遠親，早些年對老爺有恩的，如今他妻子身子骨不大健朗，伺候的下人只有個年老的婆子和一個不經事的小丫頭，娘看著心酸，要我派個丫鬟過去幫襯伺候幾日。我想來想去，我身邊這些人兒裡，就數妳最機靈，也最妥帖，便讓妳去。那戶人家就住在隔著兩條街的胡同，也是個殷實人家。妳待會兒收拾收拾，坐了馬車去吧。」

心巧聽了，只覺頭上劈下一個焦雷一般，立刻跪下來，磕頭如搗蒜，哭道：「我錯了！我……我萬萬沒有那個心離開姑娘……姑娘打我、罵我，萬萬不要趕我走……」

婉玉道：「妳哭什麼呢？要妳去是因為妳最會辦事，只不過去幾個月，待病人好了，妳再回來也不遲。」說著對怡人道：「快拉她起來，地上涼。我記得我還有一件半新的緞子棉襖，待會兒收拾出來給心巧穿了去。」

怡人應了，忙上前去拉心巧。心巧死活不肯起來，跪在地上痛哭，暗道：「適才她點我那幾句，怕是知道我的心思了，索性也不瞞著，好好央告，姑娘心軟，興許就不讓我走了。」一咬牙，哭道：「姑娘，是我不對，我不該存了那個心到大奶奶院子裡去……妳饒了我吧！」

婉玉面露驚奇之色道：「妳說的這是什麼話？妳放心去吧，妳的月錢府裡還是照發，少不了妳的。」說完站起身對怡人道：「跟我去太太屋裡，各房的親戚應是都來了。」

怡人忙取了斗篷來，婉玉披上便往外走，心巧在後苦苦哀求，怡人攔了她的去路道：「姑娘既這麼安排了，妳心裡也清楚是怎麼回事兒，再求也無益，不如收拾好了趕緊走，過個十天半個月的，我再替妳求求情，姑娘便把妳接回來了，妳安安生生的當差就是了。」

心巧冷笑道：「妳在這兒又充什麼好人？這事兒指不定是誰挑撥離間做的！」

怡人冷冷道：「我敲打過妳三、四回，妳都當耳旁風，今次被姑娘逮個正著，妳自己做的事又怨得了誰？」

心巧滿腔怨恨，但轉念想到怡人是婉玉身邊第一得意的人兒，只得強壓下憤懣，對怡人百般央告道：「好姊姊，我適才是氣迷心了，妳別跟我一般見識，妳替我好好求求姑娘，若姑娘不趕我走，我定重重的報答妳！」此時只聽婉玉在前頭喚道：「這麼久忙什麼呢？」怡人方才捨了心巧走上前來。

婉玉道：「她剛跟妳說了什麼？」

怡人道：「不過是央求姑娘別趕她出去。」說著抬起眼看著婉玉的臉色道，「姑娘真打算趕她走？她……她也未犯什麼大錯。」

婉玉道：「其實心巧去的那戶人家雖然小門小戶的，家道卻不單薄。男的三十二、三歲，論起來該叫我一聲姑姑，他媳婦兒病在床上已經一年了，說是也就這幾個月的光景好活，家中已經悄悄的準備後事。他娘來咱們家串門子，跟娘提起想討咱們家個丫鬟去做填房，娘如今是大小事一概不管，讓我看著辦，只說要我物色個體面些的丫鬟。我一直也沒個拿捏，恰好又有了心巧這樁。我先讓她去，若是她也有這個心了，等她回來，人家上門一求，剛好把她打發出去，兩全其美；若她沒這個心，淡她一、兩個月，她再回來也就知道輕重了，她不胡鬧，我就留在身邊讓她當幾年差，等年歲大了再讓她體面的嫁一戶人家，她若還是冥頑不靈，我就拉她去配個小廝。」

主僕二人一路走一路說，不久便到了吳氏院中，婉玉進屋一瞧，只見屋中已坐了十幾個女眷，見婉玉進來紛紛站了起來。

吳氏滿面春風，指著婉玉笑道：「說曹操曹操就到，剛說到妳了，好孩子快過來，外頭冷，先喝個熱湯暖暖身。」

婉玉便坐到吳氏身邊，抬眼一瞧，只見女眷當中還有七、八個跟她年紀相仿的少女，仔細一看，有些竟是認識的。

此時旁邊有人道：「莫怪嫂子見了這婉兒如此喜歡，硬是讓人家割愛過繼到自己跟前，這般品格，真是沒得說了，我竟沒見過還有如此標緻的人兒。」

婉玉扭頭一瞧，見有個身材微胖的婦人坐吳氏右手的位置，髮色烏黑，梳得一絲不苟，戴著玉石抹額，臉長圓，雙目細長，容貌倒也乾淨整齊，身穿一身雪青鑲領碧色寒梅暗花緞面襖裙，懷裡抱著個手爐，滿面掛笑。婉玉認得此人正是自己爹爹堂弟梅海洲的妻子董氏。

這梅海洲只與梅海泉相差半歲，當年一同讀書，後梅海泉蟾宮折桂，高中第一榜進士，梅海洲卻仍是個童生，四十歲才勉強考了秀才功名，梅海泉提攜他做了通判。董氏是禮部員外郎之女，年輕時才貌俱全，一心要結一門好親。彼時梅海泉和梅海洲均未婚配，梅家便有意結交，董氏卻非要親眼瞧一瞧梅家這兩兄弟，親自來選定。於是尋了個機會躲在簾子後頭看了一眼，見梅海洲生得濃眉大眼，比梅海泉要英俊上幾分，芳心一動便選了弟弟。誰知梅海洲讀書幾十年都未有長進，而梅海泉一路做官至朝廷重吏大員，風光無限。董氏每每想起都懊惱悔恨不止，見了吳氏心中亦有幾分酸溜溜的滋味。

吳氏笑道：「婉兒不光是生得好，她的好處多著呢，媳婦兒有了身子，我前幾個月又病了一場，整個家裡上上下下都是她在管著，一丁點的差錯都沒出過。」說完拍拍婉玉的手道：「她是妳嬸子，快去問個好。」

婉玉忙站起身，行禮道：「嬸子好。」董氏口中讚著，命丫鬟送上紅包和見面禮。吳氏又命婉玉一一給屋中長輩行禮，見過諸位姊妹。此時奶娘和丫鬟把珍哥兒抱了上來，珍哥兒穿了一身茜紅色的緞子棉襖，臉兒白白胖胖，虎頭虎腦的，「外祖母、外祖母」的喚個不停，眾人見他可愛有趣，也過來逗他。

董氏抱著珍哥兒笑道：「這孩子長得跟他爹爹小時候一樣，性子也像，好像是一個模子裡刻出來的。昊哥兒小時候嘴也那麼甜，跟抹了蜜似的。」

董氏這番話本是說出來湊趣，但吳氏和婉玉卻都不自在起來，婉玉心中暗道：「如今我還活在世上，一半就是為了這孩子，日後不指望他做官做宰，但求他平安成人，若是他真成了楊昊之那般，即便我死了，也閉不上眼。」

正想著，吳氏命人在廳堂裡擺桌椅，要跟各房親戚女眷們抹牌取樂，婉玉忙跟在身邊伺候，吳氏一拉她的手，讓她到了裡屋來，低聲道：「還有件事忘了跟妳提，昨兒個楊家來人了，說楊老太太想曾孫子，想讓人接回去住兩天，正月十五的時候再送回來。我本來也不想讓珍哥兒去，但那頭好歹是他嫡親的祖奶奶。我跟妳爹爹提了這件事，妳爹已經點頭了，說吃了中飯就把珍哥兒送回去。」

婉玉聽了，心裡不由一沈，道：「這可不成！楊家上下除了老太太誰還真心疼他？珍哥兒還那麼小呢，上回因我不在身邊，他就病了一場，這次送回楊家去，說不準又病了。」

吳氏勸道：「就幾日的工夫，等過了正月十五，我一早就打發人去接回來。妳若不放心，我便多派婆子和丫鬟過去，萬不會委屈了孩子。」

婉玉道：「去也行，不過只准兩、三日，待楊家看過孩子，就馬上接回來。」

吳氏嘆了口氣道：「好孩子，妳一向是個明白人，怎麼這一層還想不透？珍哥兒到底是楊家的長子、長孫，日後在楊家當家作主的也應是他，他怎能一輩子待在咱們家裡不回去呢？若是跟楊家冷淡疏遠了，日後可該如何是好……我明白妳的心，當娘的自然是心疼自己孩兒，可……可妳也不能跟他一輩子，如今妳再世為人，總要為自己以後打算……也要為珍哥兒打算……」婉玉渾身一顫，低了頭不作聲。

吳氏拍了拍婉玉的手道：「我待會兒就讓丫鬟給珍哥兒收拾收拾，等過了元宵節就接回來。」

婉玉只得答應了，回去默默給珍哥兒收拾東西，將各色必須的物品都細細想了一回，又把珍哥兒摟在懷裡叮囑一番，最後叫了奶娘和丫鬟過來一一囑咐。等吃過中飯，門口便套了馬車將珍哥兒送走了。

婉玉悶悶的回到屋中坐了片刻，想到吳氏處還有一群親戚在，少不得打起精神前去招呼客人，等進了待客的偏廳，卻見屋裡靜悄悄的，喚過小丫頭子一問，只聽道：「剛姑娘去送小少爺的當兒，太太已經帶人到後頭看戲去了。」

婉玉點了點頭，聽後面隱約傳來絲竹管樂之聲，便披了斗篷慢慢往前頭去，過了穿堂，只見不遠處有兩個女孩兒手拉著手走在一處，均披著猩紅色的氈斗篷，婉玉細一瞧，認出是梅海洲家的兩個女兒梅燕雙和梅燕回。這姊妹倆是雙生女，今年不過十六、七歲，生得一模一樣，膚色如雪、容貌娟麗，和董氏甚為相像。婉玉記起這兩姊妹小時候常常來梅府上做客，穿著一色的衣裳，如同一對瓷娃娃一般，格外招人歡喜。心中暗嘆時光飛逝，這一對小姊妹竟已出落得亭亭玉立了。

想著戲臺子就在眼前，卻見那二人身形一轉，反倒進了旁邊一處耳房（注），婉玉心道：「剛吃過午飯，這兩人想來是乏了，想找個屋子歇歇，那耳房倒也還空著，我去瞧瞧，若是裡頭不乾淨，就找幾個小丫頭子給換上新被褥、枕頭。」於是跟在那二人身後走了過來，還未進房門，便聽梅燕雙道：「想不到婉玉那小蹄子竟然有這個造化，攀上了大伯家的高枝兒，如今還管著家呢，大娘也寵著她，我看她頭上戴支燈籠簪子，是原先蓮英姊姊出嫁時候戴的呢，如今也賞了她了。」

梅燕回笑道：「妳倒精乖，連一支簪子都記得那麼清楚。」

梅燕雙道：「那簪子怪好看的，我還磨著娘親也給咱們倆打一支，可惜沒那個精緻。」說完又道：「原先我就瞧著婉玉彆扭，這麼個粗俗潑婦有什麼好的？聽說還為了個柯家的二爺投湖呢，嘖嘖，大伯和大娘也是不長眼睛，把這麼個人兒招到家裡來。我還記得兩年前她為了一個荷包和我打架，把我頭髮都扯下來一把，如今竟然成了咱們的親戚，真是丟盡臉面了！」

梅燕回聽了登時一驚，一把捂住梅燕雙的嘴，瞪了她一眼道：「我的好姊姊，妳還在人家家裡呢，若是讓旁人聽見可怎麼好？」

注：耳房，正房的兩側還各有一間或兩間進深、高度都偏小的房間，如同掛在正房兩側的耳朵。

梅燕雙拍掉梅燕回的手道：「妳怕什麼！屋裡就咱們倆。」

梅燕回道：「那還能說什麼？是婉玉的命好，聽說大娘對她愛如珍寶，連遠哥兒和達哥兒都靠後了呢。」

梅燕雙哼了一聲道：「不過就是大伯、大娘有喪女之痛，這才讓她得意起來，有什麼了不起的。」

梅燕回看了梅燕雙一回，忽然「噗哧」一聲笑出來道：「妳討厭她只怕不光是因為兩年前那樁事兒吧？」

梅燕雙見梅燕回一臉促狹，不由心虛道：「不因為這個還能因為什麼？」

梅燕回咳嗽一聲，忍著笑意道：「自從妳聽說吳家有意讓芳哥兒和婉玉結親，妳就一直拉著臉，只怕是……只怕是……」

梅燕雙的臉「轟」一下便紅了，啐道：「妳這小蹄子嘴裡有的沒的亂講，如今不給妳點厲害瞧瞧，妳就目無尊卑，欺到姊姊頭上了！」說著出手在梅燕回胳肢窩下面亂撓。

梅燕回格格直笑，口中告饒道：「不敢了，不敢了！姊姊饒了我吧！」梅燕雙聽了方把手停了下來，梅燕回緩了緩氣，眼睛轉了轉，趴在梅燕雙胳膊旁邊道：「姊姊，芳哥哥是大娘的外甥，跟咱們畢竟還差著幾層關係，妳若真有意思，就趕緊去把大娘哄得了，她一高興，興許就留妳在家裡住幾日，我聽說芳哥兒的娘這些時日總會上門來拜訪呢。」

梅燕雙臉上發紅，咬著嘴唇，垂著頭不作聲，良久，方道：「只怕是、只怕是大娘也看好這門親，聽說芳哥哥經常託人從京城裡送東西過來給婉玉那小蹄子，看來他也有這個意思……」

梅燕回道：「婉玉不過就是生得好，除了那皮相，哪一點能跟姊姊比了？再說姊姊也是個美人，雖說咱們倆長得一樣，但細分辨，姊姊比我還要好看上幾分。」

梅燕雙聽了，一點梅燕回的鼻子笑道：「就數妳嘴甜會說。」

婉玉在門外站了半日，將屋中的話聽個分明，不由蹙了眉，此時有小丫鬟端了茶過來，看見婉玉剛欲行禮，婉玉一把拽住，低聲道：「不必了，妳就當作沒看見我，也別跟屋裡頭的人說了。」說完轉身便退了出來，心道：「莫非爹娘真有意把我許配給吳其芳？我若嫁了人，珍哥兒又該如何？」又想起這段日子吳其芳確實命人從京城給她捎來不少吃食和玩意兒，心中添了兩分煩惱，悶悶的往回走。

待到了戲臺子底下，只見臺上正在演〈遊園〉這一齣，吳氏見婉玉沒精打采，還道她因送走了珍哥兒心裡不痛快，便把她叫到跟前百般安慰，拿了戲摺子讓她點戲。婉玉不忍拂母親興致，只得打起精神道：「既然有〈遊園〉，我就點一齣〈驚夢〉吧，兩齣一起聽才相宜。」

吳氏道：「等會兒聽完戲，還有女說書先生來說書，妳喜歡聽什麼也儘管點了。」

婉玉點頭笑道：「娘想聽什麼？我說得比她們還好聽呢。」說著又想問吳氏是否真要讓她與吳家訂親，可此處人多又問不出口，只能忍了下來。

吳氏笑道：「今兒個不用妳說，妳累了這些日子，合該好生歇歇。今兒中午妳忙著送珍哥兒走，飯都沒好好吃，這會兒也該餓了吧？」說完把幾碟子果子糕餅推到婉玉跟前道：「先吃點墊墊肚子。」

婉玉見碟子裡乃是油炸的各色小果子，便搖了搖頭道：「不想吃這個。」

文杏在旁邊連忙道：「廚房裡熬了薏米紅棗粥，還有烏雞酸筍湯。」

婉玉道：「那就紅棗粥吧。」吳氏聽了一迭聲讓人去盛。婉玉把粥吃了，又聽了一會兒戲，心裡頭仍是空蕩蕩的，想告辭退了又怕掃了吳氏的興。

正此時，只見香草走了上來，先對吳氏和婉玉行禮，後道：「太太，大奶奶想請姑娘過去一趟。」

吳氏忙道：「莫非是媳婦身上不好了？」

香草道：「奶奶身上好得很，不過是午睡剛醒，又懶得動彈，想請姑娘過去說一會兒話，還告訴我，若是姑娘忙就先不必過去了。」

吳氏想起紫萱一向與婉玉交好，女孩兒家若是能湊在一起說話，也可解婉玉心中煩悶，便推了婉玉一把，笑道：「既如此妳就去吧。」又命人拿來兩個大捧盒，端了幾碟子菜給紫萱送去。

婉玉乘機告退，隨香草到了羅香館一瞧，只見紫萱正歪在床上，手裡抓了一把果子吃，見婉玉來了，忙直起身子道：「好妹妹，妳可來了，我有一樁大新聞講給妳聽！」

婉玉坐在床沿上笑道：「妳天天關在屋裡，哪裡知道什麼大新聞？」

紫萱道：「這真真兒是一件大新聞，剛剛綠蘿從柳家回來告訴我的！」說完附在婉玉耳邊輕聲道：「楊昊之和妍玉在柳家後園子裡幽會被巡夜的婆子撞見，妍玉如今尋死覓活的要嫁楊昊之，孫氏氣得暈了過去，這事兒怕是要鬧大了！」

婉玉腦袋「嗡」的一聲，一把抓住紫萱的胳膊道：「當真？妳沒騙我？」

紫萱擺著手道：「我怎麼能騙妳呢？如今柳家熱鬧著呢，讓姊姊安胎都安不好，只好說身上不爽利，叫人把屋門緊緊關了，凡事都不理睬呢！」

第二十五回　助姊姊梅燕回獻計　立威信梅婉玉借題

婉玉道：「妍玉真和昊哥兒有了醜事了？難不成這兩人已經……已經有了夫妻之實？」

紫萱搖了搖頭道：「這就不知了。綠蘿只說兩人正在後園的假山後頭，被巡夜的婆子瞧見，昊哥兒趁著亂跑了，妍玉被柳家伯父打個半死，鎖在房裡不讓出來……嘖嘖，和那麼個名聲不好的鰥夫有染，不但是妍玉難做人，只怕柳家也抬不起頭！」

婉玉心中想的是另一樁，擰著眉道：「妳說這兩人是怎的湊到一塊兒去的？妍玉心裡戀著瑞哥兒，原先是非君不嫁的，即便柯瑞和楊蕙菊有了婚約，憑她那心高氣傲的性子，必然也要找個極體面的人家，嫁到楊家只能做個填房，她怎嚥得下這口氣？」

紫萱咬了一口糯米涼糕，一邊嚼著一邊道：「我還納悶這事兒呢。」說著直起身湊到婉玉跟前壓低聲音道：「要不，我讓夫君打聽打聽去？」

婉玉原本心中煩悶，但聽了紫萱說的話，忍不住「噗哧」一聲笑出來，道：「哥哥是朝廷命官，每日裡公務還忙不過來呢，哪裡有工夫替妳打聽這些三姑六婆的事。再說了，他一個大男人，打聽這個也讓人笑話。」

紫萱哼了一聲道：「妳哪裡知道，男人比女人更愛說這些。我有五個哥哥、兩個弟弟，弟弟們還小倒也罷了，哥哥們湊在一處喝酒，興致來了無非是說些風流韻事，什麼哪家的姑娘美貌，丫鬟裡哪個出挑，誰家又新納了小妾，我趴在窗邊上偷聽過好幾回了。」

婉玉道：「若是這樣倒也罷了。」嘆了口氣道：「但願這事還有轉圜的餘地，若是妍玉真嫁到楊家，只怕珍哥兒的日子不好過……」

紫萱一愣，道：「我光想著看熱鬧，差點忘了那個小乖乖……唉，若是楊家老大娶個小門小戶的姑娘進門倒還算了，若是他真娶了妍玉，那珍哥兒確實……妍玉哪有容人的性子，珍哥兒還是長子、長孫，若是她以後也有了兒子，珍哥兒免不了要受擠兌，況且他還有個糊髒了心眼的爹……」說著又低聲道：「我聽夫君跟我說，原先楊家老大和柯穎思勾搭成姦，害死了他妹妹！可知楊昊之不是什麼好東西，珍哥兒在咱們家這麼多天了，他這個當爹的不聞不問，即便是沒臉上門，也該派個丫鬟、婆子送點兒東西來，或者捎信問候體貼兩句，如今看來一概全無，珍哥兒還是楊家老太太派人來央求著接走的，可見他也未將這孩子放在心上。」

婉玉冷笑道：「呸！他那個狼心狗肺的東西，只怕是這會兒跟妍玉打得火熱，心裡頭正惦念著新歡，哪裡想得到自己的骨肉！」

紫萱見婉玉氣得咬牙，心中不由疑惑，但轉念想到珍哥兒和婉玉情同母子，也釋然了幾分，點頭道：「是這麼個理兒。原先他勾搭柯家的小姐，這回勾搭了妍玉也不足為奇，倒還真有幾分手段。」

婉玉道：「不過是有個好皮相，又會說哄人歡喜的話兒。」

紫萱道：「會哄人歡喜那也叫本事，妳哥哥就嘴笨，鎮日裡不過是問妳想吃什麼、想喝什麼、想玩什麼，旁的好聽的話一句都講不出。」

婉玉道：「哥哥的話雖不是抹了蜜的，但卻是真心實意，妳還有什麼不知足的。」說完想到自己原先被楊昊之虛情假意矇騙，心中再後悔一番，又擔憂珍哥兒，不免憑添幾樁煩惱。

紫萱從床頭貯物的木格子裡取出一個青花瓷的小罐，打開蓋子，只見裡頭放的均是玫瑰花瓣蜜醃的梅子、杏乾等吃食。紫萱遞給婉玉，婉玉搖頭，她便逕自取了吃，一邊吃一邊道：「眼下柳家是亂了套，連過年的心思都沒有，聽說前些日子淑妃和姝玉還從宮裡賜了過年的東西出來，淑妃娘娘自然不必說了，金銀首飾和各色的針線、綢緞頗為豐富；姝玉只拿了幾樣東西，雖人人都有，但不過是書本、針線，只有長輩才得了點兒金銀的東西，怕是在宮裡過得不好。」

婉玉心不在焉道：「她只不過是個才人，比宮女稍稍高一些，剛剛進宮，哪裡能拿出體面的東西？只怕是這幾樣也讓她掏光了家底了。」

紫萱道：「是了，而且宮裡都是美人，她容貌、品格不算頂頂拔尖的，進去了也難爭出個頭。」

兩人又絮絮說了一陣，一時間到了婉玉下午理事的時候，怡人過來請，婉玉便告辭，去了平日理事的小院。丫鬟、婆子和管事的媳婦早已在外間房等著，婉玉將帳目和物件一一核對，發放了對牌（注）和銀子。一切事畢，待眾人都散了，婉玉方才從小院裡出來，聽得仍有隱隱約約的絲竹聲，知道戲還沒散，但此時也沒有看戲的心思，命怡人到吳氏跟前回一聲，自己低了頭慢慢往自己住的綺英閣走去。

進了屋子，只見幾個小丫頭子在廂房裡投骰子作耍取樂，婉玉知自己進去必然掃了大家的興，便退出來入了正房，只見銀鎖一人坐在外間裡羅漢床上，捧了一本書看。銀鎖聽見門響，抬頭見是婉玉來了，忙站起來迎上前道：「姑娘回來了。」說著幫婉玉除下斗篷，又取來手爐遞了過去。

婉玉抱著手爐在羅漢床上坐下，見銀鎖看的書攤在身邊，拿起來一翻，見是自己平日裡教珍哥兒的《三字經》，不由詫異，抬頭道：「妳看這書做什麼？」

銀鎖奉上茶來，笑道：「我看怡人姊姊和采纖都是認識幾個字的，會看帳簿，還會給姑娘謄寫經文，我羨慕得緊，就想跟著學學，這會兒屋裡沒人，我又得閒，拿出來翻翻，讓姑娘笑話了。」

婉玉笑道：「認字是個極好的事，我笑話妳做什麼？不過是有些男人恐女子讀了書、明了理，強過他們去，這才編出『女子無才便是德』的渾話。依我看，女子不但要讀書，還要多多的讀，最好也能出去立一番功名事業，如此自己的事便能作主了。」說完又道：「都看過什麼書了？」

銀鎖道：「不過剛看完《百家姓》，這本《三字經》還是剛認了兩頁字，我笨笨的，一頁要看上幾日才能把字記在心裡頭。」

婉玉道：「多學勤看，自然就記得牢了，哪怕一天認上五個字，天長日久的也不愁記不全。」暗中將銀鎖打量一番，只見她生得平常，無怡人之秀氣俏麗，也無心巧白淨嬌豔，但五官倒還端正，面圓多肉，身量微胖略寬，頭髮烏油油的，綰了個髮髻，別一根鎏銀的簪子，因是過年，髮髻邊插兩朵紅絨宮花，身上穿一件水藍底子花卉刺繡鑲領淡青襖裙，看著十分整齊乾淨。

婉玉默默點頭，暗道：「這丫頭是個有心人，交代她做的事情每件都盡心竭力，雖不如怡人聰慧，事事盡如人意，但勝在誠懇老實，又肯吃苦。大過年的，仍有這個心靜下來認字，可見心性沈穩，知道求知上進，府裡有這樣見識的丫鬟實在不多。像她這樣的倒好，知道自己容貌及不上旁人，絕了攀高枝兒做姨娘的心思，反倒能踏踏實實的跟在主人身邊謀個前程。」心中想著，便問道：「妳是家生子吧？聽說有個姊姊在二爺房裡頭當差，爹娘又跟著誰？家裡還有什麼人？」

銀鎖道：「我爹原是給老爺趕車的，娘在二門的茶房裡，哥哥是大爺身邊的長隨，還有個弟弟，在二門外頭當小廝。」

注：對牌，即對號牌，用竹、木等製成，上寫號碼，中劈兩半，作為一種信物，用於在家族中支取物品。

婉玉道：「妳弟弟多大了？」

銀鎖笑道：「已經八歲了，成天淨知道淘氣。」

婉玉道：「八歲也不小了，回頭妳領來給我看看。」心道：「若是銀鎖她弟弟也是個憨厚的，就撥給珍哥兒使喚，他回了楊家，好歹身邊也有個自己家裡的小廝。」

銀鎖一愣，繼而喜道：「那就多謝姑娘了！」

婉玉擺了擺手，在屋裡悶悶坐了一會兒，心裡頭記掛珍哥兒，又擔憂楊昊之真的把妍玉娶進來。此時怡人回來，婉玉便將事情跟怡人說了一回，從櫃裡取出幾樣東西用布包好了交給她道：「唯有妳辦事我最放心不過，妳去楊家一趟，就說是給珍哥兒送東西的，悄悄打聽楊家有什麼打算。」怡人領命去了。

正此時吳氏房中的丫鬟來請，婉玉去吳氏院中一瞧，只見戲已經散了，眾人正坐在廳裡說笑，吳氏招呼婉玉坐到她身邊，拉著她的手道：「婉兒，妳兩個姊姊要在咱們家住幾日。正好妳們姊妹可以一處說說話兒、做做針線，一同吃一同睡的，跟妳做個伴。」

婉玉抬頭看了那對雙生女一眼，只見梅燕回對她微微一笑，點了點頭，梅燕雙跟她目光一觸便低下了頭，佯裝看衣服上的花樣。婉玉對吳氏道：「咱們家北邊還有個紫霞苑，一直空著，我回頭派人收拾收拾，給姊姊們用。」

吳氏本想著珍哥兒被送走，婉玉心裡不自在，紫萱又懷了身孕，正好來親戚家的女孩陪婉玉同住，一起說話也可解她煩悶，但見婉玉神色懶懶的，這才想起如今婉玉管家，每日裡繁忙，自己又將兩個人招進府裡反倒給女兒添了麻煩。再見婉玉眉目間並無喜色，便知女兒並不喜這兩人住進家裡來，心中不由有些後悔，但話既已說出口，便想了想道：「那就住紫霞苑吧，橫豎也住不了幾日，等到初八順星祭祖之後，她們也是要回家去的。」

梅燕回心道：「適才明明要留人住到正月十五的，娘不過客氣推辭一句，說正月初八祭祖之後就讓我們回家去，大娘還不讓，這會兒竟又改了口。」又抬頭看了婉玉一眼，心中慢慢思量。梅燕雙則暗暗歡喜不與婉玉住一處，心中盤算著讓丫鬟回去取幾件上好的衣裳、首飾來。

此時董氏道：「不必收拾什麼新屋子，讓她們倆跟婉姐兒住一處就是了，這兩人平日裡也常常睡一張床，婉姐兒屋裡要是有暖閣，便只管讓她們倆住了就是。」

婉玉笑道：「怕是委屈了姊姊們。」

董氏道：「什麼委屈不委屈，妳的屋子是頂好的，住妳那裡只怕比別處還強呢，妳們小姊妹的，本來就該多親近，住一處才好，嫂子，妳說是不是這個理兒？」

梅燕回搶著道：「正是呢，我也想和婉妹妹一起住。」梅燕雙心中自然不願，梅燕回忙向她使了個眼色，梅燕雙只得忍了下來。

事已至此，婉玉便只好道：「只要姊姊不覺得委屈就好。」說完命人去綺英閣吩咐銀鎖收拾準備。

至晚間，董氏告辭回家，臨行前將雙生女拉到無人之處囑咐道：「妳們倆在這兒住著不可淘氣，聽妳爹說衙門裡有個同知的職缺，他這幾日正想跟妳們大伯提，想頂上去，在這節骨眼上，妳們多跟妳大娘說些軟和好聽的話，有些眼色，讓妳大娘多在大伯面前說妳爹的好話，懂了嗎？」

梅燕雙道：「爹是大伯的親堂弟，大伯自然要顧著自己人了。」

董氏道：「那可未必，如今巴結他的人多著呢，就連柳家的大兒子他都提拔了個都轉運使佐官，比妳爹的職位還高些，妳爹怎樣也要當上正五品，咱們的面上才有光，妳們日後也能說個更體面的婆家。」

梅燕回道：「娘放心吧，我們自然是知道了。」

待董氏一走，梅燕雙立刻埋怨道：「娘說要咱們跟婉玉那小蹄子住一處，妳該攔著才是，怎的反倒答應下來了，我看到她就心煩，大過年的平白給自己找堵心！」

梅燕回道：「姊姊真糊塗，妳想想看，咱們是大伯這邊的親戚，明日大娘的娘家親戚來，咱們隔了一層，再住在別處，還不一定能得著信兒，好見著芳哥兒的娘呢！又或是得著信兒了，可大娘不派丫鬟來請，咱們又怎麼好意思直接過去，倒顯得少了規矩教養似的。若咱們跟婉玉住在一起，等芳哥兒的娘一來，咱們便能立即知曉了，到時候大娘也不好不請咱們過去，妳說是不是這個理兒？」

梅燕雙一想果然如此，便拍著手笑道：「妳這小蹄子鬼靈精的，這心眼兒比天上的星星都多，還真是那麼回事呢。」

梅燕回道：「我倒瞧著婉玉跟往日不同了，許是過了幾年，性子變了也未可知。」

梅燕雙哼了一聲道：「有道是『江山易改本性難移』，我卻沒瞧出她有什麼不一樣。」

一時間丫鬟請她們二人回去歇息，這兩人方才住了嘴，手拉手回了婉玉的綺英閣。

因怡人去了楊家，采纖回家探親，心巧又被婉玉送了出去，故此時綺英閣裡只剩銀鎖一個丫鬟，另還有水晶、琉璃、瑪瑙等幾個小丫頭子，婉玉將梅書達房裡的玲瓏和琥珀借來在自己房裡當兩天差，將暖閣收拾了，被褥重新換過，金猊裡也焚了新的蘅蕪香，床帳內外都細細熏了兩遍。

當下怡人回來了，婉玉馬上將她叫到臥室之內，怡人凍得臉兒通紅，忙捧了一盞熱茶暖手。婉玉問道：「怎去了這麼久？都問出什麼來了？」

怡人道：「剛開始我一丁點的消息都打探不出，偏我又不好捨了珍哥兒到外面逛，只好在屋裡坐著。可巧碰見了個舊識，姑娘在楊家住著的時候，有個丫鬟叫喜兒的，曾經服侍姑娘一場，今兒個湊巧是她來給珍哥兒送晚飯，我和她說笑了幾句，悄悄問她楊家大爺去哪兒了，喜兒說大爺初二那天晚上離家出去了，直到現在還沒回來呢！等我出門的時候，看見柳老爺的馬車停在楊家側門口，我只匆匆瞧了幾眼就趕緊回來了。」

婉玉道：「我知道了，今日的事辛苦妳了，這個月的例銀多給妳加五百個銅錢。」說完蹙著眉在床上坐了下來，暗道：「楊昊之定是見事情敗露，所以腳底下抹油溜了，怕是要在外頭避一陣風頭再回家，他這般害怕，定是已經跟妍玉有了不才之事，如此一來便難辦了……」正想著，只見雙生女來了，婉玉忙起身迎上前道：「床已經收拾好了，兩位姊姊看看可不可心？」

梅燕雙和梅燕回一瞧，只見暖閣裡設一張雕花繡床，上頭鋪著亮面的閃緞泥金被褥，端端正正擺兩個玉色紗枕頭，床幔為肉桂色，繡百蝶圖，床畔有一張黃花梨綴螺鈿的小方几子，上頭擺著茗碗、痰盒、燭檯等物。梅燕回看了笑道：「婉妹妹真真兒細心妥帖，色色都想周全了。」

梅燕雙見這暖閣裡的陳設家具就比她閨房裡的要精緻貴氣，不由羨慕，抬頭看了婉玉一眼，心中頗不是滋味道：「怎的偏偏是她有這個福氣？明明是個庶出的，還有個盜蹠的氣性，連足都沒纏，大伯和大娘怎會抬舉了她？」再一看婉玉丰姿雅麗，確實出落得比自己標緻，言談舉止、待人接物，竟真和原先不同了，心裡又暗暗吃驚。

婉玉笑道：「姊姊們若是還有什麼想要的便只管說，姊姊帶來的兩個丫頭就睡在暖閣外頭的床榻上，盥洗的臉盆、手巾、香皂和文具、鏡匣，自有丫鬟端來。」梅燕回和梅燕雙均點頭應了。

婉玉見交代完畢，便道：「已經一更天了，姊姊們也早些換衣裳歇著吧。」說完轉身便要走。

梅燕回忙道：「妹妹急什麼，我們都還不累呢，好不容易湊一起，咱們一同說說話。」

婉玉見梅燕回笑咪咪的，也不好推脫，只得坐下來，命琉璃奉茶。梅燕回極擅言辭，先給婉玉看她閒暇時打的絡子，又誇了一回婉玉穿的衣裳，最後道：「聽說達哥兒和吳家的表哥進京趕考去了，要我說，這兩人定然能金榜題名，尤其是芳哥兒，桂榜上就是頭名解元，這次保不齊能中個狀元回來。」梅燕雙適才神色懶懶的，與婉玉說話不過面子上的虛應，但聽自己妹妹提起吳其芳，便立刻朝婉玉看了過來。

婉玉心中有數，笑道：「他學問如何我不知道，但我知道二哥哥卻是頂頂有出息的，作出來的文章據說連文淵閣的大學士都讚不絕口，爹雖然當面不說，但背地裡沒少誇獎他。」

梅燕回本是想勾著婉玉說些吳其芳的事，沒想到婉玉竟扯到梅書達頭上，只得笑道：「達哥兒從小就聰明，見過他的人沒有一個不讚他的。」

梅燕雙心道：「不過是個柳家小妾生的，千方百計巴進我們梅家，這會兒口中爹、娘、二哥哥的喚得挺親熱。」心中雖不屑，但面上卻不帶出一分，只問道：「不知達哥兒和芳哥兒是在京城裡一處讀書嗎？過年了，可曾捎來過什麼信兒？我爹娘還說要備些過年的東西，命人給捎過去呢。」

婉玉道：「多謝費心！娘上個月已經派人送東西過去了，倒是沒捎回什麼信兒，只說兩人懸樑刺股、刻苦攻讀呢。」

話音未落，只聽有人道：「怎麼沒信兒？這不是捎信來了。」眾人扭頭一瞧，只見吳氏身邊的二等丫鬟嬌杏走了進來，懷裡抱一個包袱。

婉玉忙站起來道：「妳怎麼來了？拿的是什麼東西？」

嬌杏道：「二爺從京城裡派回來的人，說過年了，要給家裡捎點兒京城的東西回來，這一份是給姑娘的。」說著將包袱放在床上打開，只見裡頭有一幅畫和幾部書。嬌杏道：「二爺信上說了，送給姑娘吃食和首飾未免落了俗套，裡頭的字畫是他在京城換來的前朝的舊物，書是吳少爺送的，說是什麼珍本、寶本的，我也分不清，就只管全都抱來給姑娘了。」

梅燕雙聽說這書是吳其芳送的，心裡頭又酸又澀，但外人在旁又不好表露，仍強裝著笑臉，端起茗碗佯裝喝茶，又湊上前，將書拿起來翻了幾頁道：「這書怎的看起來又髒又舊的？」

嬌杏道：「大凡古董不都是又髒又舊的嗎？剛剛我還聽太太說，像這樣的書，一本就要十幾兩銀子呢！我的乖乖，抵得過我一年的例銀了。」

婉玉偷瞥了那姊妹倆一眼，忙道：「我看沒那麼貴重，又不是金子、銀子做的。」說完喚道：「銀鎖，將東西收了吧。」

嬌杏道：「太太說了，這到底是二爺和表少爺的一番心意，姑娘不能白白受人家的禮，總要有些回禮才是，太太的意思是等正月過了，便讓姑娘做兩色針線送過去。」

婉玉想了想道：「既然是回禮，就不必等正月過了。怡人，把櫃子裡那兩個紫檀木匣子拿出來。」不多時，怡人將東西取來，婉玉打開匣子，只見兩個木匣子裡各放一塊玉璧，一塊雕獨占鰲頭的紋樣，另一塊雕鯉魚化龍的紋樣。婉玉親自用帕子把玉璧擦了一回，然後裝好了遞到嬌杏跟前道：「將這兩樣送過去，算討個好彩頭，祝他們兩個都能金榜題名。」嬌杏領了東西去了。

梅燕雙放下茗碗，拽了拽裙子，漫不經心道：「妹妹和達哥兒、芳哥兒倒是很相宜，只怕是原先同柳家也未曾這麼親近吧？」

婉玉聽得分明，扭過頭似笑非笑道：「哥哥們多疼我，願意送來玩的、用的，我豈有往外推的道理？姊姊這麼說反倒像是我嫌棄了柳家似的。」

梅燕雙沒想到婉玉反將話說了出來，這一愣的當兒，梅燕回連忙道：「姊姊當然沒有這個意思，妹妹妳別多心……」

一語未了，婉玉便接口道：「燕雙姊姊當然沒有這個意思了，我適才跟妳們鬧著玩呢。」說完站起身道：「夜深了，我忙了一天也乏了，來日方長，明兒個咱們再好好說話兒，我先去歇著，姊姊們若是不想睡，就儘管說笑去，想吃什麼、想喝什麼問丫鬟們要，住在這兒就當是在自己家一樣，萬萬別拘謹著。」言畢，轉身進了臥房。

待婉玉一走，梅燕雙嗤道：「說什麼『住在這兒就當是在自己家一樣』，這兒原本是蓮英姊姊的閨房，一個柳家庶出的外人，真把自己當主子了？」

梅燕回連忙擺手，但為時已晚，只聽婉玉的聲音從門旁傳出來道：「姊姊這話可說得不像話！」說著走進來站在梅燕雙跟前道：「這兒不是我的家是誰的家？說我是外人，難不成妳就是這兒的主子了？爹爹選了良辰吉日，開祠堂認我做女兒的，宗族裡的長老們也都認了我的身分。再者說，我原先的出身怎麼了？柳家是正四品的織造，若這麼比，也難說誰比誰更高貴些。」

這一番話說得梅燕雙臉兒上通紅，滿心有氣卻又不敢講出來。梅燕回忙站起來拉著婉玉的胳膊道：「好妹妹妳別生氣，今兒晚上姊姊多喝了兩杯黃酒，這會兒頭暈，說錯了話，我替她賠個不是。」說著向梅燕雙擠眼睛，要她趕緊賠禮，誰想那梅燕雙素來性子執拗，她又厭惡婉玉，此刻雖知自己理虧，卻不肯服軟。

屋裡一時僵在一處，丫鬟們均噤若寒蟬，垂著頭站在一旁。婉玉冷笑道：「如此說來，姊姊是覺得自己說的話沒有錯了？那我可就擔不起了，姊姊這樣梅家正統出身的小姐竟住在我這個外人房裡。今天夜了，委屈妳將就一晚，明日快快將東西收拾好，或是回家去，或是去求妳的親大伯、親大娘給妳另選一處住著吧！」說完扭身便回了房。

梅燕回看了梅燕雙一眼，急得一跺腳跟在婉玉身後道：「好妹妹，妳千萬莫要生氣，這大過年的，鬧到長輩那裡臉上都不好看，妳不看僧面看佛面，就原諒姊姊，我替她跟妳賠不是。」

婉玉道：「鬧到長輩跟前臉上不好看？她可給我臉面了？」說罷語氣放軟道：「我是對她，可不是說妳，姊姊若是不嫌便在我這兒住著。」見梅燕回還欲說些什麼，便打斷道：「姊姊旁的話就別再說了，若她不肯跟我認錯，那便搬出去，兩相乾淨！」梅燕回知多說無益，只得退了出來。

婉玉進了臥房，坐在床沿上長長吁了一口氣，怡人端了一盞熱茶送到跟前道：「姑娘喝杯茶，消消氣吧！」

婉玉將茗碗接過來道：「我哪裡是生氣呢，她一個小女孩子，即便說我幾句不是，我也當她是年歲小，懶得與她計較。如今這般不過是借個題目發揮罷了。我過繼到梅家來，不知有多少人在背後說三道四，家裡的下人也多有不服，若不是嚴嚴的辦了幾個，我在這個家說話還未必管用。今兒個就趁這檔子事把威立起來，讓各房和旁的親戚都知道，誰日後再說我不是梅家的人，便是自己尋晦氣！明兒個妳告訴底下的小丫頭子，把這件事傳出去，梅家的親戚上上下下都知道才好！」

怡人道：「就是怕鬧大了讓咱們臉上不好看呢。那位是老爺親堂弟的女兒，若是鬧開了，老爺心裡也不知會怎麼想姑娘，也說不準會偏幫著誰……姑娘恕我多說一句，咱們畢竟是從柳家過來的，姑娘也不是太太、老爺親生的……」

婉玉道：「這妳不必管，只怕親生的都不如我呢！」抬頭見怡人仍似懂非懂，便推了她一把，笑道：「只管照我說的做便是。還愣著做什麼？讓人把盥洗的東西端進來吧。」

婉玉在房中卸妝洗漱，梅燕雙和梅燕回心裡卻七上八下。梅燕回忍不住埋怨道：「姊姊妳真是……娘臨走的時候還特別囑咐著咱們要多說幾句好話，如今可好了，好話沒說幾句，反倒將人給得罪了。」

梅燕雙低聲道：「我就是看不慣她小人得志的樣子！」

梅燕回嘆著氣道：「那如今鬧成這步田地，咱們又討到什麼好處了？」

梅燕雙心中也隱隱有些後悔，但仍嘴硬道：「妹妹妳還說她變了，我看她跟兩年前一樣，都是一副飛揚跋扈的霸道模樣！真要鬧大了我也不怕，我就不信她真能把我從這府裡頭趕出去！她胡鬧，大伯、大娘還能縱著她？最後大不了我就收拾東西回家去，以後不登這個門兒了！」一說完賭氣往床上一躺，用被子蒙了臉不再言語。

梅燕回推了推道：「好姊姊，妳去跟她陪個不是吧，又掉不了妳一塊肉，不過是兩句話罷了。」

梅燕雙不語，梅燕回又勸了兩句，最後只得嘆一口氣，把丫鬟喚進來，哄梅燕雙起來洗漱，而後二人躺在床上安歇了。

片刻，梅燕回沈沈睡去，梅燕雙卻輾轉難眠，她雖嘴上硬氣，心中到底忐忑不安，過了好一陣才迷迷糊糊的睡著了。

原來當日剛放桂榜不久，吳其芳並梅書達等幾個官宦人家公子到郊外遊玩，到棲霞山附近偏巧趕上梅海洲攜家眷到棲霞寺裡進香，在山腳下與梅書達等人相遇，因是極近的親戚，便停下來多說了幾句。

梅燕雙和梅燕回姊妹悄悄掀開車簾子向外瞧，梅燕雙一眼便瞧見一個年輕公子，輕裘寶帶、唇紅齒白，俊美得好似畫中之人。許是少女懷春鍾情，梅燕雙一見吳其芳便心生喜愛，忍不住掀開簾子一看再看，卻讓一眾公子王孫瞧見，眾人你推一下、我擠一下，或揚聲咳嗽向吳其芳揶揄取樂，吳其芳便扭頭向這邊看來，目光與梅燕雙一對上，梅燕雙登時面紅耳赤，一下將簾子放了下來，心中雖捨不得，但羞臊之餘不敢再將簾子掀起。因她這段時日偷看了幾冊才子佳人的話本，正是情思蕩漾、滿懷胡思亂想之時，便仿照話本裡頭的風月橋段，將自己貼身的荷包悄悄解了下來，待馬車一動便悄悄扔在外頭，盼著吳其芳能將荷包撿了去，也好如話本中所寫的成就一樁美好姻緣。

自此梅燕雙便對吳其芳存了一番心思，又打聽到意中人竟是本地的解元，心中愛慕之情更甚。後來吳其芳之父吳瀾攜妻子兒女上梅海洲家拜訪，董氏瞧見了吳其芳品格，回去亦讚不絕口，梅燕雙本以為好事能成，卻見董氏又嘆了一口氣道：「可惜妳們姊妹沒福，這精華毓秀的人物兒讓妳們大娘看中了，想招進門做姑爺呢。」這一句恍若焦雷劈下來，梅燕雙登時便呆了，自此後行動坐臥都是癡癡懶懶的，又添了迎風落淚、多愁善感的病兒，唯有梅燕回瞧出其姊心思，每每勸慰開解而已。

第二日清晨，婉玉一覺醒來，聽外面仍靜悄悄的，知那對姊妹未醒，就命丫鬟悄悄的進來伺候她洗漱，待將頭髮梳好了，才聽暖閣內有響動，銀鎖進門來低聲道：「姑娘，暖閣裡兩位姑娘已經起床了。」

此時采織一早趕回來磕頭，婉玉想了一回，道：「先不傳飯。」把采織叫到跟前囑咐了兩句，然後起身到了暖閣裡。只見雙生女已穿戴妥當，婉玉仔細打量，見這姊妹倆雖長得一模一樣，但梅燕回觀之活潑，梅燕雙則多兩分憂鬱之氣，又見梅燕雙顯是晚上沒有睡好，眼底微微發青，不由心中一軟，暗道：「不過是個十六、七歲的小女孩，不知事情深淺，我又何必跟她過不去呢，若是她認了錯，我便罷了，立威這檔子事本也不急於一時。」

梅燕回一見婉玉立時站了起來，迎上前道：「妹妹早，昨兒晚上睡得好極了。」說著用眼去看梅燕雙，心道：「過了一宿，婉玉的氣也該消了，我從中說和說和，這一層的事也就揭過了。」想到此處剛要開口，卻見婉玉看著梅燕雙道：「昨兒個的事妳想好了沒？我就問妳一句話，昨天的事兒是不是妳說錯了話？妳若跟我認了錯，我便權當妳沒說過便是。」

誰想梅燕雙聽婉玉這一番說辭，新情舊緒湧在一處，竟拿了帕子蒙住臉大哭道：「妳、妳欺負我！我不要在這兒住了！妹妹，快收拾東西，咱們回家去！」哭著便要往外奔，眾丫鬟連忙攔住。

梅燕雙仍大哭，又偷眼去瞄婉玉。梅燕回與她是雙生女，正是心有靈犀，忙上前去扶梅燕雙，口中道：「好姊姊，妳怎的哭起來了，這讓婉妹妹多為難，快將淚收一收吧。」說完對婉玉道：「大過年的鬧成這樣也不好，姊姊有錯，我替她跟妹妹賠罪，妹妹妳大人有大量，這檔子事兒就休要提了吧。」心想：「婉玉畢竟是過繼來的，在梅家時日尚淺，跟大伯、大娘又有多深的情誼呢？只怕她是瞧著面子上不好看，才想掙回一口氣罷了，想來她也不敢鬧大，我從中穿針引線，替姊姊認錯，既給了她臉面，又不至於讓姊姊難堪，兩相得宜。」因而又道：「都是親戚，妹妹又何必說出絕情的話？就當是咱們小姊妹之間鬧著玩的，隨它化成一縷青煙去了。」

婉玉氣得怔了，萬沒想到那雙生姊妹竟會倒打一耙，反倒顯得她成了心胸狹隘的惡人，手不由死死捏了拳，心中冷笑道：「妳們姊妹倆的如意算盤，想瞞天過海呢！若不將這事料理清楚了，傳揚出去，我如何在梅家名正言順管家，全府裡上上下下的下人怎會心甘情願聽我之令，我還如何在宗族和親戚間立足？」先凝神一想，扯了怡人來低聲道：「看住這兩人，萬別讓她們出去。」說罷轉身便往外走。

梅燕回忙叫道：「妹妹妳上哪兒去？」

婉玉回過頭道：「我去請妳們親大伯、親大娘去！既然旁的親戚不容我，我就求他們作主！」說著便往外走。

梅燕回急得直跳腳，偏生丫鬟扯住了不讓她出門，梅燕回掙脫道：「妳們扯著我做什麼？還不快攔著妳們家姑娘，非要鬧大了才高興？」

怡人走上前道：「姑娘快莫急了，等待會兒太太一來，事情就全了結了。」

梅燕回啐道：「本是姊妹間的玩笑，又怎能當真了，莫非妳們家姑娘沒教過妳息事寧人不成？還不快快鬆手！」

怡人冷笑道：「適才姑娘話裡話外偏袒雙姑娘，只怕也不是息事寧人的意思。」說完再無二話，只命小丫頭將這兩人牢牢看著。

且說婉玉提了裙子一路跑到正院當中，此時梅海泉和吳氏正在房中用飯，婉玉也不等人通傳，一逕跑了進去，撲通一聲跪在地上，撲到吳氏懷中，只喚了一聲「娘」，便抽泣起來。

梅海泉與吳氏登時嚇了一跳，但見婉玉連斗篷都未穿，渾身凍得發抖，待一抬頭更是滿面淚痕，不由又是一驚，忙詢問發生何事。

婉玉抽抽噎噎的並不搭腔，過了好一陣，方道：「昨兒個晚上，住在我房裡的那兩個姊姊，在背後編排我不是，雙姐兒說我是柳家小妾生的，攀高枝兒才到了府裡……還說我是外人，不是府裡的正經主子。我聽了心裡難受，便出去問她說這樣的話是什麼意思……問她話她也不理不睬的……因為夜了，我只能忍著氣回去，流了半宿的淚兒。今兒個一早又去問雙姐兒，誰想她反說我不是，說我欺負了她，鬧著要回家去……她的妹妹也偏幫著她……我……我只能來求爹爹和娘親……」說著又倒在吳氏懷裡哭了起來。

梅家二老素對婉玉的話深信不疑，聽聞此言，吳氏怒道：「妳怎不是正經主子了？妳若不是主子誰還能是？那兩個小姊妹看著文文靜靜像是安分守己的，想不到背後竟然這般嚼爛舌頭。」說著見婉玉哭得傷心，連忙安慰道：「好孩子快別哭了，天氣冷，別弄壞了身子，待會兒我讓丫鬟給兒端一碗熱騰騰的烏雞湯來。」

梅海泉將下人都揮退了，擰了眉頭道：「什麼霜姐兒、霧姐兒的，是什麼人？」

吳氏道：「就是你三堂弟家的那對兒雙生女，喚作燕雙、燕回的。」梅海泉素不理內宅之事，「嗯」了一聲便不再言語。

婉玉流著眼淚道：「如今這般，我活著也無趣，珍哥兒不在身邊，守著爹娘還讓旁人嚼舌頭，別的房只怕也和這兩人想的一樣，都不認我呢，都覺著我是攀高枝兒來的，不是梅家的正經主子，若是如此，我還不如絞了頭髮做姑子去。」吳氏親自端了湯來，婉玉也推了，只在她懷裡痛哭。

吳氏聽了婉玉的話如同摘了心肝一般，哽咽道：「妳若做了姑子，這不是要了我的命？我生了你們兄姊弟三個，獨獨最虧欠妳……妳年幼遭不測，便是我看顧不周；後嫁錯人家，也是我識人不清。如今妳雖回到我身邊，想讓妳過幾天好日子，但又讓妳骨肉不得團圓，讓旁人在後面說妳的閒話……」說著眼淚便滴了下來。

梅海泉聽了心裡亦不是滋味，強笑道：「大過年的怎的哭起來了？快將淚收一收，妳若是想珍哥兒，我便差人早些接回來。」

婉玉見自己爹娘這般，便又換了一番神情，將淚拭了，緩緩道：「我原想著那對小姊妹年紀輕，便也想著將此事壓了，只須跟我賠個不是，讓我在丫鬟跟前有個臉面便是了。誰想到那兩人竟鬧著說我欺負了她們，要找親大伯、親大娘來評理，還要回家去，話裡話外的堵著我，倒像我是個惡人似的……我自己吃了虧、受了氣倒是不怕，怕只怕這事傳揚出去，我便沒有立足之地了！日後丫鬟、婆子還有各房的那些親戚，還不個個都在背後說我不是梅家的正經小姐？說到這裡我便覺得委屈，我分明是爹娘的孩兒……」說著又要落淚。

吳氏忙安慰道：「不過是兩個不經事的小丫頭胡亂說的，妳是個明白人，自然知道這樣的事不該放心上。」一面說一面對梅海泉使眼色。

梅海泉則想著另一樁，暗道：「蓮英說的亦有些道理，若是外頭的人都因她是過繼來的便看輕幾分，日後她怎能嫁到上等的人家裡？即便是嫁了，又會不會讓公婆輕視欺負了去？」想了一回，便對吳氏道：「待會兒妳去問問清楚，教一教三堂弟的女兒，留她們到午時就備馬車給送回去，說婉玉身上不爽利，怕過了病氣給她們，派個老嬤嬤過去將今兒的事稍稍透露一點便是了。」

吳氏心領神會，點頭笑道：「正是這樣。」

梅海泉又對婉玉笑道：「既然已經來了，就在這兒用了早飯吧，待會兒讓丫鬟打水進來給妳洗臉，我帶妳到書房去，這些天我得了幾幅好字給妳看看。」

婉玉聽梅海泉這樣一說，知自己所求之事已成，便將淚收了，道：「還是爹爹、娘親疼女兒。」一說完站起來親自布菜奉湯，殷勤侍奉。

且說婉玉在吳氏處用了早飯後隨梅海泉去了書房，吳氏則帶著幾個丫鬟去了婉玉住的綺英閣。此時燕雙、燕回兩姊妹正坐立難安，驟見吳氏進門，唬得趕緊站了起來，口中齊聲喚道：「大娘。」梅燕雙心虛，頭一直低低垂著，梅燕回悄悄看了吳氏一眼，見吳氏臉上淡淡的，心裡也不由沈了一沈。

怡人乖覺，見吳氏走進暖閣，忙端了一把椅子請吳氏坐了，采織也連忙奉茶，吳氏看了那兩姊妹一眼道：「今兒個早晨的事婉兒都跟我說了……」

話音未落，梅燕回連忙道：「這件事原就是我和姊姊不對，正想跟婉妹妹認錯呢，都是我們不該，惹得婉妹妹生氣。」

吳氏擺了擺手道：「不過是小姊妹之間起了口角，也算不得什麼大事。」說著低頭撫了撫裙子又抬起頭道：「妳們蓮英姊姊去得早，幸虧老天爺又讓我得了一個女兒，婉兒就是我嫡親的親女兒，她年紀還小，妳們做姊姊的多教教她，她若是使了什麼小性子，妳們也別見笑，都是我和她爹爹寵的。」

燕雙、燕回二人聽了心頭一沈，梅燕回心中叫苦道：「大娘表面上是奚落婉玉，實際上是氣惱姊姊說婉玉不是梅家正經的小姐呢！」想開口接上幾句將話圓過來，卻見吳氏正用眼睛看她，一時間竟一句話都說不出。梅燕雙也聽出吳氏在敲打自己，心中又驚又怕，只管垂了頭坐著，手裡牢牢的攥緊了帕子。

吳氏又道：「適才婉兒跑去我那裡，這孩子實在不像話，大冷的天氣連件斗篷都沒穿，剛就鬧著頭疼，請大夫看了看，說是在寒風裡受了涼，如今正在我房裡頭躺著。待會兒妳們姊妹倆用了飯就隨便逛逛吧，不必等她了。」

梅燕回道：「該死！妹妹竟生了病，是我們的罪過了，我和姊姊一同去看她，給她賠個不是才能安心。」

吳氏道：「這就不用了，婉兒染了風寒，妳們過去也怕過了病氣。」說完站起身道：「文杏，快把早飯給傳來，剛剛我那兒有兩碟子小菜沒動，也給端來。」又扭過頭道：「今兒還有旁的親戚過來，我就先走了，妳們姊妹若是有什麼要吃的、要用的，儘管和這兒的小丫頭們說。」

燕雙、燕回二人忙起身相送，等吳氏一走，梅燕回立刻小聲埋怨道：「如今可好了？大娘臉上那麼淡，就是給咱們顏色看呢，要是傳到爹娘耳朵裡，該如何是好？早就勸妳跟婉玉服個軟認錯，妳偏偏不聽……」

梅燕雙心裡也正煩惱，但聽梅燕回這般一說，心裡頭越發煩躁起來，皺著眉道：「好了好了！有的沒的說這麼多管什麼用？我就是看不慣婉玉那小蹄子，好漢做事好漢當，若是爹娘真的知曉了，我到時候認打、認罰，絕對跟妳沒有一絲半點的牽連！」

這一句噎得梅燕回一口氣憋在胸口，擰了擰帕子冷笑道：「好，妳有骨氣，我是好心被當成驢肝肺，自己活該。」說完逕自坐在桌前取了丫鬟端來的果子、糕餅來吃。梅燕雙則賭氣在床上坐著，一時間屋中無話。

第二十六回　意挑唆燕回從丫鬟　聽流言抱琴驚芳心

婉玉在書房裡和梅海泉說笑了一回，此時小廝通傳，金陵布政使司求見，婉玉便退了出來往吳氏房中去了。

剛進院子，便有小丫頭子看見，忙打起簾子，婉玉進門一瞧，只見一個女眷正坐在吳氏身邊說笑，此人生得與吳其芳有七、八分像，頭上的髮髻綰得整齊，戴紅翡滴珠鳳頭釵，穿一件海藍菊花刺繡緞襖裙，手腕子上戴一對錚亮的金鐲，一看便知是官宦人家的正房太太。婉玉認得此人是吳其芳的母親段氏，便走上前笑著施禮道：「二舅母來了，二舅母過年好。」

段氏笑道：「還是婉兒嘴甜。」說著從懷裡摸出個紅包塞到婉玉手中，又握著婉玉的手將她上下打量一遍，扭過頭對吳氏笑道：「我看婉兒比前些日子又長高了，如今可是大姑娘了，模樣生得這麼標緻，跟個仙女似的，不知以後哪個有福氣的娶了她。」

吳氏道：「我們家婉兒的好處說上一天都說不完，模樣還在其次了……她又知書達禮，又體貼，交她辦的事妳便只管放心，樣樣都是極妥帖的。」

婉玉臉紅了笑道：「舅母別聽我娘的，有道是『王婆賣瓜自賣自誇』，娘誇我讚我，其實是羞臊我呢。」

段氏道：「妳娘這般說了，就決計錯不了。」說完又從懷裡掏出一方巴掌大的錦盒道：「這是我前些天收拾出來的小玩意兒，昨兒個一試卻發現小了，想著不如拿來給妳戴，免得糟蹋了這好東西。」

婉玉打開錦盒一看，只見裡頭放了枚金鑲玉戒指，雖不大，卻看著十分精緻。段氏把戒指拿出來往婉玉右手中指上一套，笑道：「瞧瞧，不大不小正合適呢。」

婉玉道：「謝謝舅母愛惜。」

段氏扯著婉玉的手笑道：「謝就不必了，不過收了我家的東西，就該到我家裡去做媳婦兒，不知妳娘可願意了？」說著用眼去看吳氏。

吳氏聽段氏這般一講，心中自然歡喜，但又想起梅海泉所言，一時之間不知如何對答，卻見婉玉垂了頭道：「舅母別拿我打趣了，吃茶吧。」說著便將茗碗端了起來。

段氏也不好再提，只將茶碗接過來喝了一口。眾人說笑了一陣，因有管事的媳婦來請，婉玉便出去了一回，待再進屋時，吳、段二人早已進了裡間密談。婉玉擔心兩人要說起她和吳其芳的婚事，便輕手輕腳的走上前，將耳朵靠在繡線軟簾上。

只聽段氏道：「妳二哥……唉，我也不知該說他什麼好，也忒迂腐了些，今兒個我原意也讓他跟我一道過來，讓他見一見妹夫，也好再謀個好些的差事，偏生他不肯，覺得如此這般便折了身價，成了攀附權貴、阿諛逢迎之輩……唉！唉！他就是這個倔驢一樣的脾氣，在官場上混了幾十年都沒得出什麼名堂，原先在外頭也沒少受同僚的擠兌，做出的政績也盡數被旁人占了去，苦的、累的倒全都輪到他頭上了。」

吳氏道：「誰說不是，我也想著二哥的事兒呢。如今他好不容易外放回來，爹爹在京城裡背著他上下打點，讓他來到金陵，請我們家老爺提攜一把，誰想到二哥不知發了什麼癲，硬是不肯受了，說怕旁人知道了說閒話……這麼一來，弄得我們老爺也不好做什麼。」

段氏嘆道：「幸虧我們芳哥兒不像他，還時時的規勸他，他卻不領情，還反倒把孩子罵了一回。」

吳氏道：「嫂嫂也不要煩心，二哥的事兒我惦著呢，時不時就跟老爺提一提。我見妳這兩日氣色都比以往好了些，可見近來保養得甚好。」

段氏眼眶微紅道：「自從來了金陵，才算過了幾天舒坦日子。妳二哥的脾氣妳也知道，做官時候最是兩袖清風，單指望他那點俸銀，能有多少田產呢？還是到了這兒，全賴妹妹和妹夫替我們張羅，這才重新置辦了莊子和店鋪，日子比往常富裕些了，芳哥兒也爭氣，考中了解元，我這一顆心才算穩當了些。」說著便用帕子拭淚。

吳氏笑道：「好端端的怎麼流起眼淚來了，好日子都在後頭，待芳哥兒中了進士，家中的門庭再改換一番，自然就跟原先更不同了。」

婉玉在門外站了一陣，聽得屋中兩人所言所說不過是旁的事情，便也沒心思再聽下去，心中暗道：「芳哥兒是個頂頂聰明機靈的人，想不到二舅舅卻如此耿直迂腐。人在官場當中若不能左右逢源，怎可能立得住腳呢？這道理我這個婦人都懂，二舅舅竟然看不透。」轉念又想起吳家不過一般稍稍殷實些的官宦人家，吳其芳卻送了她價值五、六十兩銀子的舊書，有些微過意不去，想著如何再回一份重些的禮。又走回廳堂當中來，見嬌杏仍端了茶往宴席裡送，便喚住道：「舅母在母親的屋裡，這又是給什麼人送的茶呢？」

嬌杏道：「是吳二太太身邊的丫鬟抱琴，留在廳堂裡屋，文杏姊姊讓我端了茶去陪她說說話兒。」

此時宴席門前的簾子一掀，有個丫鬟揭著簾子笑道：「快不必麻煩了。」婉玉扭頭一瞧，只見個出落得好生整齊的女孩兒站在門口，不過十六、七歲，柳眉杏目，形容秀美，合中身材，身穿絳紅色的棉比甲，配著嫣紅色的襖裙，香肩窄窄、纖腰楚楚，婉玉先一怔，暗道：「這個丫鬟的相貌風韻倒是極好的，我身邊那幾個加一起也比不上她。」

抱琴走上前行禮道：「我叫抱琴，見過姑娘了。」說完抬起頭，打量了婉玉幾眼，暗道：「莫怪大爺回去常提起她，讚不絕口的，果然是個絕色。」心裡隱隱有些發酸。

婉玉點頭笑道：「記得前幾次跟著舅母來的是紅葉，妳看著面生些。」

抱琴笑道：「紅葉姊姊年歲到了，太太恩准放出去嫁人，我便跟在太太身邊伺候了。」

婉玉見她舉止可愛，便起了談興，問道：「聽口音妳倒不像是本地的，是跟著舅母從福建過來的，還是到了此地才添的人兒？」

抱琴笑道：「我倒也不是福建人，是十歲在京城裡就被賣到吳家的，一直跟在大爺身邊伺候。這些時日大爺上京趕考，紅葉姊姊又要嫁人，太太身邊的丫鬟年歲都還小，須人好好調教，人牙子那裡也沒挑中可心的，我閒在房裡也無事，就先跟在太太身邊了。」一邊說一邊小心去看婉玉臉色。

婉玉嘆道：「都是親戚又何必見外，舅母若是房裡頭缺人，只管從我們府上挑過去就是了，橫豎這裡丫鬟們多，比外頭人牙子帶來的乾淨。」

正說著，怡人從外捧了禮單來請示婉玉，婉玉打開一瞧，立時皺了眉道：「容王府添丁，依著往年舊例便可，帳上怎的一下子支出這麼多東西和銀子？再者說，添的不過是個庶出的小孫子，也不必太過花費。這是誰擬的單子？連舊規矩都不遵了？」說著想起抱琴還在身邊，便微微一笑，引了怡人往外走。

怡人道：「本是要依著舊例的，但前些時日京城裡戶部尚書府上添了小公子，咱們就比往常多送了五十兩，這一回是容王爺，我想著怎麼也不能低了去，但添了銀子心裡也沒底，這才拿來給姑娘看的。」

婉玉笑道：「妳不知道呢，戶部尚書胡大人是我爹的同窗舊識，禮重些也應當。容王爺那頭倒不必了，循著往年的舊例就是，他們那些皇親國戚，咱們只管遠遠敬著，若是送得重了或是走得太近，反倒會引出事端來。」

怡人聽了便領命去了。婉玉站在廊下逗了一陣貓兒、狗兒，心中也悶悶的。暗道：「如今看爹娘的意思，十有八九想把我許配給吳家了。今日芳哥兒房裡的丫鬟也出言試探，那丫頭生得不俗，談吐也好，怕是要做通房。我估摸著，只再等幾個月，待芳哥兒金榜高中，到時候便會到家裡提親……若是我鬧一場，躲了這一次婚事，只怕也躲不過下一回……」長長一嘆，想到要再與一個男人成親度日，心中不由茫然和畏懼，再念及珍哥兒，心裡更像用油過了一遍，不知怎的，心裡忽然浮現出楊晟之的臉，想到他殷殷切切，待自己格外親厚體貼，自己卻注定與之無緣。當下沒有心思玩樂，想來想去仍覺眼下唯有珍哥兒的事最要緊，便到紫萱住的院子裡打聽妍玉和楊昊之的事了。

婉玉這廂走了，卻不知綺英閣裡那對小姊妹早已坐立不住。這兩人感情親暱非常，即便是賭氣也不消片刻就消了，又擔心婉玉之事，兩人坐在床頭商議了片刻，便一同到吳氏房中向婉玉賠禮。待進了吳氏住的院子，方才得知吳其芳的母親段氏來了，文杏便請兩姊妹先回去，這兩人哪裡肯依，梅燕雙道：「我們是來瞧大娘和婉妹妹的，雖說是有客，但也總是一家的親戚，若是文杏姊姊不方便通傳，那我們在宴席裡等等便是了。」說完一扯梅燕回的袖子，兩人便輕車熟路的往宴席裡去了。文杏無法，只得命小丫頭子端茶。

這兩人一進屋，便瞧見裡頭早已坐了一個容貌極清俊的女孩兒，抱琴見有人進來忙站了起來，梅燕雙將抱琴打量一番，問道：「妳是誰？是大娘房裡新添的丫鬟？」

抱琴搖頭道：「我是吳家太太身邊的丫鬟，姑娘們坐吧。」說著便讓座，又要往外走。

梅燕回一把拉了抱琴的胳膊笑道：「原來都是自己人，我們姊妹倆也正無聊，不如咱們一起說說話兒。」一邊說一邊親熱的拉著抱琴的手坐了，妳一言我一語的聊了起來。因都是年紀相仿的女孩子，兩姊妹刻意存了討好的心思，抱琴又是極乖覺的，故而幾番話下來便已熟絡了許多。

三人說笑了一回，只聽梅燕回道：「我跟妳悄悄打聽個事兒……我聽人說婉兒妹妹要和芳哥兒訂親了，不知是真是假？」

抱琴道：「如今還沒訂親呢，但也保不齊就成了……我們家太太常常讚婉姑娘，說見過這麼多女孩兒，從沒見過這般聰慧伶俐的。」

這一句話刺得梅燕雙直堵心，心思一轉，壓低了聲音道：「也虧得大娘用心教導，婉玉妹妹才出息了……想必妳也知道，原先她在柳家，是柳家一房小妾生的，因為那小妾是個戲子出身，難免就染上些不好的習氣，打雞罵狗，像個女霸王一般。」說到此處看了抱琴一眼，用帕子掩著口笑了兩聲道：「呵呵，這話兒本來也不該講，但我聽說也就幾個月前，她還在柳家的時候，還為了柯家的公子投湖，險些就死了。」

抱琴唬了一跳，道：「當真?婉姑娘竟為了個男人投了湖?」

梅燕雙賭咒發誓道：「大正月裡，若我說的有假，便叫我不得好死！千真萬確的事兒呢！」

梅燕回道：「我們姊妹倆是萬萬不會渾說的。不過眼見著婉玉妹妹如今卻出息了，管了整整一大家子，走起路來都帶著風，神氣得緊。」

梅燕雙眼見抱琴面色發白，心裡暗暗稱快，又接了一句道：「如今她改好了，我們看著心裡也歡喜。」

正說到此處，卻聽見門外有人道：「什麼好事？說出來讓我也跟著歡喜歡喜。」三人俱是唬了一跳，驚疑不定之間，只見簾子一掀，文杏端著個托盤走了進來，眼光在她們三人身上一掃。梅燕雙心中叫苦道：「文杏是大娘身邊最有頭臉的丫鬟，連我們都要敬著她三分，不知剛才的話她聽進了多少，萬一她跟大娘說了……」想到此處，心裡突突跳得厲害，又見梅燕回臉上也一片雪白，便越發六神無主起來。

文杏似笑非笑道：「適才都說什麼呢，什麼歡喜不歡喜的，我好像還隱隱約約聽見我們家姑娘的名兒。」說著用眼睛去看梅燕雙，梅燕雙心虛，將臉偏開看向別處。

梅燕回勉強笑道：「沒什麼，就是閒著沒事，說兩句閒話樂一回也就罷了。」

文杏也不再問，道：「太太說了，我們婉姑娘身上確實不大爽利，要靜養一段日子，家裡也就不方便留兩位姑娘了。適才太太已派人去跟姑娘通報了，車馬也已經備好，綺英閣那頭，丫鬟們也將東西都收拾妥當，只看姑娘們打算什麼時候走；若想多留一會兒，便用了午飯再走也不遲。」

雙生女臉色登時一變，心知這是要趕她們二人回家去了，兩人面面相覷，梅燕回站起來強笑道：「婉妹妹既然病了，我們也不好再留，免得給大娘添了麻煩，只是這般就走了終究不像話，我兩人總要跟大娘辭行才是。」說著扯了扯梅燕雙的衣袖。

文杏道：「這就不必了，太太跟前有親戚，正商量要緊的事兒，姑娘們有心，我幫著傳達就是。」

文杏此言已頗不客氣，偏生兩姊妹作賊心虛，也不敢分辯，梅燕雙道：「既然如此，我們也不多留了，勞煩文杏姊姊跟大娘說一聲，我們這就告辭。」說完和梅燕回走了出去，只留抱琴一個人坐也不是、站也不是，只擰了帕子站在炕邊上。

文杏將托盤放在小几子上，走過去拉起抱琴的手，放緩了聲道：「這般拘著做什麼？妳坐，咱們兩個人說說話兒。」說著拉著她坐到炕上，慢慢閒話了幾句，問她幾歲、家鄉在何處、平日裡都做些什麼等等。抱琴起先忐忑不安，言語上只是唯唯諾諾，但見文杏態度可親，便漸漸放開了，文杏留神看著，心裡想了一回，笑道：「不知怎的，我一見妳就覺得投緣，我年紀比妳稍長一、兩歲，便討個大喚妳一聲妹妹吧。」

抱琴忙道：「文杏姊姊說的哪裡話，姊姊肯叫我妹妹是抬舉我了。」

文杏道：「既然妳也認我，我便有幾句心底裡的話跟妳說說……咱們做丫鬟的，第一要緊的就是記著恪守本分，雖然妳我在主子跟前是有些頭臉的，但終究是個下人，比不得那些姑娘、小姐們，她們這會兒歡喜了，拽著妳磨牙，妳圖新奇，在旁邊聽著，日後若有事端惹出來，主子們只會說妳品行不良，拐帶壞了正經姑娘，重重責罰下來，又該如何呢？」

抱琴心中一沈，知道剛才跟兩姊妹說的那番話文杏都聽見了，不由滿面通紅，拽住文杏的袖子央告道：「好姊姊，是我錯了！妳教我，我再也不敢了！」

文杏道：「妳不知道當中的緣由，昨兒個晚上，雙姑娘和回姑娘就跟我們家姑娘鬥了氣，今兒個早晨我們姑娘連外衣都沒穿，哭著跑過來找太太評理。不管誰對誰錯了，這鬧來鬧去的，都是主子們的事，跟咱們又有什麼相干？好妹妹，我跟妳說一句，莫讓人家把咱們當成手裡頭的劍，什麼當說、什麼不當說，妳自己心裡都要有個分寸才是了。」

抱琴點點頭，此時小丫頭子在門口喚道：「文杏姊姊，太太讓妳過去，問說東西送了沒，話傳了沒有？」

文杏應了一聲，將托盤端起來對抱琴道：「那我先走了。」抱琴趕緊起身相送，文杏喚進兩個丫鬟進來陪抱琴說話，然後端著托盤往裡間走，見吳氏正和段氏說話，便走上前在吳氏耳邊說了幾句。

吳氏登時臉色一變，跟段氏告罪一聲，便和文杏來到外頭，低聲道：「妳說的可是真的？」

文杏道：「千真萬確，我清清楚楚聽見的，那兩人竟說了這樣的話，我心裡有氣，太太命我拿過去的香囊也沒送，那兩人本還想跟太太辭行的，我也攔了下來。適才耽誤了一陣，也是為敲打敲打吳家那個丫鬟。」

吳氏冷笑道：「莫怪婉兒今兒早晨起來哭得跟什麼似的，我還當是小姊妹之間起了口角，如今可見是黑了心的貨色，竟要壞我女兒的名聲！」又朝托盤看了一眼道：「妳做得很是，這香囊是宮裡賞出來的物件，給那兩個小蹄子也是糟蹋！妳端過去，讓婉丫頭挑一個，剩下的就賞給妳戴著玩吧！」文杏應了一聲，領命去了。吳氏想到婉玉如今之狀，更添了幾分心疼。

且說抱琴自文杏走後就有些魂不守舍，她自小被賣到吳家，段氏見她模樣整齊、性情溫柔老實，便把她撥到吳其芳身邊伺候。抱琴雖算不得伶俐機敏，但可喜在百依百順，做得一手好針線，一直也服侍妥帖。後來年歲漸大，也出挑成了美人模樣，段氏有心抬舉，吳其芳也喜她嫵媚和順，便收她做了房裡的人，抱琴自覺終身有靠，侍奉越發精心。這些時日聽段氏提及有意與梅家攀親，抱琴也有意探探婉玉性情，便千求萬求的央告段氏帶她來，一見婉玉，觀其神色、語態，便知是個心中有丘壑的人物，又見她與怡人說話，更知其頗有幾分手段，不由擔心婉玉是否性子寬和容人。誰知後來她竟聽見梅家兩姊妹提起婉玉先前的舊事，抱琴心便灰了一半，前思後想，也不由添了幾樁煩惱。

直至申時，段氏方才告辭離去。待坐到馬車上行了一段路，段氏便問道：「今兒個妳見著婉姑娘了沒？」

抱琴低了頭小聲道：「見著了。」一面說一面拿了厚棉錦緞的大褥蓋在段氏腿上。

段氏道：「妳覺得她模樣、性情怎樣？」

抱琴道：「模樣沒得挑剔，鮮花嫩柳似的。」

段氏笑道：「這就是了，我看著也好，我略套問了幾句，看樣子弟妹也樂意。待芳兒中了進士、衣錦還鄉，咱們就到梅府上提親，雖說梅家的門第高了些，但芳哥兒也是極爭氣的，不是我說嘴，多少王孫公子都比不上他。」說完又見抱琴蹙眉坐著不語，略一沈吟便知其中有事，推了抱琴一把道：「愣著想什麼呢？」

抱琴忙笑道：「沒想什麼，只是琢磨著給大爺做的衣裳還沒做好。」

段氏道：「甭想騙我，妳這丫頭最是老實，臉上藏不住心事，妳定是聽到、撞到什麼事兒了，若是跟婉姑娘有關，便只管告訴我。」

抱琴張口欲提，但轉而想起文杏說的話，便又把嘴閉上，左右為難間，又聽段氏道：「我知妳事事處處都為芳兒著想，若是有為難的事也不妨，我必不怪妳。」

這一句話卻撞進抱琴心坎，她自小至大眼中唯有一個吳其芳罷了，如今後半生都繫在他身上，唯恐他錯娶妻室，便將兩姊妹說的話對段氏說了，又道：「太太別生氣，我也不是願意跟姑娘小姐們嚼舌根子。我服侍大爺一場，只盼著他平安，日後娶一房賢淑的妻子，也是我的造化。我今兒個把這事告訴太太，也是想討太太一個主意。」

段氏擰著眉久久無言，半晌才道：「剛才弟妹倒是跟我提了，說婉玉今兒個受了氣，因為是過繼來的，下人和各房的親戚都在背後亂嚼舌頭，她那兩個侄女就踩了婉玉的不是。還說婉丫頭生母去得早，前些年在柳家也沒少受人擠兌，也怪可憐見的。我聽了還順著勸慰了幾句。若是婉姑娘為個男人投了湖，也不知有內情沒有，但不管怎樣，終究也不是體面的事。」說到此處拍了拍抱琴的手道：「我的兒，幸虧妳告訴了我，咱們剛來金陵，對婉姑娘先前的事兒一概不知，如此看來需找人好好打聽打聽才是了。妳這般替芳哥兒打算，我日後也不會虧待了妳，妳儘管放心便是。」抱琴連連答應，心裡才安穩下來。

卻說到了正月初七，柳家鬧出了一樁天大的事，妍玉使了個金蟬脫殼的法兒，留了封書信，帶著丫鬟紅芍和楊昊之私奔了。楊、柳兩家登時大亂，柳壽峰氣得病倒在床，一時大發雷霆，一時要將妍玉自家族除名，一時又痛哭流涕自愧顏面盡失、對不起歷代祖先。楊家也四下裡派人尋找，兩家雖竭力將事情壓下來，但奈何紙包不住火，風聲還是傳揚出去了。婉玉知道了越發憂心忡忡，待正月十五一過，便忙派人將珍哥兒接了回來。

如此整個年節便這般過了，待至二月，初九、十二、十五日便是會試的日子，三場考過，杏榜一發，梅書達、吳其芳和楊晟之三人均高中了貢士。待三月十五日殿試考過，梅、楊、吳三家均是點燈熬油的等信兒，等了七、八天，方有快馬報喜回來，報知梅書達和吳其芳均中二甲，楊晟之考了第三甲頭名傳臚（注），喜訊傳來，眾人無不喜氣盈腮，各家均放炮慶賀，開祠堂祭祖，不在話下。

楊崢這些時日因楊昊之的事正煩惱不盡，只覺因這孽障得罪了梅家，如今更與柳家交惡，但此時楊晟之高中的喜訊傳來，楊崢不由精神大振，大喜之後，心中又默默想道：「楊

注：傳臚，殿試第一等的稱為「一甲」，賜「進士及第」，只取三人，即狀元、榜眼、探花；第二等的稱為「二甲」，賜「進士出身」；第三等的稱為「三甲」，賜「同進士出身」，二甲與三甲的第一名都叫傳臚。

家頂著皇商和戶部的虛銜，即便再如何富有，但終究是從商最末一流罷了，事事處處要看梅、柳兩家的臉色，若是朝中有人，那又何愁家業不興？晟兒看著呆笨，不過是個老實憨厚的庶子，這些年來雖無大錯，但看著也不出挑，想不到如今竟成了最出息的一個了！只怕楊家還要指望於他，往日裡我待他生分了些，從今往後便再不能如此了。」

想到此處，楊崢忙到庫房裡，命人打開櫃子將最上等的料子取來，緙絲的、緹花的、二色金的、雪綢的，不一而足，精心挑了十幾匹，命人拿去給楊晟之重新裁製新衣；又從帳上撥了八千兩銀子，找了可靠的管事送到京城給楊晟之打點；又拿出銀子來打了一副赤金點翠的紅寶石頭面，親自送到鄭姨娘處，而後連續幾晚都在鄭姨娘房裡歇了。鄭姨娘自然春風得意，逢人便說晟哥兒如何有出息，掙了楊家的臉面，府裡大大小小的婆子、丫鬟、僕役均聞風而動，搶著上前奉承獻媚，不在話下。

而柳氏一則惦念楊昊之；二則因妍玉之事與自己親哥哥柳壽峰撕破了臉面，鬧得僵了起來；三則又氣惱楊晟之高中，鄭姨娘得勢，急火攻心便病了一場。同時大病一場的亦有柳家的孫氏，自妍玉離家之日起，孫氏便牽腸掛肚，雖痛恨親生愛女與名聲狼藉的有婦之夫勾搭，但到底還是疼惜多些，每日裡想起來都要哭上幾回。雖曾到楊家鬧過幾次，但終究無法。待杏榜發過，宮中又來了太監傳旨，原來姝玉診出了龍脈，皇上賜封為美人，又賞了柳家許多東西。姝玉亦從宮中賞了東西出來，這一回竟不同於過年時候的寒酸，賞賜頗豐，尤其給生母周姨娘的東西極多，隱有壓過孫氏一頭之勢。周姨娘大驚，忙取了幾樣貴重的送到孫氏房裡，孫氏當然不肯收，不鹹不淡的說了幾句，待周姨娘走後，她心裡到底不痛快，想到大女兒在宮中雖位尊榮寵，但久久沒有生下孩兒，如今竟被個庶女壓過一頭去；小女兒又不成器，壞了名節，日後也恐謀不到什麼好前程了，憂思極重之下也大病了一回。

自年後幾家歡喜幾家愁，各人均有各人的思量。過了些時日，梅書達、吳其芳、楊晟之等人陸續回到金陵。三家免不了各擺流水席大宴賓朋，又請戲班子演出堂會，熱鬧了好幾日方才散了。

這一日婉玉正在房裡教珍哥兒讀詩，只見梅書達從門外走了進來，大剌剌往黃花梨包銀的榻子上一坐，倚在鎖枕上笑道：「看見我來了，還不趕緊把妳這裡的好茶、好點心端上來，昨兒那個桂花釀爽口得緊，再給我盛一碗。」

珍哥兒喚了一聲：「小舅舅。」捨了書本跑過來往梅書達身上蹭。

婉玉啐道：「活土匪，上次來就摸走我一罐子新茶，今兒又過來打什麼秋風？母親賞給你的好東西還會少了不成？桂花釀早沒了，給你對果子露喝吧。」嘴上這般說，卻仍到炕几上親自端了盛零食的八寶盒來，又命怡人去倒茶。

珍哥兒聽了立刻扭過頭道：「我也要喝果子露，還要吃松子瓤。」

梅書達彈了彈珍哥兒的腦門道：「就知道吃。」說完一把將珍哥兒抱起來，向上舉了幾圈，逗得珍哥兒咯咯笑了，梅書達放下珍哥兒，對婉玉道：「這小子比前些日子沉了好些。」

婉玉笑道：「跟你一樣，像饞嘴貓兒似的，一個看不住就拿了糕餅零食往嘴裡塞，罵了好幾次才改了。」又道：「剛去母親那裡請安，聽說你被父親叫到書房去了，是不是跟你說去翰林院的事兒？父親如今是個什麼打算？想要你日後到何處任職？」

梅書達抱著珍哥兒，垂頭喪氣道：「要是說這個便罷了。剛叫我去從頭到腳罵了一回，說我如今是有功名的人了，還站沒站相、坐沒坐相，鎮日裡賞花玩柳、鬥雞撵狗不成體統，要大哥好好教我，改一改紈袴習氣。」接著叫屈道：「好姊姊，妳說句公道話，我才剛考完，前些時日累得頭暈眼花，看見《論語》、《中庸》都作嘔，這才舒坦了幾日呢，爹就來罵了。」

婉玉心中好笑，撫了撫梅書達頭頂道：「爹爹說得有理，你都這麼大的人了，還有了官職，可不興再像個孩子似的，這次高中的進士裡，你年紀最小，人人都在明裡暗裡的讚你，你可莫要給爹爹丟了臉面。」

梅書達道：「這幾日跟爹在外頭給一群士大夫老頭子賠笑作揖，拜來拜去的不勝其煩，在家裡還要裝模作樣的，那還有什麼趣兒。」說著把珍哥兒放下來，和婉玉在榻子上坐了，道：「我心裡有數，我的文章學問差得遠呢，這回高中，興許還是爹爹的舊識賣了面子，爹是皇上寵信之臣，皇上愛屋及烏，點了我做進士也未可知。」

婉玉笑道：「瞧瞧，什麼時候變得如此謙遜了？你也不必妄自菲薄，你文章作得好呢，爹爹都給我看過了。」

梅書達聽了臉色一鬆，笑道：「既然姊姊都說好，那便是真好了。」又道：「聽文淵閣的學士說，楊家三小子楊晟之的文章作得極工整，縝密嚴實，原本考官們都以為他會被皇上欽點二甲，或是中個榜眼、探花的也說不定，但聽說聖上不喜他文章中有一句暗諷本朝，思前想後才點了他三甲的傳臚。」

婉玉奇道：「楊家三公子素是個圓融守拙之人，想不到他竟敢在會試裡諷刺起朝廷了……他寫了什麼你知不知曉？」

剛說到此處，銀鎖打起簾子進屋道：「二爺、姑娘，表少爺來了。」

婉玉一怔，梅書達拍手笑道：「表兄從回來的路上就念叨著要回來看望姊姊，他上次來咱們家，姊姊剛好去親戚家了，表兄嘴上不說，但臉上還是難掩失望之色……」說到此處，見婉玉瞪了他一眼，便止住不說，只揶揄的笑。

婉玉想了想道：「快請進來吧。」說完命丫鬟把珍哥兒抱走，將茗碗和果子糕餅撤去，重新備了新的奉上來。

不多時吳其芳走進門，彼此見過後，婉玉讓座，吳其芳坐下便對梅書達笑道：「母親帶我來串門子，我拜見了姨丈後找不見你，聽丫鬟們說你往婉妹妹這兒來了，便過來看看。」

婉玉暗暗打量，見吳其芳今日穿了玄色鑲邊寶藍底子五彩刺繡的直裰，腰繫同色玉帶，更顯出一派倜儻來，容貌俊美出乎楊昊之之上，又多幾分儒雅灑脫，面上含笑，顧盼生情。

婉玉暗道：「所謂風流才子也不過如此了，莫怪梅燕雙為了他神魂顛倒的。」

吳其芳亦不動聲色將婉玉看了一番，見她穿秋香色斜襟比甲，淺紫衣領，手裡捏著明藍紗手絹，淡雅之極，越發超逸清麗，不由看得有些癡了，暗道：「婉妹容貌絕美，雖是過繼來的，但姨媽、姨丈疼愛有加，竟比嫡出的還要看重。若能與她結為連理，日後嬌妻美眷，仕途得助，夫復何求？」正想著，只聽婉玉道：「多謝表哥從京城捎了書來。」

吳其芳道：「妹妹歡喜就好了，妹妹送我那個玉璧，我命人打了絡子把玉絡上了。」說著將腰上的珮玉解了下來，婉玉一瞧，果然是她送的那塊獨占鰲頭紋形玉璧，用大紅和金色的線打成了方勝（注），將玉箍在正當中。

婉玉接過來看了看，笑道：「這是誰打的絡子？手忒巧的，趕明兒個也給我打幾根。前些日子舅母來串門，帶了個叫抱琴的丫鬟，說是做得一手鮮亮的活計，我那天看見她裙子上也繫著這麼個方勝絡子，箍著一塊白玉，跟這個一模一樣，這絡子難不成也是她打的？」

吳其芳一愣，看了梅書達一眼，原來這絡子正是抱琴打的，吳其芳與梅書達交情甚篤，早已聽梅書達說起婉玉厭惡姨娘、通房之流，梅書達也知吳其芳屋裡有個叫抱琴的丫鬟，身分不同尋常。此時梅書達見吳其芳用眼睛瞧他，心想：「母親有意撮合姊姊和表兄，表兄才高八斗，年輕有為，只怕日後再難尋這樣品格的男子……男人年少輕狂難免有兩、三個相好，跟丫頭們胡鬧哪兒能算作真呢？」想到此處便向吳其芳使了個眼色，意為自己並未搬弄什麼是非，吳其芳心中稍安，對婉玉道：「難不成我們吳家就一個丫鬟會打絡子了？若是妹妹喜歡，便告訴我喜歡什麼花樣，我讓丫鬟們打了給妳送來。」

婉玉將玉璧遞還過去，笑道：「就揀三、四個尋常樣式的打了就是。」說完喚怡人從櫃子裡取小荷包來，對吳其芳道：「也不能白白勞煩了你的丫鬟，這兒有一包紅玉髓雕的小玩意兒，你拿去替我賞了吧。」

吳其芳道：「妹妹這就見外了，不過是幾根絡子，丫鬟們平日裡閒著也是閒著，打這麼幾根小東西還須妳打賞，這不是羞臊我嗎？」

婉玉聽了也不再讓，扯開話題來說了些別的，無非是詢問京城的風土人情，吃食如何、用度如何、京城裡官宦人家住的園子如何，又問起皇上御賜的瓊林宴場面如何、宮廷樂師奏樂如何，種種不一而足。婉玉聽著新奇，心中不免羨慕，吳其芳極擅言辭，也講得繪聲繪色，待說了一會兒，吳其芳見婉玉有些乏了，便起身告辭。婉玉也不留，吳其芳從懷裡掏出個玻璃小瓶遞給婉玉道：「聽表弟說，妹妹在蠟燭底下看書久了便頭疼，這是精煉出的薄荷腦，配了幾味香材，妹妹若是頭再疼了，便打開挖一指甲蓋，抹在太陽穴和鼻子底下最是提神醒腦。」

婉玉道：「這樣的好東西我便收了，謝謝表哥。」一面說，一面命銀鎖送客。梅書達便和吳其芳一同走了出去。

注：方勝，兩個菱形壓角相疊，組成的圖案或紋樣。

待出了綺英閣的院子，梅書達便把胳膊搭在吳其芳肩膀上道：「早就告訴過你，我這妹妹精明得緊，想來她是猜到你房裡那丫鬟的事了。如今我娘也有意將妹妹許配給你，若你肯聽我一句，就儘早把那丫鬟打發了吧。」

吳其芳微微皺眉道：「抱琴打小就伺候我，我也是允了她的，若是就這般把她打發出去，我倒成了無情無義之人。況女子本該溫良恭順，妒乃女德大忌，婉妹妹大方端莊，也該明理才是；再者說，但凡大戶人家，難免有妻妾，日後若婉妹嫁我，我定會敬她、愛她，抱琴性子和順，勢必會好好守自己的本分。」

梅書達搖了搖頭，心中暗道：「怕是表兄不知曉我姊姊的脾氣，外表溫柔，內秉風雷，平日裡不言不語，實則是個最最霸道的人兒。當年楊昊之那幾個通房，最終又留下了哪個？老實本分的送了嫁妝嫁人，潑俗大鬧的便拉出去配了小廝、長隨，偏生那幾個通房丫頭都讓姊姊攥住短處，打發得有憑有據，旁人挑不出嘴。如若表兄真娶了姊姊進門，那抱琴只怕也留不住。」心裡這般想，嘴上只管和吳其芳順口說了別的，緩緩朝前走去。

且說梅書達和吳其芳走後，婉玉倚在床頭默默出神。半晌怡人端了碗茶輕輕放在炕几上，婉玉方才回神，坐起來道：「什麼時辰了？珍哥兒在做什麼呢？」

怡人道：「申時二刻了，剛才嬌杏來讓婆子把珍哥兒抱到太太房裡去玩。」

婉玉點了點頭，輕輕嘆了口氣，怡人度其神色，便問道：「莫非姑娘有什麼煩心事？」

婉玉拉著怡人的手，讓她坐在自己身邊，道：「妳覺得表少爺如何？」

怡人笑道：「姑娘怎麼問起這個了？」想了想道：「表少爺年少有為，脾氣性子看著也和善，是正經讀書人家出身的，也沒那些王孫公子的下流習氣，瞧著倒是不錯。」

婉玉再輕輕嘆一口氣道：「若是依我原來的主意，便一輩子也不嫁人了，一心一意將爹娘送終，看珍哥兒長大成人，我便隨便尋個地方絞了頭髮當姑子去。但這些日子我想了，若是我不嫁人，爹娘恐怕也不能安心，哥哥們和嫂子雖好性子，但若是我久留在此，也恐惹人生厭，只怕嫁人是唯一的出路了。再就是珍哥兒，我一見這孩子便覺得投緣，好似我的親生孩兒一般，直想帶在身邊養著；但珍哥兒究竟是楊家的長子、長孫，遲早要回去的，他在楊家名正言順，多少房子田產，他應得的，一分半釐也不能少了，可他留在梅家終究不像話，況且待爹娘百年，珍哥兒到底是外姓，拿梅家半畝田地也是要讓人說嘴的。」

怡人嘆道：「難為姑娘為珍哥兒這般考慮了。」

婉玉道：「若是爹娘真要我去嫁芳哥兒，我嫁便是了，娘也悄悄打聽過，他房裡如今只有一個通房，看形容舉止大抵還算是個明理之人。若真嫁了他，我好好央求爹爹，萬萬別讓他外放，留在金陵做官，平日裡也好照應珍哥兒。」

怡人道：「如此也好，姑娘娘家有勢，吳家到底差了些底氣，姑娘嫁過去也不會吃虧受委屈。」兩人又絮絮說了一回，不在話下。

如今且說楊家因楊晟之金榜題名，楊崢自然臉上有光，大宴賓朋數日，恨不得全金陵人都知曉楊家出了一位進士，更到各廟裡上香，開祠堂、重修家譜，大有改換門楣之勢。而楊晟之除卻官場往來，回到家中只管閉了門，安安靜靜的。鄭姨娘心有不甘，到楊晟之跟前道：「我的兒，如今你揚眉吐氣了，怎還作這副模樣？如今你在老爺跟前長了臉，也不興做以前的姿態了。再過些時日你就要回京城，趕緊找你爹要幾間鋪子、田莊，手頭充裕了才好打點，如今你去求老爺，還不要什麼有什麼。」

楊晟之道：「姨娘著什麼急？橫豎日後有妳的好光景罷了，凡事我心裡有數。」

鄭姨娘道：「連菊丫頭嫁人，老爺還給備了兩個莊子，還有七、八間鋪子做嫁妝。你也是他親生的兒子，如今這般爭氣，他才從帳上給你支了八千兩銀子，也太偏心了些！我瞧出來了，都道是『會哭的娃有奶吃』，你若不要，老爺定不會想起來給你。」

楊晟之無奈道：「姨娘，我明白，這事妳萬萬別跟父親提，時機到了我親自去說，妳若說了，只怕還比我少要了許多銀子。」

鄭姨娘聽楊晟之這番話方才歡喜了，對著楊晟之左看右看，只覺心滿意足，忽想起什麼，湊上前道：「如今你也大了，還有了官爺的身分，有些事也不該再拖著……翠蕊也伺候你這麼長時日，不如給她開了臉收到屋裡頭，日後你上京也帶她去，好歹有個知疼著熱的人，昨兒我還探了探，那丫頭樂意著呢。」

第二十七回　得家財柯二姐妒恨　受痛打楊大郎歸家

楊晟之道：「眼下最著緊的事莫過於上下疏通打點，拜見各方官吏要員，為日後謀劃；最宜修身養性，何必急於這一時，況且我是打算日後放翠蕊出去的。」

鄭姨娘奇道：「為何不將那丫頭收了？翠蕊模樣好、性子爽脆，這些年也一直妥帖伺候著，色色想得周全，哪怕一根針一根草也是先記掛著你，莫非你如今有了官職瞧不上她了，想收個更美貌的丫頭？或是有什麼可心的人兒？」

楊晟之道：「用心伺候主子，那是她的本分，她待我親厚，日後放她出府時，我自然不會虧待了她。但這丫頭恐怕不是肯安分守己的，收房的事莫要再提了。」

鄭姨娘道：「我已經允了她了……」

楊晟之一瞪眼道：「我猜便是！她定會跑去央告妳。如今她長大了，添了別的心思，我可不敢再留她了。」

鄭姨娘還欲勸兩句，但見楊晟之沈了臉色，竟不敢再說了，心道：「此一時彼一時也，晟哥兒如今是個體面的官老爺了，即便是收個通房，也要是模樣、性子都出挑的，翠蕊雖好，但到底算不得拔尖的美人，況且晟哥兒也不中意她，我再慢慢物色就是了。」一想到此處便說了些別的，無非是哪個管事的媳婦過來奉承，哪個丫鬟、小廝想到楊晟之處當差等等，楊晟之順口應著。正此時，一個丫鬟走進來道：「三爺，老爺喚您過去。」

鄭姨娘忙道：「晟哥兒，老爺叫你呢，怎麼應對、怎麼答話，你可知道了？」

楊晟之點了點頭，起身理了理衣裳便走出去，一路到了楊崢平日裡盤帳的書房門之內，只見楊崢正坐在太師椅上，眉頭緊皺，手裡握一桿菸。楊晟之喚道：「父親。」

楊崢這才回神，抬頭一瞧，只見楊晟之正垂首站在書案跟前，眉頭略鬆，想到自己膝下三個兒子，老大敗倫喪德，丟盡楊家臉面；老二又是個懦弱無能的；老三原是家裡最不受待見的庶子，此次卻一舉高中，光耀門楣，更被皇上欽點入翰林院做了庶起士（注）。兩相對比，楊崢看楊晟之更歡喜了幾分，放緩聲音道：「晟兒，你來。」說著取過書案上一個鐵匣子遞上前道：「打開吧。」

楊晟之打開鐵匣子一瞧，只見裡頭紅紅綠綠的一疊紙，展開一瞧，見均是地契和房契，不由抬起眼看著楊崢，楊崢道：「這些時日你刻苦用功，不免勞苦了，日後你便是朝廷命官，若沒有銀錢傍身也不成，這間在金陵的鋪子便移到你名下去吧，若是需用銀錢便找人回我一聲，直接從帳房支銀子便是。」

楊晟之知那間鋪子的生意是極興旺的，但仍微皺一下眉頭，心下略一盤算，道：「父親，皇上欽點我入翰林院，我日後要上京住三年，這其間與各路官員、要臣結交，免不了應酬使錢，只怕花費不菲。若不與人結交了，三年之後謀的官職免不了落了下乘，我在京中，日後隔三差五差人過來從帳上支銀子，也太不像話。」

楊崢抽一口菸，緩緩吐出，道：「楊家在京城還有些產業，京郊就有一處莊子，便暫且由你打理吧。」

楊晟之沈默不語，半晌方道：「京郊的莊子雖好，但只有夏、秋兩季才有些收成。」頓了頓道。「我在京城趕考時，父親讓我若是短了銀兩便暫到鐵帽子胡同的當鋪裡支銀子，我與鋪子裡的掌櫃和夥計也熟悉了幾分，不如就先把那當鋪交予我吧，若是收了什麼珍奇古玩，也好拿來孝敬各處要員。」

楊崢皺著眉頭暗道：「鐵帽子胡同那家當鋪確是一處旺鋪，一年下來收的銀子少說亦有五、六千兩，他倒會挑選，若將這鋪子給他一個庶子，非但嫡子們不平，柳氏也定然不依。」想到此處抬頭看去，只見楊晟之雖姿態恭謹，但神態舉止間竟帶幾分威憤，觀之儼然，與先前唯唯諾諾之態判若兩人，楊崢心中微微一驚，卻也歡喜起來，暗道：「吾兒已成材矣！不再有先前懦弱小兒之態，此番看來已有了七、八分大家風範了。」又暗暗想道：「如今家中只有這一個兒子成器，日後振興家業還多半指望於他，不過一間鋪子，真給了他又如何了？況京城之中也確需要打點。」便點了點頭道：「好吧，如此便給了你吧。」

楊晟之道：「不知何時我能拿到帳簿？也好盤一盤帳。」

楊崢笑罵道：「你這小子何時學了這些心眼？這麼急乎乎的要取帳簿，我已允了你這間

注：庶起士，官名。翰林院的庶常館，選擅長文學書法之新進士，入院學習。

鋪子了，還怕我收回去不成？」說完起身，從腰間取下一串鑰匙，走到裡屋，片刻出來拿了一疊立契道：「這便是那鋪子和田莊的房契和立書，還有店裡夥計長工的契約，你收好了吧，待會兒你就跟執事去帳房裡取帳簿。」

楊晟之雙手接過，恭敬道：「多謝父親！」

楊崢微微點了點頭，忽又嘆了一聲道：「咱們這等人家，雖有富貴，但奈何有財無勢，事事處處要看別人臉色，一年到頭賺的銀兩，倒有一大半做打點疏通之用。我自小便讀書不成，家族裡又無人在仕途上出人頭地，幸而祖宗有靈，保佑你高中，又蒙皇上恩典入了翰林院，倘若你日後仕途通達，楊家便也可再進一步了。」說罷又想起楊昊之，不由一陣頭痛，厲聲道：「你入京後萬要以讀書為重，若是養了下流習氣，跟京城裡紈袴子弟一處眠花宿柳、惹是生非，我定不饒你！」

楊晟之道：「爹爹只管放心，學館之中考校極嚴，聽說須日夜苦讀。我殿試不過第三甲，最末幾名選入翰林院，可知與旁人差距甚遠，自當日夜讀書才是，怎能沈溺嬉玩，荒廢了仕途前程。」

楊崢又囑咐一番，楊晟之方才退了出來，後隨管事去帳房取帳簿。

且說柯穎鸞立時便知曉楊崢將兩處旺鋪給了楊晟之，心裡又妒又恨，盤算了一番，便到了柳氏房裡，先逢迎了幾句，接著說楊晟之如何爭氣光耀門楣，又說公爹如何器重，直到見柳氏面露不愉之色，方才道：「公爹真真兒的心疼三兄弟，這些時日裡衣裳器物的賞了幾箱子，有些個玩意兒竟是我也叫不出名堂的。」

柳氏病體未癒，病懨懨的倚在床頭的靠枕上，聞言冷笑道：「如今他眼裡只有一個晟哥兒，哪裡還記得別人？」又想到楊昊之遠走，不知下落，而庶子卻金榜題名，這些時日來，連鄭姨娘對著她底氣都足了幾分，暗道：「幸好我還有一子，景哥兒雖不如昊兒，但亦能依靠一、二，我先前確實偏心，薄待了這一房，如今該要挽回一番。」想了一回，喚道：「春芹，把櫃子裡那個石榴紅綾的包袱拿來。」又對柯穎鸞道：「老爺送晟哥兒無非是些從庫房裡取出的東西罷了，比不得正經的精緻貨。」

待春芹將包袱拿來，柳氏解開，從裡面掏出一截料子對柯穎鸞道：「這是從南洋那頭運回來的料子，又厚又暖和，摸著也輕柔，我統共才得了這一塊，足做一件大氅，今兒個賞了景哥兒吧。」

柯穎鸞笑道：「母親賞的東西必然是好東西，還是景哥兒有福氣，前些天還跟我說，冬天穿的大毛衣裳不暖和，讓我回頭替他張羅一件，沒想到母親早就想到了。」心裡卻咬牙道：「這衣料必是給楊昊之留著的！但那下流種子卻拐帶了柳家千金私奔，衣料沒來得及送出去，今兒個倒拿來做人情！呸！真有心送，寒冬臘月又幹什麼去了？如今春暖花開了倒巴巴的送過來！」

柳氏嗔道：「不暖和也不早說，莫要凍壞了。」

柯穎鸞道：「哪兒能呢，做了一件藏青色的，一件蜜合色的，他都不愛，平白的放在櫃子裡落灰。還跟我說，穿這一色的衣裳，須用鑲了碧玉、珍珠的腰帶方才好看，想給他做一條，但到底也沒可心的，原先那條金鑲玉的腰帶已是半新不舊，他又穿厭了，那兩件衣裳便丟在一旁了。」

柳氏道：「你們二房怎麼就到這一步境地了？楊家滔天的富貴，如今你們這正經主子連一條鑲了玉、嵌了珍珠的腰帶都尋不著？我記得老爺當初給了景哥兒兩間鋪子，一間藥材、一間點心的，妳要少拿些錢銀出去，也便不必跑到我跟前來哭窮。」

柯穎鸞心裡忿恨，口中叫屈道：「我們二房哪裡就富裕了？我雖管家，但帳房的錢一分一釐都要記帳，報明母親去處，我雖粗粗笨笨的，但到底還是個實心的人，何時貪過公家裡頭一分錢？老爺給那兩間鋪子都是小本的買賣，一年到頭加一起橫豎不過七、八百兩銀子，除去上下打點和本錢，最終到手裡的也不過是四、五百兩，這一點銀子，度日也就罷了，哪裡買得起稀奇貨。」說到此處悄悄看了柳氏一眼道：「自然比不得晟哥兒，公爹把城裡一處綢緞莊、京城裡一處當鋪和一個莊子都給了他，算起來每年足能賺七、八千兩銀子呢！他一個未成家的公子就有了如此身家，只怕拔一根汗毛下來都比我們胳膊粗了。」

柳氏吃了一驚，坐直身子道：「當真？」

柯穎鸞忙做慌張之狀道：「母親怎麼坐起來了？快好好靠著，猛的起身會頭暈。」一面說一面便探身服侍。

柳氏一把攥了她的手道：「妳適才說的可是真的？」

柯穎鸞道：「怎麼能有假呢……母親，容我說一句，老三就算金榜題名，但也是個妾生的，比不得正經嫡子，老爺心裡頭高興，賞個一、兩間鋪子也無有不妥。只是這賞的也忒多了些，這般下去，哪裡還有我們立足之地？」

柳氏氣得臉色發青，深深吸了一口氣道：「好哇！好哇！自己嫡親的兒子連條像樣的腰帶都做不得，卻大把賞錢給那個小婦養的！這般下去楊家還不全都虧空了！」

柯穎鸞上前給柳氏揉著胸口道：「母親說得是，消消氣吧……都怨我！本是來跟前伺候母親的，如今反倒添了堵。」

柳氏道：「虧得妳告訴了我，否則我還蒙在鼓裡頭，妳還聽說什麼了？」

柯穎鸞道：「旁的倒沒什麼，只是有聽說，老爺要親自送晟哥兒上京。」

柳氏冷笑道：「好、好，如今那呆子成了香餑餑，我的孩兒就看作草芥一般了？」說罷喚道：「春露，把梳妝匣子裡那個藕荷色的小荷包拿來。」待春露取來，柳氏打開荷包，擠出兩個藥丸子大小的珍珠，看了看，放到柯穎鸞手中道：「這兩顆珍珠妳拿去給景哥兒做腰帶，當爹的不肯疼自己的親骨肉，我若再不疼惜疼惜，便更虧了你們夫妻了！」

柯穎鸞笑道：「瞧瞧，母親又賞了珍稀物件兒，我這個媳婦再怎麼疼他，也不如母親疼他。」

柳氏道：「妳當媳婦的，只要將身體保養好了，生個一男半女，便是疼惜景哥兒了。」

這一句正刺中柯穎鸞的心事，原來這楊景之竟有些時日未近她身，夫妻間偶有親熱也不過草草完事罷了。柯穎鸞心中不快，臉上仍強笑道：「母親說得是。」此時柳氏亦有些乏了，柯穎鸞便告辭退了出來。

待柯穎鸞走後，柳氏躺在床上，心中如排山倒海一般，終再躺不住，便起身梳洗一番，又換了件衣裳，命小丫頭子去請楊崢來。

不多時楊崢進屋，見柳氏紅著眼眶坐在床上，蒼白著臉兒，便道：「妳使人請我來有何事？」

柳氏用帕子拭了拭眼角道：「我適才想起昊哥兒心裡酸罷了，想問問老爺派人找得如何，他一晃已走了快三個月，如今也不知在哪裡……」說著淚又滾了下來。

楊崢不提便罷，一提楊昊之，額上的青筋都繃了起來，咬牙道：「那孽畜真若死在外頭也算他的造化！只是他拐走了柳家的小姐，留下一屁股爛帳，丟盡了楊家的臉面，和柳家這麼多年的情義也毀於一旦，我恨不得生生打死他！」

柳氏本就不快，聽了此話越發刺心，哭道：「我知道！如今你心裡只有個中了進士的兒子，再也不會想到昊哥兒和景哥兒了！我們母子幾人在你跟前也是礙眼，不如把我們打發了去，大家也都乾淨！」哭了幾聲，又道：「昊哥兒一走這麼多天，你不過頭一個月派人四處找找，往後就再沒動靜了，根本未將自個兒親生骨肉掛在心上。那個小婦養的，此番中了進士，你便送了兩間鋪子和一個莊子，你何時這般對過昊哥兒和景哥兒?!」

楊崢怒道：「老大當初和梅家成親，我給了他三間鋪子，全因他揮霍成性，兩年之內，這三間虧空的帳目竟有好幾千兩！我還如何再把鋪子給那個敗家的孽子？老二也便罷了，他那個媳婦可是省事的。如若這兩人也能考中一個進士回來，到時候要多少家鋪子、莊子我也給得！」

柳氏見楊崢動了氣，便不敢再鬧，只哭道：「老爺，昊哥兒好歹也是你的兒子，如今他不知生死，你心裡就能好過了？況還有柳家的四丫頭跟著他，若是把兩人都尋回了，我們也好對柳家有個交代……」哭著想到楊昊之，只覺撕心裂肺一般難受，越發哭個不住，險些暈了過去。

楊崢心中一軟，在椅上坐了下來，嘆道：「我早已派人找過了，柳家也四處派人尋找，但關乎柳家小姐的聲譽，又怎能搞得大張旗鼓、人盡皆知？不過是私下裡慢慢找罷了。」說到此處又冷笑道：「妳也不必憂愁，那孽障當日走的時候，從帳上支走了三百兩銀子，不知這會兒正在何處逍遙快活，只怕是樂不思蜀，不願回家來！」

正說到此處，卻見春芹急匆匆走進來道：「老爺、太太，大爺回來了！」屋中二人俱是吃了一驚，失聲道：「什麼？」春芹道：「大爺回來了，正在院子外頭跪著呢。」

柳氏站起身急急忙忙往外走，口中道：「地上涼著呢，你們怎能讓他就這麼跪著？等下病了可該如何是好？」說話間已扶著春芹快步走到門外，待出了院子，只見楊昊之穿著單衣，正垂著頭跪在地上，冷風一吹便凍得瑟瑟發抖，甚是可憐。

柳氏即便對楊昊之有幾分惱恨，見到這番形容也便煙消雲散了，因愛子歸家，更如同得了珍寶一般，喚了一聲：「我的兒哇！」便撲倒上前，抱著楊昊之大哭，眼淚似斷了線的珠子從腮上滾了下來，一面哭，一面罵道：「沒良心的下流種子！你怎能撇下娘一走了之，活活要了我的命……」

楊昊之淚流滿面，哽咽道：「娘……不孝兒、不孝兒回來了……」說罷已不能自抑，母子二人抱頭痛哭，彷彿生離死別一般。楊昊之哭幾聲，又抬起頭看著柳氏道：「這些時日，我、我最最掛念的唯有母親，每夜裡作夢都夢見……恨不得肋生雙翅飛回母親身邊……」

柳氏聽了更是大慟，雙手捧著楊昊之的臉，流淚道：「我的兒，快讓娘好好看看，這些日子在外頭可曾受苦了、可曾受了委屈？瞧瞧，怎麼都瘦成這個模樣了……」說著二人又相對垂淚，抱在一處痛哭。左右的丫鬟、婆子見此景想笑又不敢笑，從左右擁上來，攙的攙、勸的勸。正此時，只聽一聲怒喝：「扶這個畜生起來做什麼？還不趕緊把他打出去！」

這一聲如同焦雷，楊昊之的神魂登時唬得飛了一半，只見楊崢怒氣沖沖的走上來，身子不由顫了起來。

原來當日楊昊之正與妍玉如膠似漆，夜夜在柳家園子裡幽會。楊昊之極愛妍玉嬌媚，他平素自詡才子，慣會做小伏低，又會吟風弄月、百般溫存，兼有百般口不能言的風流手段，直將妍玉哄得癡癡迷迷，不到幾日，就連柯瑞也丟到腦後了，一心一意在楊昊之身上。這二人均也有些癡處，但凡歡喜誰，便定是乾柴烈火、海誓山盟，前因後果一概不管。故正月裡兩人好事被撞破，無緣再相見，這二人均是一腔的深情和憤懣，顧影自憐、對空長嘆，只覺自己是天下第一苦情相思的人兒。

但事已至此，楊昊之也不敢回楊府，在楊家的鋪子裡悄悄支了三百兩銀子，找了一處客棧住下。過了兩日，打聽到有些人家的婦人攬了柳府的針線活兒做，便使銀子託人往內宅裡頭給妍玉送信相約私奔，那些做活兒的婦人本不敢受託，楊昊之謊稱自己是妍玉身邊大丫鬟紅芍的表哥，送的不過是家信，又將白花花的銀子送到眼皮子底下，那婦人也不由動了心，幫著送了信進去。

紅芍接著信兒暗道：「日後我的前程都繫在妍姑娘一人身上，如今她和有婦之夫有了不才之事，即便柳家是個四品的織造，她日後也絕難嫁入上等人家去了。我倒也該好好謀劃謀劃……這楊家的大爺，生得俊俏，也有個柔和的性子，家中有金山、銀山，若是姑娘嫁過去，我也不難有一番前程。」又想到楊昊之一雙多情眼，心中酥了酥，便回去背了人百般攛掇妍玉。

妍玉自小被驕縱壞了，行事隨心所欲，哪裡能分得輕重，又和楊昊之在恩愛的興頭上，被紅芍這麼一慫恿，登時便不管不顧了，連忙收拾了幾件衣裳、細軟，和紅芍密謀，使了個金蟬脫殼的法兒，天一暗便偷偷從柳家花園子裡的狗洞溜了。楊昊之早已等候多時，立刻帶了妍玉和紅芍到杭州逍遙快活了一番。楊昊之雖揣了三百兩銀子在身上，奈何他素來是個漫天撒錢的，姸玉又嬌貴，一切吃用必然要最上等的。故不到三個月錢便快要花空，此時姸玉又添了病症，不是頭暈就是噁心，請來大夫一診，原來是有了身孕。楊昊之暗道：「我跟姸兒已生米煮成熟飯，想必柳家也不能再說什麼，只得乖乖把女兒嫁過來，到時候家裡多給聘禮，彩禮豐厚了也能堵了柳家人的嘴。況我此番娶了個官宦人家的嫡女進門，爹娘臉上也有光，自然也不會怪我了。眼下錢已用盡，不如回家去舒坦。」便與姸玉相商，姸玉知醜怕羞，不願回去，楊昊之左勸右哄，姸玉方才勉勉強強應了，但到底害怕，不敢回自己家，跟著楊昊之到了楊府。

楊昊之掐準了此刻楊崢必然在帳房盤帳，便趁此當兒到柳氏跟前來一招苦肉計，向柳氏求情，誰想到好巧不巧，竟碰見了楊崢。楊昊之見楊崢走來，渾身早已癱軟了，只見楊崢上前便狠狠扇了一記大耳刮子，咬牙切齒的罵道：「沒臉的下流胚子！畜生！我這張老臉早已讓你丟盡了！真真兒是個現世報！現世報！」說著連踹了七、八腳，巴掌、拳頭更如雨點般落了下來，疼得楊昊之抱著頭倒在地上哀叫道：「父親饒了我吧！饒了我吧！」

柳氏先是愣了，後才明白過來，哭號一聲趴到楊昊之身上道：「老爺，昊兒才剛回來，這些時日我吃不香、睡不下就是惦念這孩兒，你要打他，還不如打我吧！」丫鬟、婆子們也趕緊上前來拉，口中道：「老爺息怒，保重身子要緊！」

楊崢喘著粗氣道：「統統給我滾下去！誰過來拉著我就拖出去賣了！今日若不好好收拾

這個畜生，保不齊他日後再闖出什麼滔天的大罪，株連九族！」此時見一個丫鬟手裡拿著個掃炕用的刷子，二尺來長，棗木做的棒柄，便劈手奪下，照著楊昊之便打，楊昊之慘叫連連，眼淚、鼻涕在臉上糊成一團。

柳氏見丫鬟、婆子們不敢再攔了，便撲倒在地，抱著楊崢的靴子，仰起頭流淚道：「老爺，你消消氣吧，昊哥兒有千般不是、萬般罪過，但到底是我身上掉下來的一塊肉，老爺也將我一起打死了吧！」

楊崢一腳將柳氏蹬開，指著罵道：「這畜生就是妳溺愛偏袒，三番五次害人，玷污祖宗清譽，楊家遲早要毀在他的手裡，如今我還不如打發了他，也落得家門清靜！」

楊昊之一聽楊崢要趕他走，立時慌了起來，忍著疼跪在地上磕頭如搗蒜一般，哭道：「父親饒了我吧！我再也不敢了！父親看在珍哥兒的面上，看在老太太的面上，萬萬莫要趕我出門！」

柳氏也坐在地上哭成一團，丫鬟、婆子來攙也不肯起，口中罵道：「不爭氣的兒……我這是做了什麼孽……大媳婦剛死不久，大兒子就要被趕出門……老爺！如今你心裡只有那個考了進士的兒子，哪裡還有我們娘兒幾個的立足之地……」

眾人正鬧得不可開交，唯有鄭姨娘一人看得稱心如意。她一早便聽見院門口有喧鬧之聲，打發桂圓去看，才知是楊昊之回來了。鄭姨娘聽了，立刻提著裙子一溜煙跑到西跨院門口，躲在大門後頭往外瞧，只見柳氏和楊昊之哭天搶地，心裡有說不出的舒坦，得意道：

「平日裡個個跟霸王似的，如今還要怎麼張狂？打！狠狠打！打死了才好！」罵了幾句，轉念想道：「晟哥兒高中也是我出頭的日子，這一回卻是天賜良機，非要出一口惡氣才行。」便理了理衣裳，扶著小丫鬟桂圓擺出一派穩重端莊的款兒，緩緩的走了過去。

楊崢正氣得頭腦發懵，還想舉著刷子再打，鄭姨娘上前扶住楊崢的胳膊道：「老爺，兒孫自有兒孫福，橫豎兒孫當中已有了成器的，何必再氣壞了身子？我扶你到屋裡喝些茶、歇一歇吧。」

這一句話氣得柳氏渾身亂顫，立時站起身，兜頭就啐了一口道：「爛了妳的心肝！我還沒死，一個賤妾擺什麼當家太太的款兒？妳當我不知道妳安的什麼心？昊哥兒挨打受罪，還不是妳這賤婦背地裡挑唆，還不快滾下去，再多說一句，撕爛妳的嘴！」

鄭姨娘因楊晟之出人頭地，神氣自然不同以往，皮笑肉不笑道：「太太這話說得可不像話，昊哥兒挨打我看著也心疼，又怕老爺氣病了，這才過來勸慰，太太這般說我可真是天大的冤枉。」

柳氏淚眼汪汪的看著楊崢道：「老爺，莫非你真不叫我們娘倆兒活了？一個妾倒要騎到我頭上去了不成？」

鄭姨娘心中著實得意非凡，看了柳氏一眼，柔聲對楊崢道：「老爺，我扶你進……」話音未落，鄭姨娘便猛被楊崢推了一把，險些摔倒在地，只聽楊崢喝道：「混帳婆娘，莫非妳目無尊卑了？還不給我閉嘴！」

鄭姨娘被楊崢這麼一喝，氣焰立時矮了一截，又臊又惱，在旁邊立了不語。

正此時，二房夫婦、楊晟之和楊蕙菊那頭已得了信兒，匆匆趕了過來，見楊崢仍要打楊昊之，楊晟之連忙「撲通」一聲跪了下來，攔在楊昊之跟前道：「父親，兒子求你了！快住手吧！老太太如今身上不好，父親若真將大哥打成了好歹，倒要讓老太太如何過安生日子了？有道是『家和萬事興』，如今出了事，合該一家人商議，又怎能在自己門戶裡鬧起來？父親本就是為了兒孫耗盡心力，如今是我們做兒女的虧欠了父親，父親若再氣出病來，讓兒子情何以堪……」說著，淚已滴了下來。

楊崢低頭看著楊晟之，暗道：「楊家偌大的家業，只靠我一個人擔著，養活全家上上下下幾百口人，我膝下子息不缺，卻無一人能幫我分擔一二，反倒整日裡惹是生非。而今卻只有這小兒子，行事作風方有幾分指望，此時此刻，還能記掛著老太太，又懂得我的苦心，明白我為了兒女、家業如何艱難……」想著眼眶也紅了，渾身顫抖，含著淚無言。眾人一時間靜悄悄的，唯有柳氏和楊昊之在一旁抽泣不已。

柯穎鸞看看楊崢，又看看楊晟之，心中納罕道：「老三什麼時候變得如此能言善道了？這左一句、右一句的，句句都跟塗了蜜似的，這般會表現做作，莫怪公爹把這麼好的鋪子給了他，再這般下去，只怕公爹真要把整個楊家都給他了！」想著心口憋悶酸疼，斜眼一瞧，只見楊景之仍站在旁邊，眼中茫然。柯穎鸞恨得咬牙，一擰楊景之的胳膊低聲道：「你是死人不成？沒看見老三都跪下了？」楊景之向來懼內，聞言也慌忙跪了下來，楊蕙菊一見哥哥們都跪了，也便跟著跪下，一時間婆子、丫鬟都黑壓壓跪了下來。

楊崢長嘆一聲，將刷子丟在地上，疲憊道：「罷了、罷了，都散了吧。」又指著楊昊之道：「把這畜生押到祖宗祠堂裡，讓他跪在牌位跟前反省！不許送飯、也不准送衣裳！」說完任由楊晟之和楊景之扶著，一搖一晃回了正房。

柯穎鸞和楊蕙菊也攙著柳氏往回走，忽柯穎鸞覺得袖子被人一扯，回頭一瞧，只見管家楊順的媳婦正對她使眼色，便進屋先安頓了柳氏，又走到廊下，只見楊順家的媳婦早就候著了，便問道：「有何事？」

楊順家的媳婦湊上前低聲道：「二奶奶，大爺回來的時候帶了兩個女眷，兩人都讓大爺安頓到飛鳳院了，如今如何伺候、如何安排，咱們一概沒有主意，特來請示二奶奶。」

柯穎鸞一驚，心說：「莫非是柳家的小姐和那個丫鬟？若是這般，我倒不好作主了。」便道：「妳們拿上好的茶點、飯菜先伺候著，要什麼就送什麼，百依百順，別的不許多嘴，也不准多看。」說罷轉身進屋，使人將楊景之叫來，把事情說了，楊景之自去回稟楊崢。

第二十八回　楊晟之獻計平風波　雙生女遭罰懷禍心

楊崢被攙扶回房，靠在床頭引枕上連連喘氣，楊晟之早已親自奉了薑湯上前，又命小丫頭子去熱黃酒，將藥丸子研磨了服侍楊崢服下。片刻之後，楊崢面色方才好了一些，楊景之見狀，忙上前將飛鳳院有兩位女眷的事情稟了，楊崢又將眉頭皺起來，片刻方道：「讓二媳婦兒去飛鳳院悄悄看一眼，勿要驚動他人。」柯穎鸞領命去了，過了一盞茶的工夫，回來道：「確是柳家四姑娘妍玉。」

楊崢不勝煩惱，擺了擺手道：「你們都下去吧，容我清靜片刻。」眾人一一退下，楊晟之走在最後，剛要出去又將腳步收回，放下簾子回身走到楊崢身畔，低聲道：「兒子知道父親為何煩惱，但事已至此，還不如就這般隨它去了。」

楊崢斜挑起眼睛看著楊晟之道：「什麼隨它去了？」

楊晟之道：「自然是隨了大哥和柳家妹妹的心願，讓他們兩人成親。」

楊崢瞪了眼道：「毛頭小子，不知輕重！若真是如此我又何必煩惱？你大哥是死了妻子的鰥夫，能娶個小吏之女做填房便已不易；柳家乃四品的織造，妍玉又是嫡出，怎甘心把女兒這般嫁過來？再者說，大媳婦屍骨未寒，咱們便與柳家訂親，只怕更得罪了梅家。」

楊晟之道：「任憑柳家再如何不願，又怎奈何妍玉妹妹願意？如今妍玉和大哥鬧了這樣一齣，日後還能嫁到哪個體面人家去，除非妍玉妹妹拿根繩子勒死自己，又或是柳家鐵了心把她逐出去，跟柳家再無瓜葛也就罷了，否則又能怎樣？還不是要忍著把這口氣嚥下去。」

楊崢嘆道：「你舅舅最重臉面，就怕他來個魚死網破，真跟咱們爭持起來。原先因人還沒找到，柳家光掛心尋人一事，旁的無暇再理會，如今人已回來了，就怕柳家得了信兒把姑娘接走，再對楊家下手。」

楊晟之笑道：「父親也知舅舅愛面子，依我之見，倒不如趕緊給大哥捐個官做，就算沒有缺兒，但有了官職便到底不同了，再請個極體面、極有名望的長者保媒，風風光光大辦一番，讓柳家將臉面掙回來便是。舅舅是織造，咱們家又是慣做絲綢生意的，若能親上加親，簡直便如同天作之合了。眼下唯有此法為上上之策，再無旁的路可選，讓母親先到柳家與舅母說上一說，再好生教柳家妹妹一番話，我覺著此事倒有七、八分的把握。」頓了頓又道：「至於梅家那一頭，只怕早已知曉大哥和柳家妹妹這樁事了，父親便親自備了禮物去，陳情一番，梅家亦不好再說什麼，至多讓大哥守義滿了再成親罷了。」

楊崢想了一回道：「若是柳家不肯呢？你大哥做過傷天害理的事，若是柳家嫌那孽障品行不端，堅持把女兒往外省一嫁，再與咱們交惡，那該如何是好？」

楊晟之道：「如今柯氏都死了，只將所有罪過往死人身上推便是，咱們一口咬定是柯氏栽贓陷害，哥哥並未有殺妻之舉，說那柯氏是個寡婦，品行不端，大哥純粹是被淫婦勾引壞的。」

楊崢道：「只怕柳家不信。」

楊晟之道：「起先怕是不信的，但有道是『眾口鑠金，積毀銷骨』，就算開始不信，但說得多了，加上柳家的妹妹也願意，父親屆時再讓大哥做幾件露臉的事，到時候柳家即便不信，也會騙著自己信了。」

楊崢聽完此話心頭大震，猛一抬頭朝楊晟之看來，只見他這庶子面色平靜、神態沈凝，心中暗暗驚道：「晟兒何時已有了這番見地和城府了，我竟一概不知。所說所言竟像個見多識廣的長者！」過了好一會兒，方才道：「事已至此，便只好走一步算一步，若能如你所言，讓昊兒將柳家姑娘娶進門，自然是皆大歡喜，如若不成，便也只能再作打算了。」父子二人又商量了一回，楊晟之方才退了出去。

楊晟之待走出了院子，方才對著天長長吁一口氣，暗道：「得罪柳家萬沒有好處，不但對楊家，對我日後出仕也極為不利，否則我才懶得理會大房的那攤子爛帳。大哥雖是個下流種子，但妍玉與鰥夫私相授受，也非什麼品性端正的女孩兒，這二人倒是相配。若是大哥能將妍玉娶進門便罷，否則日後只怕我不能留在金陵做官了。」想到此處，又想到鄭姨娘，暗嘆自己這生母也不是讓人省心之輩，只好兜轉到西跨院，對鄭姨娘再慢慢開解一番。

卻說楊崢在房中想了一回，便起身披了件斗篷去了祠堂，細細盤問楊昊之這些天去了何處、做了何事，待問出妍玉已懷了身孕，更是眼前一黑，氣得險些吐血，命楊昊之在祠堂跪了一夜，又把楊晟之喚到跟前商量。

至次日清晨，楊崢便拿了銀子出來四處打點為楊昊之捐官。楊府為金玉富貴之家，自是不在乎銀兩，錢花得如流水一般。因楊家捨得花錢，又託了個極相熟的中間人，到下午便有了消息，為楊昊之捐了個七品的知縣。

這廂柳氏又備了重禮登門去了柳府，孫氏一聽妍玉已找回來了，立刻命人備車馬親自到楊府來接。待一到楊家，見妍玉比往日看著還豐潤豔麗些，孫氏心中稍安，但想起愛女做出這等羞人的醜事，不由又氣又恨，伸手就打了兩下，指著罵道：「沒臉的下作東西！跟混帳爺兒鬧出丟人現眼的骯髒事兒，看我不撕爛了妳！」說著便要扯著再打，妍玉當時便哭了起來。

柳氏忙上前阻攔，道：「嫂子打她做什麼？妍兒如今肚裡已有我們楊家的骨血了，嫂子若惱，便打我吧！」

孫氏只覺腦中「嗡」一聲，幾要暈厥過去，瞪著一雙紅眼，指著柳氏罵道：「妳、妳、妳……都是妳生養的下流種子，勾搭正經人家的小姐，壞我女兒名譽，今兒個我便殺了你們，然後自己抹脖子，大家死在一處也算乾淨！」說完便去捶打柳氏。

眾丫鬟、婆子趕緊拉架，孫氏胸中怒火高熾，甩開胳膊，豁出去亂抓一氣，又去扯柳氏的頭髮，死活不肯放手，口中「賤貨」、「王八」罵個不絕；柳氏疼得齜牙咧嘴，眼淚順著兩腮滾下來。屋中一時尖叫連連，物件擺設唏哩嘩啦盡數碰倒，桌椅几子撞得七扭八歪，妍玉嚇呆了，只坐在炕上抹著眼淚兒嚎哭。

兩個粗手大腳的婆子趕上前死攥著孫氏手腕，孫氏吃痛，不禁鬆了手，但又不肯饒過，仍上前追打。忽有人在窗外喊了一聲：「不得了了！」言罷，楊景之並楊晟之衝了進來，兩人忙擋住孫氏。孫氏早便氣昏了頭，此刻不管不顧，唯願將楊家人全都打死，方可消心頭惡氣，喊道：「欺負我女兒，今兒個誰都別想好過了！」

楊景之道：「舅母息怒吧，有事坐下來好商量。」

孫氏迎面就啐了一口道：「什麼東西？上不了檯面的小爛秧子，也配和我說話！叫你們老子來，今兒個不說出個青紅皂白，休怪我們柳家無情！」

楊晟之忙道：「丫頭們已經去請我爹了，舅母稍等片刻，喝點熱茶、消一消火氣，舅母只管放心，該是我們楊家承擔的，絕無二話。」又對旁邊的丫鬟們呵斥道：「沒眼色的東西，還不快上來扶著舅母在椅子上坐了歇著，再打熱水拿熱毛巾來。」

孫氏冷笑道：「用不著惺惺作態，你難不成又是什麼好人了？」說著左右丫鬟要上來攙，孫氏掙開，逕自走到一張太師椅上坐了，將鬆開的頭髮綰了上去。

楊晟之扭頭去看柳氏，只見她披頭散髮，臉上、手上均有抓痕，形容狼狽，正由楊景之攙著扶回房。楊晟之親自給孫氏奉茶，又命丫鬟將屋子收拾了。過了片刻，待楊崢來了方才退下，回轉到柳氏處探傷。柳氏臉頰上被抓出了幾道血痕，幸而傷得不深，春芹早已拿了藥膏搽在傷處。只是柳氏自覺從小到大均未落過如此大的臉面，又受了驚嚇，一時之間也落淚不止。

楊晟之勸慰了幾句，剛欲離開，卻聽宴席裡傳來妍玉的哭喊聲道：「娘，我早已是昊哥兒的人，如今懷了他的骨肉……嫁雞隨雞、嫁狗隨狗，母親便成全了吧！」又聽孫氏氣急敗壞道：「沒羞沒臊的小蹄子，旁人對妳三分好，就被哄迷了心竅！妳不要臉便罷，柳家的臉面也讓妳丟盡了！今兒個跟我回去，就把肚裡那塊爛肉打下來，若敢再鬧，打斷妳的腿！」妍玉又哭道：「若是如此，倒不如此刻就把我逐出家門，爹娘瞧不見我，也落得清靜！」孫氏氣得上氣不接下氣，道：「妳個……妳個……不孝女……」話未說完便傳來妍玉一聲尖叫道：「娘！」緊接著有個丫鬟掀開門簾子道：「舅太太暈過去了！」

屋中又亂作一團，柳氏忙命人去請大夫，又打發有經驗的老嬤嬤去伺候。楊晟之見鬧得不像樣，便悄悄退了出去，邁步走到門外，只見一個身穿水紅色比甲的丫鬟站在窗前探頭探腦的往裡瞧，見楊晟之出來，忙垂首立在一旁，但又微微抬頭，一雙水杏眼向上挑著朝他看來。楊晟之只覺這丫鬟面熟，卻想不起在哪兒見過，一時之間有些發愣，此時又見那丫鬟竟抬了頭，對他橫了一記媚眼，又用帕子掩著口吃吃笑了起來，軟著嗓子道：「這是三爺吧？跟三爺請安。」

楊晟之素看不慣女子搔首弄姿、賣弄風情，便微皺了眉要走，那丫鬟忙道：「三爺，我是妍姑娘身邊的紅芍，原先跟三爺見過幾面的，三爺有一回給我們姑娘送了兩碟子糕餅，那碟子還是我還回去的，三爺莫不是忘了吧？」

楊晟之聽此言頓住腳步，轉過身道：「妳是妍姑娘身邊的？」

紅芍心中暗喜，她早聽聞楊家這最不起眼的庶子高中進士，又被皇上欽點為庶起士入了翰林院，日後必有一番前程，此番到了楊家便存了心思。今日一見，只覺楊晟之與上次所見判若兩人，身形偉岸，容貌端嚴，有一番壓人之勢，連楊昊之與其相比都落了下乘，因此春心早蕩了三分，越發膩著嗓子道：「正是。聽說三爺此番金榜題名，紅芍給您道喜了。」說著盈盈一拜。

楊晟之擺了擺手道：「妳且過來，我有話對妳說。」紅芍更是一喜，只聽楊晟之道：「我告訴妳這番話，妳記住了，然後進去對妍姑娘重述一遍吧。」說罷便教了紅芍一番。

不多時孫氏醒了過來，待睜開眼立時放聲大哭，妍玉跪在床前垂淚道：「娘，是女兒不孝。」孫氏只哭不理，妍玉便坐在床邊，按著楊晟之教她的那一番話，道：「娘，我說一番話，妳且聽聽有沒有道理……楊家滿堂的富貴，全金陵城比楊家還富有的，怕也數不出一、兩家來，我若嫁進來，自然得享一生的榮華了，吃穿住用，怕是比咱們家還要體面舒坦。名分上雖委屈了些，只是個填房，但昊哥兒是嫡長子，我便是楊家的長房媳婦，生的兒子便是嫡子，旁人能嚼出什麼不是去？況且，姑姑日後便是我的婆婆，不比旁的人強？聽說姑父已給昊哥兒捐了個知縣，也算是個官身了，不至於辱沒了咱們家的門第。」

這一番話，說得孫氏心中略好過了些，坐起身道：「那楊家老大是個什麼貨色？別的不論，妳嫁進來只能當填房，妳一個好端端的官宦家嫡出的小姐……楊家老大那品行，我即便死也不能讓妳嫁到他家來。」說著便要落淚。

妍玉道：「我如今這般，還能嫁到什麼樣的人家去呢？」說著也掉下淚來，想起楊昊之往日裡對她訴的那些衷腸，便道：「娘親有所不知，昊哥兒是個極好的人兒，待我千依百順，又極懂我的心思。原先姑父逼他娶一房殘妻，那梅氏外作賢良、內為悍妒，仗著娘家耍起威風，偏柯穎思又是個品行不端的寡婦，一心勾搭昊哥兒，昊哥兒本是個心軟念舊情的，便著了她的道兒，一時之間迷了心竅罷了。梅氏也是柯穎思殺的，與昊哥兒無一絲半點的干係，否則梅家人又豈會善罷甘休呢？」

孫氏聽完這一番話也覺得有幾分道理，妍玉又將頭上、手上的釵環取下來，一一告訴孫氏哪樣是柳氏送的，哪樣是楊昊之給的，孫氏見那金銀珠寶件件均是價值不菲，想到妍玉嫁入這等富貴人家，吃穿住用一概不會受委屈，心思又動了幾分。

妍玉百般勸孫氏答應與楊家的婚事，楊家也想方設法的討好奉承，送了孫氏許多名貴之物，楊昊之又跪在孫氏面前痛哭一番，指天指地發誓要待妍玉千好萬好。孫氏心意微動，回去將此事與柳壽峰說了，唯將妍玉懷了身孕的事瞞了下來。柳壽峰聽罷，登時便擰著眉、瞪著眼道：「讓楊家快快死了這條心，咱們丟不起這個人！回頭我便找人給四丫頭另說一門親事，遠遠打發她嫁出去罷了，有這種喪行敗德的女兒才真真兒是家門不幸！」孫氏見柳壽峰動了怒，便也不好再講。但誰知妍玉得知後，立時不吃不喝倒在床上，才三、四日的工夫便瘦了一圈，氣息奄奄的，醒著時候便是大哭大吐一番。

柳壽峰見狀越發怒了，恨道：「丟盡祖宗顏面的畜生！她要願意死便讓她死，不准請大夫、也不准餵藥，隨她去吧！」

孫氏怨憤道：「妍兒是你嫡親的女兒，老爺怎能如此狠心？楊昊之再不濟，如今也是七品官了，前天聽說還在官宴上作了幾首好詩，在場的大小官吏均沒口子的讚他才華不凡，楊家門第也過得去，妍兒嫁過去絕不會受苦，你何苦為了一張臉面，便要苦苦逼死自己的親生骨肉！」

柳壽峰冷笑道：「油蒙了妳的心，楊昊之是什麼貨色？巡撫家的閨女嫁過去落得什麼下場妳又怎會不知？」想到妍玉跟此人混在一處，心裡越發痛恨，道：「妍兒這樣的孽障，死了倒也乾淨，免得留下笑柄任人恥笑！日後她的事，我再不管了！」說罷竟拂袖而去。

孫氏疼惜妍玉，又惱柳壽峰淡漠，竟自作主允了與楊家的婚事，妍玉方才歡喜起來，身子也一日好似一日。

且說三月已過，柯瑞與楊蕙菊的親事正訂在四月初二，兩家早已準備妥當。柯家的聲望雖不同往昔，但餘威仍在，且楊家財大氣粗，又新出了一位被皇上欽點的庶起士，正是聲勢高漲之時，故而前來祝賀的官吏、鄉紳及公子王孫甚多。柯家死撐著顏面，咬牙拿了銀子出來，婚事倒也辦得豐富氣派。

這樁喜事熱鬧未盡，隔天四月初三又是梅海洲的次子梅書超的成親之日，吳氏少不得帶了婉玉親自登門慶賀。董氏殷勤備至，又單獨將雙生女喚到跟前訓誡道：「前些時日妳們倆胡言亂語，得罪了婉玉，竟讓人家趕回來，此番若是再行事失誤，莫說是老爺，就連我也不能輕饒！」雙生女齊聲應了。

原來當日吳氏備了馬車將梅燕雙、梅燕回二人送了回去，又命自己身邊的老嬤嬤劉氏到董氏跟前不疼不癢道：「我們家婉姑娘今兒早晨起來忽然發了病，大夫說是火憋在心裡又受了涼激出來的症候；說起這病因也真真兒可笑，都怪我們家姑娘心眼窄了些，聽說昨兒晚上雙姑娘和回姑娘說我們家姑娘因不是老爺、太太親生的，便不是梅家的正經小姐，我們家姑娘就生生往心裡頭擱著了。第二天早晨，未穿外衣裳就跑到太太跟前說要回柳家去，哭了一回就病了。太太怕過了病氣給兩位姑娘，就備了馬車讓我這老婆子護送回來，如今太太交辦的事兒已經妥了，姑娘們平安到家，我也該回去了。」

董氏聞言大驚，這劉嬤嬤口中雖稱婉玉「心眼窄」，但一口一個「我們家姑娘」，分明是說吳氏心生不滿，甚至將人都送了回來。董氏又羞又惱，暗怒道：「我臨走時還千叮嚀、萬囑咐要長些眼色，如今可倒好，反將人給得罪了。」口中道：「是那兩個猴兒崽子糊塗，竟闖了這麼大的禍，我定然好生管教，再親自登門賠罪。」又賠笑道：「劉嬤嬤辛苦了，喝杯茶、用了飯再走也不遲。」劉嬤嬤道：「多謝招待，只是太太還等我回話，便不多待了。」董氏聞言，進屋取了一封紅包塞到劉嬤嬤手中道：「這點兒小錢給嬤嬤買酒吃。」劉嬤嬤也不推辭，收下銀子便走了。

待劉嬤嬤一走，董氏越想越氣，將雙生女叫到跟前狠狠罵了一頓，又命不准吃晚飯，抄寫《女誡》，第二日又帶著女兒親自上門探病，要跟婉玉賠禮。吳氏只說婉玉病在床上不便見客給推辭了，又捧起蓮花皿吹了吹茶碗裡的熱氣，淡淡道：「小姊妹家的，偶爾拌個嘴也是常有的事，不過那天我娘家二嫂到家裡來，雙姐兒和回姐兒跟我嫂子的丫鬟說婉丫頭名聲不好，曾為個男人投湖。我如今便要講個清楚了，當初是柯家的二公子背後裡說婉兒的不是，言語裡不甚好聽，辱了女孩兒家的聲譽，恰趕上婉兒不慎落了水，又有愛嚼舌頭的丫鬟、婆子，就把風涼話扯到了主子小姐身上。」說到此處看了董氏一眼，垂著眼皮喝了一口茶道：「下人們粗鄙陋俗、不通智明理也就罷了，官宦人家的小姐也拿這個當成新鮮話兒傳來傳去的，把髒水往自己家親戚身上潑，怕是不妥吧？」

董氏心中「轟」一聲，她原只道是婉玉和自己女兒口角幾句罷了，誰知後頭還有這樣一樁更甚的事，登時氣了個目瞪口呆，一迭聲命人拿梅燕雙和梅燕回來。吳氏攔住道：「弟妹不必動氣，只是我既知道了此事便提點一聲罷了，都是一家親戚，也沒什麼可計較的。」心中卻道：「若是想規矩自己家孩兒便回家去管教，在我府裡鬧得雞飛狗跳的，沒的讓人不得清靜。」

董氏只得忍著恥告辭而去，回府發狠打了雙生女三、四十板，又命跪在地上背《女訓》。梅燕雙心中恨婉玉入骨，咬緊牙關不肯說一句軟話，反倒梅燕回苦苦哀求認錯，董氏方才罷了。

卻說婉玉到了梅海洲府中，董氏遠接高迎，命雙生女陪著婉玉說話，梅燕雙臉上淡淡的，梅燕回滿面含笑，挽著婉玉的胳膊一邊走一邊道：「妹妹可來了，前些時日妳身上不好，我跟姊姊向妳賠罪。」

婉玉道：「是我不對，讓姊姊們惦記了。」說話間已到了內宅一處廂房門口，梅燕回親自打起簾子，對屋裡人笑道：「瞧瞧，看是誰來了？」眾人紛紛向門口看來，婉玉定睛一望，只見屋中坐著的均是族中各房的姑娘、小姐，其間或有羞手羞腳，或有自慚家道單薄的，或有膽怯權貴的，都遠遠閃躲一旁；或有將婉玉上下打量一番，再湊在一處小聲竊竊私語的；餘下五、六人因與梅海泉這一房極親近，到府上走動過，見婉玉來了忙起身問好。

婉玉原先因腿腳不好，養成了好靜的脾性，不愛見人，重生後也懶於和各房親戚走動，故而與眾人不過微笑著點了點頭，便尋了個位子坐了，相熟些的女孩子便來跟婉玉說話。梅燕回坐在婉玉身邊一時讓茶、一時又讓點心，殷勤備至。梅燕雙心中不快，便起身走到窗邊的條案上倒茶喝，聽身旁一人道：「巡撫家的小姐到底是不一樣，妳看她頭上戴的金釵，鳳凰口裡含著的寶石竟有指甲蓋這麼大，不知值多少銀子。」另一人道：「單說她身上那衣裳料子就了不得，喚作『金寶地芙蓉錦』，撚著金線織的呢，尋常人家即便有銀子也買不到。」說著又不無羨慕道：「聽說婉玉原先不過是柳織造家姨娘生的女兒呢，如今竟攀上高枝兒，族裡上上下下這麼多女孩兒，巡撫家都沒看上，巴巴的將她過繼到自己門戶底下，聽說愛得跟眼珠子似的，親生的都比不過。如今多少王孫公子想與他們家結親呢。」

梅燕雙越發不痛快，再也忍不住，端著茶碗冷笑道：「人家攀上了高枝兒那是人家的造化，妳有本事也去這樣攀一個，到時候莫說是個小婦養的，就算是個丫頭養的、戲子養的，也照樣風風光光的做正頭小姐！」說罷重重一放茶碗便往回走。

偏生此話讓梅海泉親弟弟之女梅靜淑聽了去，梅靜淑不過十二、三歲，其父梅海江無讀書之材，守著祖上的良田美宅，日子倒也殷實富足。只是雙生女每每以官宦小姐自居，對梅海江這一房言語間不免傲慢輕視，梅靜淑也因此與雙生女有些不和，又存了討好婉玉的心，故而登時便站出來指著大聲道：「燕雙姊姊，妳適才說什麼呢？什麼小婦養的、戲子養的，妳在指桑罵槐不成，我聽著怎麼不明白？」

屋中頓時靜了下來，婉玉抬起頭，看了看梅靜淑、又看了看梅燕雙，靜靜不語。梅燕雙一驚，飛快朝婉玉看了一眼，對梅靜淑似笑非笑道：「妹妹睡迷糊了吧？我適才來倒茶喝，哪裡說了話了？」

梅靜淑鼓著腮幫子道：「明明就是妳剛才說了，我聽得一清二楚，不信問問周圍的人。」周遭站著的女孩兒自然不願得罪通判家的小姐，故而紛紛往旁邊退去。

梅燕雙心中得意，微微一挑下巴，面作驚訝之狀道：「妹妹怎麼能紅口白牙的編排人家不是？妳若再說，我便告訴妳娘。」說完甩開手便要走。

梅靜淑急紅了眼眶，上前一把揪住梅燕雙，口中嚷道：「妳分明就是說了！有膽說為何沒膽子承認？」又跺著腳對旁邊的姑娘道：「妳們分明也都聽見了，這會兒竟做了縮頭烏龜！」

梅燕雙一邊掰梅靜淑的手一邊說：「妳快放手！今兒是我二哥大喜的日子，容不得妳胡鬧，妳還要造反了不成？」

梅燕回和旁的幾個女孩見了忙上前哄勸。梅靜淑鬆了手，扠著腰冷笑道：「妳莫非當旁人都不知情？妳嫉妒婉姊姊，背後說人家不是，被我大娘、大伯知曉了攆回來，如今妳這口氣不順，說了風涼話，讓我聽見又沒膽子承認，反倒打一耙，我呸！」

這一番話說得不但梅燕雙面上掛不住，梅燕回臉上也變了色，梅靜淑的兩位姊姊見了忙過來拉她，連哄帶勸的要帶她出去，梅靜淑死活不走，定要讓梅燕雙賠不是。

梅燕雙暗道：「若要賠了不是，豈不承認那番話是我說的？婉玉那小蹄子素來是個記仇的，日後還指不定如何在母親面前告狀，如今是無論怎樣都不能認了的。」一想到此處，走到婉玉跟前道：「好妹妹，適才那番話我萬沒有說過，妳要信我才是……」說著聲音哽咽，作勢要哭，又見婉玉靜靜看著她，好似什麼都知道一般，任她抹淚兒，心裡一緊，反倒不敢再裝。

梅靜淑亦掙脫開了，走到婉玉跟前道：「婉姊姊，若她沒說那番話，便讓我舌頭生個大瘡，爛在嗓子裡頭！」

婉玉抬起頭看了看這兩人，又將頭低了，輕飄飄道：「說了也好、沒說也好，各人有各人緣法，托生太太肚子裡也好、托生姨娘肚子裡也罷，這都是命，日後過得好讓旁人眼紅這才是本事……雙姊姊也莫要再哭了，今兒可是妳二哥大喜的日子，哭哭啼啼的像什麼樣？」

這一番話堵得梅燕雙的臉登時憋成了紫紅色，婉玉站起身道：「屋裡有些悶了，我到院裡站站。」說完掀開簾子走了出去。

梅靜淑緊跟在婉玉身後走了出去，待見左右清靜，便說：「婉姊姊太好性子了，梅燕雙就是存心尋姊姊不痛快呢，姊姊又何必忍下來？就算鬧到長輩那裡，也是她的不是。我早就看不慣她那張狂的樣兒，非要好好治一頓不可！」

婉玉笑道：「今天是超哥兒大喜的日子，咱們不宜尋不痛快。妳素來是個淘氣的，可別生事，回去仔細妳娘親捶妳。」剛說到此處，卻見怡人朝她招手，婉玉便捨了梅靜淑走了過去。

只聽怡人道：「姑娘，楊家三爺果然到了，就在前頭，妳說那簪子咱們如何還給他才好？」

婉玉想了一回道：「待會兒爹爹也要來的，到時這院子裡的男客們都會去拜見，咱們就趁這個亂，命個妥帖的小廝偷偷送過去罷了。」怡人領命去了。

婉玉在院中賞了一回桃花，片刻又有丫鬟來請，道：「太太們請姑娘到正房裡喝茶。」婉玉便回到正房，門簾子一掀，只見房中坐了十來個婦人，有些婉玉亦見過，均是極有頭臉人家的親眷。董氏見了婉玉忙笑著招呼道：「婉兒快來，這屋裡清靜，不比別處亂糟糟的。」

眾人見個女孩進來，紛紛抬眼打量，未見過婉玉者，見她生得秀色照人、明豔端莊，不由驚訝，交頭接耳低聲道：「這就是梅家新收的女兒？怪道能得了巡撫家的青眼。」吳氏正坐在炕上喝茶，見人人都稱讚婉玉，不免得意，又有些心酸，暗道：「原先蓮英只吃虧在腿腳上，到了婚配的年紀，這些太太們躲得倒快。如今不同了，一個個見了我女兒這般相貌、品格，還不都巴巴的求上門。」

說話間梅燕雙、梅燕回也都走了進來，董氏引著三人一一對座上之人見禮，互相招呼過後，大家落了坐，丫鬟們端了茶點上來。眾人見梅燕雙、梅燕回兩姊妹也生得娟秀，但與婉玉一比仍差了兩分，且神態、氣度也遜了一籌，這一襯，反而更顯出婉玉的好來。太太們妳一言、我一語的和梅家三姊妹說話，不過是問平日裡都做些什麼、讀過什麼書、做些什麼針線、會不會彈琴等語，但十句倒有八句是朝著婉玉問的。

董氏見了不由心中不快，原來雙生女至今尚未婚配，董氏本想藉此番機會，將一雙女兒引出來與此地有名望的人家相看，她略知吳氏有意將婉玉許配給娘家哥哥之子，便不以為意。因聽丫鬟說婉玉嫌房中太吵在院中枯站，便喚婉玉進屋坐著，不過是存了討好吳氏的心，誰想婉玉一進來，風采便將自己的女兒壓倒。此時知府夫人陳氏對吳氏道：「有了這樣標緻的女兒，莫怪吳姊姊天天笑得嘴都合不攏，身上也大好了，不知以後誰家的兒郎有福氣，娶了妳家的閨女去。」

這陳氏膝下有兩子，均已到婚配之年，董氏早已暗暗中意，故聽陳氏這般一說，心裡不由著急，但面上不露聲色，端起茶碗，吹了吹熱氣，笑道：「只怕我嫂嫂心裡早已選了乘龍快婿了，不知對也不對？」說著用眼睛去看吳氏，眾人一聽忙豎了耳朵向吳氏看來。

吳氏心中如明鏡一般，笑了一聲道：「婉兒才到我身邊多久呢，我還想再留她幾年。再則老爺說了，婉兒的婚事歸他作主，必要找個知根知底、人品好、學問也好的。」此話聽在梅燕雙耳中，知婉玉還未與吳其芳訂親，心中不由一喜。但旁人聽了，心中又是另外一番滋味，暗道：「一個過繼來的女兒，竟讓巡撫大人如此看重，可見是當親生的相待了。旁的不說，單論容貌、品格便已跟天仙一般，再配得這家世，娶了她可是真真兒不得了了！」故而人人心裡都燃了團火，對婉玉多打量幾番，又紛紛湊前問話，只一些自知無望的，才與雙生女閒談。董氏見了不由暗地裡咬牙。

待至傍晚，筵席重新鋪開，用到一半，梅燕回悄悄扯了扯梅燕雙的衣袖道：「姊姊，不如咱們悄悄溜到前頭去吧。」

梅燕雙道：「作死呢！爹娘要知道了還了得。」

梅燕回咂了咂嘴說：「我這是為了妳好，適才我打發個丫鬟到前頭悄悄看了，說芳哥兒也來了呢。咱們趁人不注意，往前頭躲在屏風後頭看看，若是姊姊能跟芳哥兒說一會兒話，也不枉費天天牽腸掛肚。」

梅燕雙登時眼前一亮道：「當真？芳哥哥怎會來？他又不是咱們家的親戚。」

梅燕回一點梅燕雙的腦袋道：「蠢材、蠢材，爹是通判，跟他的爹爹是同僚。如今芳哥哥中了進士、入了翰林院，也算跟爹爹同朝為官，前來祝賀也理所應當。」

梅燕雙聽聞吳其芳到了，早已按捺不住，立刻丟了筷子，一迭聲催梅燕回趕緊到前頭去瞧心上人。故兩人匆匆忙忙扒了幾口飯、漱了口，便往前頭去了。事有湊巧，偏趕上婉玉聽怡人來報，說梅海泉到了，偏生婉玉帶來的小廝跑去喝酒耍錢，一時起了興竟忘了回來，婉玉無法，也只得帶了怡人捏著簪子，悄悄往前院去。

且說梅海泉到了前廳，因巡撫大人光臨，梅海洲頓覺面上有光，忙不迭將上座讓出，又命重新沏茶，瓜果、糕餅也重新換過。廳中內外大小官員、富豪鄉紳人人聞風而動，都欲尋個機會與梅海泉攀談幾句。

吳其芳暗道：「自我從京城回來便極少見過姨丈，偶見一面，姨丈待我雖親切，言辭間卻隱含生疏之情。書達說姨丈要親自給婉妹的婚事作主，姨媽曾透露過我家欲上門提親的意思，姨丈臉上也淡淡的。依我看，只怕姨丈嫌爹的官職太小，與梅家不能門當戶對，若我再不竭力表現，只怕這樁婚事難成了。」便一邊盤算一邊向前靠，餘光瞧見自己身邊站著個人，個頭比他略高了半頭，身材亦魁梧兩分，定睛一瞧，卻是楊晟之。楊晟之也看了過來，二人一愣，臉上均掛了絲笑意，作揖行禮。

楊晟之見吳其芳手裡端著酒杯，知他也想給梅海泉敬酒，腦中念頭一轉，暗道：「並非所有人都能湊到跟前拜見巡撫大人，這吳其芳是梅大人的外甥，我若跟著去，必能見著梅大人了。」想到此處，便稱呼吳其芳的表字，笑道：「莫非文擇兄也想給巡撫大人敬酒？不如咱們二人同去。」說著也不等吳其芳發話，便勾肩搭背、以兄弟相稱，親親熱熱的往前走。

吳其芳心中不悅，但想到日後到底要和楊晟之同在翰林院共事，便只得忍了下來，嘴角堆上笑和楊晟之寒暄。

待走到梅海泉跟前，吳其芳先舉了酒杯道：「外甥敬姨丈一杯。」說罷一飲而盡。梅海泉舉起酒杯抿了一下，便又放了下來。

吳其芳又道：「外甥聽說姨丈近來每每為河務操勞，實乃辛苦。外甥只盼能為姨丈分憂，這些時日也勘察了河務，寫了一篇文章，還請姨丈不嫌愚笨拙劣，多多指教斧正。」說著從袖中掏出一個信封遞了上去。

雙生女正躲在大廳左旁屋的屏風後面，透過屏風的縫隙向外瞧，梅燕回見狀在梅燕雙耳邊低聲道：「瞧瞧，芳哥哥果然是個有大才的人，竟能為了什麼合物、分物的寫個文章出來。」梅燕雙見到心上人喜得滿目通紅，聽梅燕回這麼一讚，心中越發歡喜起來，只一逕的往外看，生怕看不夠。

此時婉玉和怡人也躲在大廳後房門後頭往裡面偷看，見吳其芳將信封呈了上去，怡人低聲道：「表少爺真真兒是個有心的人，連老爺為何事操勞都一清二楚。」

婉玉道：「他天天跟達哥兒混在一處，爹爹煩心什麼他怎麼會不知？只是他偏挑此時，顯是胸有成竹，想大展奇才了。」

梅海泉這些時日正為河防費心煩惱，聽吳其芳這般一說，當下有了興致，立刻展開讀了一回，只覺條理清晰分明，歸結精確，又詳細列出解決之道，顯是費了一番功夫，當下對吳其芳不由刮目相看，隨口指了當中幾處再加詢問，吳其芳侃侃而談，對答如流。梅海泉不由微微點頭。暗道：「吳其芳倒是個可塑之才，唯性情跟達兒一般，略浮躁了些，但天資聰穎又勤奮，若是好好雕琢，自有一番前程。看才華，婉兒嫁與他倒也不委屈了。」

梅燕雙看在眼中又是歡喜又是焦急，心中既盼著吳其芳才華出眾、鶴立雞群，又恐梅海泉將他相中，做了乘龍快婿；婉玉則一心惦念著要將簪子還與楊晟之，眼光一掃，只見楊晟之正站在吳其芳身邊，垂著眼簾，面帶沈思之色。

梅海泉道：「依你之見，年年汛期河堤崩垮，是因防汛不力？」

吳其芳道：「正是，年年防汛，但仍年年洪災，必然因防汛不利。『以河治河，以水攻沙』，若是能興修水利，引導疏通，防汛得當，洪災自然便少了。」

話音未落，卻見楊晟之跨一步上前，躬身作揖道：「下官不才，與吳大人所想相左。」

梅海泉見是楊晟之，不由一愣，他早已對楊家人厭惡到了十分，唯對楊晟之印象稍好些，因而說道：「但說無妨。」

楊晟之繼續躬著身作揖道：「下官想說個故事打比方：東縣和西縣均知夏季雨水豐沛，恐有決堤之災。東縣知縣將朝廷撥下的銀兩盡數用於河務之上，每日與百姓一同修築河堤；西縣知縣則將銀兩用於賄賂上峰，根本未將河防放在心中。待夏季將至，洪水決堤，東縣河堤固若金湯，百姓安居樂業；西縣江口決堤，百姓流離失所，此時西縣知縣極其英勇，與百姓一同抗災。因西縣受災嚴重，朝廷又撥了大筆的銀子下來，西縣知縣又貪了一筆，繼續用銀兩賄賂上峰。後州府擢拔考核優秀官吏，西縣知縣因使了銀子，又在抗災中政績優良，被朝廷提拔為知州，而東縣知縣仍是知縣罷了。」

梅海泉瞇了眼，將茶碗往桌上一放，只聽「啪」一聲脆響，道：「你說此話是什麼意思？」

這一桌唯有梅海泉、梅海洲、吳其芳和楊晟之四人而已，眾人見有異狀，紛紛朝這邊看來。楊晟之直起身，臉色如常道：「大人勿惱，適才所說只是下官推測罷了。下官並不懂河務，只是在想，朝廷年年撥銀兩做防汛之用，但為何年年還鬧出洪災？朝廷撥下的銀子真真正正有多少用於河防要務？前幾年也未曾聽說鬧出如此多的災情，但這幾年的雨水也並不比前幾年多了多少，為何災情反倒越來越厲害了？只怕當中還有些旁的緣由罷了。」

梅海泉聽到此處站了起來，向前走了兩步，又扭頭招手將楊晟之喚到跟前道：「你可知你說的這番話傳揚出去，便不知要得罪多少人了？」

楊晟之笑道：「清者自清，濁者自濁。巡撫大人料事如神，應是心中早有了定數，唯恐投鼠忌器，否則也不必為此事如此煩惱了。」

梅海泉又一怔，再將楊晟之打量了一番，沈默半晌，忽拍了拍他的肩膀，口中聲音微不可聞，道：「可惜了，可惜了……」說罷轉身對梅海洲道：「哥哥還有事，先走一步了。」梅海洲忙不迭起身相送。吳其芳心中不快，但臉上仍帶了笑意跟在後面送梅海泉出門。

怡人擰了眉道：「姑娘，我怎的沒看懂？楊三爺惹老爺生氣了？」

婉玉見了，輕輕嘆一聲道：「自然不是。芳哥兒這一遭聰明反被聰明誤了，他自小在官宦人家長大，這裡頭的學問怎會不知？只是他想在爹面前買面子，卻又怕得罪旁的官員，只揀了不疼不癢的作了文章。爹爹在官場沈浮這麼多年，一步步熬到如今怎會看不透呢？其實這麼做也無妨，偏有晟哥兒給點了出來，又說辭得體，一刀切在爹爹的心坎上，反倒贏了好處去了。」說了一回又嘆了一會兒，忽又笑起來道：「達哥兒先前說他在殿試上作文章諷刺朝廷，我還不信，如此看來十有八九是有這檔子事，兵行險招罷了。」說到此處又朝屋裡望去，只見楊晟之也跟在眾人身後相送梅海泉，便忙將簪子塞到怡人手中道：「待會兒他回去，妳便趕緊將簪子塞給他，然後趕緊回來，萬萬不可逗留。」怡人便拿了簪子領命而去。

且說梅燕雙一心只在吳其芳身上，喚來自己身邊慣用的一個喚作椴兒的小丫頭子，褪下腕上的一只金鐲子，用帕子包好，交給椴兒道：「妳把這個拿給那穿著薑黃色衣裳的公子，不准讓別人知曉。這件事辦得好給妳賞錢，辦得不好了，便擰爛妳的嘴。」

椴兒忙不迭應了，拿著帕子便去找吳其芳，趁人不備將東西塞到吳其芳手中，只道一句：「我家姑娘給公子的，公子若有意，便到這院子側門處一等。」

吳其芳一看，只見是一塊紅鮫綃的帕子，暗香浮動，裡頭包一只亮晃晃的金鐲，不由有些發愣，待想再問幾句，一抬頭，卻早已不見那送東西的小丫頭了。

第二十九回　梅海洲亂點鴛鴦譜　梅太太責罵梅燕雙

吳其芳怕被人瞧見生疑，忙將鐲子和帕子揣進袖中，暗想道：「戴得起赤金鴛鴦鐲，想來是有頭臉人家的女眷，若是如此理應嚴行守禮才是，怎會有私會男子之舉？我若貿貿然赴約，惹出風波事端也辱沒了自己的名聲。」故強壓了好奇，走到窗邊條案上取糕點吃，一抬頭的工夫，忽見有個丫頭從窗邊匆匆走過去，看形容舉止竟和怡人相仿。吳其芳心中一動道：「莫非這鐲子是婉妹妹給我的？她一時間有什麼體己話兒要跟我說，故差個小丫頭送了鐲子給我。」想到此處，心中不由一蕩，但細細想來又覺得不像，可已坐立不住，佯裝小解，悄悄溜了出去。

待到院子側門處，只見是一道穿堂，吳其芳剛向前邁了兩步，便聽有人輕聲喚道：「芳哥哥。」吳其芳猛回身一看，只見個十六、七歲的姑娘正站在穿堂門後頭，生得娟秀白淨，頭上珠環翠繞，身穿一襲淺洋紅縷金牡丹刺繡褙子，顯見是富貴人家的小姐。吳其芳一時怔住，梅燕雙已走上前來，兩眼在吳其芳臉上一掃，粉面含羞，垂了頭聲音細細道：「芳哥哥，你……你來了……」

吳其芳雖與梅燕雙曾有一面之緣，但時日一長哪裡還放在心上，故而遲疑道：「妳、妳是……」

梅燕雙見此情形，便知吳其芳已不記得她了，心一沈，臉上勉強擠了笑容道：「我乃梅通判之女，喚作燕雙，與芳哥哥曾經見過面。」

吳其芳立即正容，作揖施禮道：「原是姻親，是我失禮了。」

梅燕雙此番頭一遭與吳其芳說話，再瞧吳其芳俊美挺拔、風雅翩翩，心裡早已癡了幾分，手腳都微微抖了起來，強自鎮定下來，笑道：「芳哥哥是貴人多忘事，咱們是在棲霞山下見過……」一面說一面悄悄用眼睛看過來，想問吳其芳可曾撿著當日她故意掉落的荷包，但又害羞得緊，眼神在吳其芳臉上轉了一轉，見吳其芳抬起眼看她又慌忙躲開，心中又歡喜又慌亂，如小鹿一般亂撞。

吳其芳素來聰敏，見了此景，心裡早已明白了八、九分了，不由啼笑皆非，暗道：「不過才見過一次，對我人品、性情一概不知，我連她是誰都記不清了，她心裡便揣了這個念想，女孩子家，這般作態也太輕浮了些。況她算不得風華絕代的美人，言談舉止不過爾爾，父親又只是個通判，怎就料定我必然會中意她了？」心中對梅燕雙不由起了兩分輕視之意，但又不能失了禮數，想了片刻，便將金鐲和帕子從袖中取出，遞上前道：「這物件怕是姑娘的，如今完璧歸趙，還請姑娘收好。」

梅燕雙紅著臉將鐲子收了，卻不接帕子，將吳其芳的手輕輕一推，聲音如蚊聲吶吶道：「這帕子留給芳哥哥累了擦汗用吧。」說完裝著看別處，但眼卻偷偷向吳其芳溜過去，偏巧吳其芳也正在看她，四目相對，梅燕雙羞得滿面通紅，忙將臉背了過去。

吳其芳越發覺得可笑，心中也越發不耐煩起來，仍將帕子遞上來道：「帕子還是請姑娘收好，女孩兒家的貼身物件不好隨隨便便送給男人，未免損了姑娘的聲譽。如今天色也暗了，妳我孤男寡女未免有私相授受之嫌，雖然都是親戚，但也須記得男女大防。」說到後來語氣竟嚴肅起來。

梅燕雙頓時一呆，滿腔的柔情密意登時冷了一半。她私底下偷偷看多了才子佳人的話本故事，一心以為與吳其芳相會定然如話本裡寫的一般，兩情相悅、互訴衷腸，誰想反鬧得自己沒臉，登時便有些掛不住。吳其芳亦覺得自己適才說的話有些重了，不免傷了姻親之情，便輕咳了一聲道：「我剛在屋裡被人灌了兩口黃湯，若有衝撞之處，望妹妹萬萬不要惱我才是。」說著又將帕子遞了過去。

梅燕雙聽他不再稱自己「姑娘」，改叫了「妹妹」，言語間又有挽回之意，心中竟然又活絡起來，有些癡癡呆呆的，不知不覺伸了手將帕子接了。吳其芳道：「方才與表弟約了一同喝酒，如此便告辭了。」說完再也不理梅燕雙，頭也不回的走了。

先前梅海泉離開時，眾人前呼後擁出去相送，待楊晟之回來時，怡人趁著旁人不備，將簪子塞到楊晟之手上扭頭便走。誰想楊晟之拿了簪子卻又跟在後頭，直追到通往內宅的拱門處，恰碰見婉玉站在門後等怡人，楊晟之頓時大喜，直走了兩步，上前道：「婉妹妹。」

婉玉見到楊晟之，登時吃了一驚，往後連退了兩步方才穩了心神，道：「簪子已還給你了，你還過來做什麼？」

楊晟之聽了此話，心裡好似被針刺了一般，臉上仍笑道：「我已好幾個月未見到妹妹了，有些唐突，妹妹別惱我才是。」說著去看婉玉，道：「妳看著瘦了些……」怡人素來乖覺，見狀便悄悄退下去把風，兩人一時無話。

婉玉垂了頭，半晌道：「晟哥哥，你素來是個聰明人，如今梅、楊兩府如何你心裡清楚，我年歲漸漸大了，晟哥哥也入朝為官，你我二人實在不該再相見了。」說罷也覺得胸口難受，便止住不說。

楊晟之皺了眉道：「莫非妳爹娘已給妳訂了親了？」頓了頓道：「可是吳其芳？」

婉玉暗道：「他怎知娘親的意思？莫非是為這個才故意在爹爹面前壓芳哥兒一頭的？」心下嘆息，口中道：「無論訂了誰，爹娘也萬萬不會再將我許配楊家……晟哥哥，你待我的心我知曉，你所做的我也銘記於心，若是日後但凡我能為你的事盡一點綿薄之力，我必將義不容辭。」

楊晟之明白婉玉所言皆是實情，心裡一陣酸疼，臉上勉強笑道：「妹妹的好意我心領了，妳一個姑娘家也未見得能幫我什麼。」說完又將簪子遞過去道：「這簪子妳還是收著吧，送出去的物件萬沒有再收回之理。」

婉玉低頭無言，正在遲疑間，只聽怡人高聲道：「二爺，姑娘沒什麼事，不過是煩悶了出來走走……」

婉玉一驚，此時楊晟之已執起婉玉的手，將簪子往她手中一塞，低聲道：「妳日後多多保重。」說罷便轉身走了。

且說這一場婚事之後，人人均添了幾樁心思。第二日，董氏對梅海洲說：「雙兒和回兒年歲也都大了，該說個婆家，昨兒個來了不少公子才俊，我都一一試探打聽過了，選了幾個出來。羅知府家的三公子今年十七歲，十四歲就考取了秀才功名，今年鄉試未中，卻也不讓家裡出錢捐官，還要再考，是個頗有骨氣的。我微微露了意思，羅家似乎也並未推拒，還誇了那兩個丫頭幾句。」

梅海洲歪靠在美人榻上撚著鬚道：「羅家心氣高著呢，連營繕清吏司之女都不入眼，更何況咱們。」頓了頓，忽直起身對董氏道：「昨兒個我倒瞧楊家的三公子楊晟之是個極有出息的，舉止頗有風範，言談措辭也極敏捷，儀表堂堂的。他是被皇上欽點的庶起士，如今便已跟我一樣是五品了，三年後定貴不可言，仕途無量，若是女兒嫁了他……」

董氏細眉一擰，將手裡的茶碗「噹」一聲放在小几子上，道：「不成！我堅決不能答應，楊家什麼人家？即便是頂個皇商的名頭，到底是一介販夫商人，楊晟之還是個小妾生養的，出身根底差了，任憑他再如何出人頭地，也改不了他的根底，怎配得起咱們女兒？」

梅海洲向來懼內，見董氏惱了，便從美人榻穿鞋下來，坐到董氏身旁，陪笑道：「娘子莫急，我不過是才起這個念頭罷了。妳是當場沒見到，昨兒個那楊晟之跟堂兄說的那一席話，句句刺到要害上，我聽了都捏一把汗，他見堂兄怒了，竟也面不改色，末了還能將說辭圓回來。等堂兄走了，我還特地與他攀談了一陣，說話言之有物又通眼色，是個厲害的角兒。」

董氏冷笑道：「任憑他是文曲星下凡也不成，聽人背地裡說他家老大還害死你侄女，我怎能讓女兒嫁到這種人家裡去。」

梅海洲哂道：「那不過是妳們婦人間嚼舌頭胡亂傳的罷了，就算有兩分真，也能傳成十二分，我倒是聽聞柳家要將嫡女嫁給楊家大公子當填房，若真如妳說的如此不堪，柳織造怎會將自己女兒嫁過去受罪？」又堆起笑臉道：「娘子妳想想看，楊家財富在金陵城中也算首屈一指了，有家中幫襯使錢，楊晟之何事不成？他如今差就差在出身上，若非如此，我還怕他瞧不上咱們家門第。楊家這陣子急趕著巴結梅家，送禮都送到我這兒來，若是我跟楊崢提了這親事，只怕他也答應。」

董氏低頭不語，梅海洲殷勤奉茶道：「娘子再想想看，羅家的公子雖是官宦人家出身、大老婆生養的，但到底只是個秀才，即便三年後中了舉，會試也不一定能中，日後做官也未必能輪上好缺兒，比不得楊晟之已是五品朝廷命官了。庶起士號稱『儲相』，堂兄當日便是入選翰林院庶起士，後來位極人臣。」

這一番話說得董氏頗為心動，將茶碗接到手中，想了一回道：「若真如老爺所言，那楊晟之也是極難得的了，回頭我去見上一見，再跟人旁敲側擊打聽打聽，若是個上等品格那也就罷了。」

梅海洲道：「這自然不錯。咱們先將雙ㄚ頭的婚事訂了，再慢慢給回ㄚ頭物色。」

董氏連連點頭，第二日便命人備轎到楊府做客，待見了楊晟之，真真兒應了一句俗話「丈母娘看女婿，越看越歡喜」，董氏見楊晟之氣度沈穩凝練，一表人才，原本嫌棄他庶出的心思也煙消雲散，一逕兒誇讚，直讓柳氏心中犯堵，不在話下。

待董氏回府，便將燕雙、燕回二人喚到跟前，對燕雙笑吟吟道：「好孩子，爹娘給妳尋了門好親，楊府三公子楊晟之，人品、脾性都是極好的，妳算有福了。」這一番話好似一盆冰水兜頭潑下，梅燕雙登時便呆住了。

董氏渾不知梅燕雙早失魂落魄，口中仍道：「楊晟之是有大才的人，年紀輕輕便金榜題名，可知日後前程不可限量；生得也是一表人才，濃眉大眼的，我跟妳們爹爹都瞧著不錯。」說著便笑道：「聽說他下個月就要回京城了呢，咱們得快些跟楊家提，把這親事訂下來。」說完扭頭一看，卻見梅燕雙面如金箔，人癡傻了一半，不由吃了一驚，忙執起梅燕雙的手道：「雙兒，妳怎麼了？妳倒是說句話。」一摸只覺手心冰涼，均是涔涔的冷汗。

梅燕雙仍舊呆呆的，董氏和梅燕回又是抹胸又是順氣，過了半天方才「哇」一聲哭出來道：「管他什麼勝之、敗之，我一概不要了……」

董氏唬了一跳，連忙追問為何，偏梅燕雙羞忿，只哭得滿臉紫脹，低著頭不語。董氏心裡一沈，去看梅燕回，梅燕回一見母親神情，慌忙將頭低了不語，董氏繃著臉道：「這究竟是怎麼回事兒？回丫頭，妳必定知曉！」梅燕回料定已瞞不過去，便到董氏身邊耳語了幾句。

董氏聽罷登時臉色大變，「霍」地站了起來，命左右丫鬟、婆子都退出去，方才回轉過身，揚手便在梅燕雙身上打了兩下，罵道：「沒臉的小蹄子！竟然恬不知恥存了這個念想！丟盡了家門顏面！」

梅燕雙又羞臊又委屈，哭得越發厲害。董氏想起這些時日的來龍去脈，終於恍然大悟，咬著牙又狠狠打了幾下梅燕雙，指著罵道：「我總算知道妳為何在背地裡一逕兒說婉玉壞話，我原本只道妳年紀還小、淘氣罷了，想不到妳心裡竟存的是爭風吃醋的下作心思！不但該打妳，我管教不嚴，也該將自己打死了乾淨！」說著便捶打自己。

梅燕回忙一把抱住董氏的胳膊道：「母親保重，姊姊並未做出不體面的事，不過是個念想，母親又何必氣到如此地步。」說著扶董氏坐了下來，慢慢道：「其實要讓女兒看，咱們家和吳家門第也相當了，吳家哥哥不過比楊晟之強在出身上，既然楊家可說得親事，吳家又有何不可？」

董氏坐在太師椅上，聽此話猛將頭扭了過來，直直盯著梅燕回，梅燕回被看得心中發怵，不敢再言語了。董氏指著梅燕雙道：「妳過來，給我跪下！」又對梅燕回道：「妳也跪下！」

雙生女知董氏向來教導嚴厲，心中雖不服，但仍乖乖走上前跪了下來。董氏問梅燕雙道：「我且問妳，妳何時對吳其芳存了心思的？可私下見過他？」

梅燕雙心頭一顫，只咬緊了牙，避重就輕道：「只在棲霞山下掀了馬車簾子悄悄見過，並未私下相見。」

董氏聽了此話方才長長嘆一口氣，放下心來，揉了揉額角道：「吳家是什麼人家？吳其芳的太爺爺曾是太子太傅，後來家道平淡些，但到底是滿門清貴。吳其芳模樣自不必說了，品性敦厚，自幼便熟讀詩書，剛到金陵便有了『芳華公子』之稱，他年紀輕輕登科高中，這樣的人物，打著燈籠找也尋不到幾個……」梅燕雙頭一遭聽到吳其芳過往，心中更是情思纏綿。此時董氏又對梅燕雙冷笑道：「妳也不好好想想，這樣的人物怎會看上妳？婉玉雖是過繼來的，但已是正經寫在族譜上的梅家小姐，妳大伯、大娘對她愛若珍寶，說句打嘴的話，論家世、論容貌、論氣度，妳哪樣比得過她？何況吳家早就相中婉玉了，多少人來提親一概推拒，吳其芳三天兩頭往妳大伯家跑，事已如此，妳還作什麼春秋大夢?!」

這一番話刺得梅燕雙心窩裡發疼，哭得越發厲害道：「我憑什麼比不過婉玉？婉玉不知廉恥，還為個男人尋死覓活，哪一點有大戶人家小姐的行為了？吳家是不知道，若是知道了……」

董氏氣得渾身亂顫，不等梅燕雙說完，便「啪」的一拍椅子扶手道：「住嘴！混帳東西，竟還敢提這一樁事！莫非妳真要讓咱們家把妳大伯家得罪乾淨？我以往是太縱著妳了，管教不嚴，讓妳對個只見過一面的男人就神魂顛倒！我且告訴妳，快將這齷齪心思收一收，吳家妳甭再癡心妄想了！過些時日楊家大公子成親，妳隨我到楊家去，讓楊家人相看相看，將這樁親事訂下，若有差池我定不輕饒！」

梅燕雙聽了眼淚簌簌掉落，又因害怕娘親威嚴，不敢大哭出聲，死死咬了嘴唇，身子癱倒在地上。她自見過吳其芳後，未斷了心思，反倒更添了幾樁相思，時時回想起吳其芳一笑一顰，直覺他風雅瀟灑，旁的男人與他一比都成了糞土，情思越發癡纏了。董氏這一番話於她猶如晴天霹靂，心中戚苦不可自拔。

董氏站起身道：「妳跪在地上好好想想，過後我來問妳。」說罷又對梅燕回道：「回兒跟我來。」

梅燕回忙站了起來，攙著董氏進了臥房。董氏坐在床上長嘆一聲，問梅燕回道：「妳姊姊這個心思，旁人還知不知曉？」

梅燕回心虛道：「姊姊只告訴了我，旁人一概不知。」

董氏點了點頭道：「這就罷了、罷了……」又滿面疲憊道：「妳也多勸勸她，讓她把那見不得人的心思丟了，若傳揚出去，她還能說上什麼體面的人家？」

梅燕回連忙應了，親手奉茶，看著董氏臉色，問道：「娘，楊晟之真就那麼好了？不過是個庶出的小子，楊家名聲也不好，即便是新科進士，姊姊跟他也算下嫁了。」

董氏道：「妳見了他便知道了，乍一看只不過是相貌堂堂，但這世間相貌堂堂的男人難道還少了？待瞧第二眼便能看出他有一股子威儀不凡，不過十七、八歲，但眼瞅著氣度就跟老爺那般年紀的人一樣穩重，這話本不該和妳說……這樣的人若不趕緊訂下來，待他進了京城，在官場上混一段時日，眼界一開，只怕妳姊姊都難入他的眼了。」說完又怕梅燕回吃味，握著她的手說：「原本我還想著妳跟雙兒到底是誰結這門親，但如今這情勢，必然要先說給雙兒，好斷了她的念想。好孩子，妳從小就比妳姊姊聰明，比她妥帖懂事，日後娘保管給妳找個更好的人家。」

梅燕回笑道：「娘怎說這樣的話？我是妹妹，自然要先給姊姊說親的。」心想：「楊晟之不知是個什麼模樣，讓娘親這麼讚不絕口。但年紀輕輕便考中進士，想來也必有不凡之處。」口中卻道：「娘放心便是了，我自會好好規勸姊姊。」

董氏這才稍安下心。

且說楊府這頭。妍玉如今已懷了身子，婚期不可再拖著，故楊家忙完了楊蕙菊的親事，便緊接著張羅起楊昊之的親事來，因怕梅家不痛快，楊崢又備了重禮親自到梅府上說項。梅海泉臉上淡淡的，只說道：「續弦再娶本是天經地義之事，但可憐外孫年紀尚幼便失了母親庇蔭，當爹的做事顛三倒四，又急急切切的娶了新婦進門，我只心疼他，怕他日後受什麼委屈。」

這番話說得楊崢面上一下紅了，抱了拳道：「親家只管放心，珍哥兒是我楊家的長子、長孫，我萬萬不會虧待他，日後我留他在身邊親自教養，一切吃穿用度我均親自把持過問。」

梅海泉道：「這也就罷了，只恐過幾年，咱們年紀慢慢大了，等撒了手、閉了眼，他便成了沒人管、沒人憐的孩兒，若是到時候當爹的和後母再不多體恤幾分……」說著用眼去看楊崢。

楊崢久在生意場上打滾，自然懂「說話聽音」之理，見狀哪還有不明白的，忙道：「親家放一百二十個心，我們只會更心疼自家血脈……」說著沈吟了下，道：「不若這樣，我如今便將幾塊良田和幾家鋪子撥到珍哥兒名下，現下他年紀尚幼，我先替他暫管著，等他成家之後自會交還給他……這是額外分的，家業裡珍哥兒應得的也必然樣樣不少，您看……」說著滿面堆笑，親手給梅海泉倒茶，手剛摸到茶壺上便被梅海泉按住了，楊崢抬起頭，只見梅海泉微微笑道：「親家能如此疼惜珍哥兒，我心中也十分歡喜。」說完取了茶壺，親自給楊崢倒茶。

楊崢點著頭殷勤笑道：「親家放心、放心……」

梅海泉道：「珍哥兒年紀還小，他外祖母想留他在身邊多待些時日……」

楊崢忙道：「這個自然、自然！親家母儘管留在身旁以享天倫。」

梅海泉也不再說，只與楊崢閒話一回。楊崢知情知趣，見梅海泉面露倦色便告辭離去了。

至晚間，梅海泉將此事說與吳氏和婉玉聽，吳氏聽了恨道：「豈不是便宜了楊昊之那畜生！蓮英才死了多長時日，他竟又勾搭上了柳家姑娘。依我說，咱們家偏不能讓他們這麼稱心如意！」

婉玉心中也不痛快，口中仍勸道：「娘莫要再氣了，咱們再不願又有什麼法子？反倒讓柳家面子上過不去。這門親橫豎要結了，還不如給珍哥兒謀些好處才是正經。」

梅海泉道：「明日楊家便將撥給珍哥兒的田產、鋪子契書拿過來，妳仔細看一看，若有不清楚的，派個人去打聽打聽。」

婉玉道：「這個自然。」想了想又道：「待楊昊之成親那日，我要跟珍哥兒一同去楊家一趟。」

吳氏道：「我的兒，妳去那地方做什麼？這不是存心找不痛快嗎？」

婉玉道：「我原先是從柳家出來的，若不去未免顯得太薄情，何必為了這檔子事讓人戳脊梁骨？再者說，我也想看看楊家如今是什麼情形，也好為珍哥兒作打算。」梅家二老聽婉玉這般一說也就依了。

且說楊、柳兩家火急火燎的準備婚事，楊家財大氣粗，又要辦得風風光光的，一來為遮醜，二來為了順柳家的氣，故十分盡心盡力，採買均是上等之物。楊崢鎮日忙碌生意，又不放心楊昊之和二兒媳柯穎鸞，便將此事外務交予楊晟之處理，宅內由柳氏掌理。

楊昊之不慣俗務，這一番安排正求之不得，索性放開手每日吟風弄月、鬥雞走狗，又見楊晟之待他十分恭順，每有要緊之處都必找他商議，請他定奪，楊昊之心中自然舒坦。可楊晟之問他次數一多，反倒不耐煩起來，擺手道：「三弟只管自己作主便是，你的主意比我的還高明呢，何必來問我？」待柳氏抱怨楊崢不將事務交予長子，反給個庶子去處理，楊昊之卻反過來替楊晟之說話。

柯穎鸞則暗恨不已，對楊景之道：「公爹如今把這檔事兒交給老三，眼裡到底還有沒有你這個兒子了？這料理紅喜事我最清楚不過，裡頭多大的油水，底下的僕役有哪個不巴巴的送上門來孝敬，只怕這一遭又肥了老三的荷包。」

楊景之不服氣道：「爹不肯把事交予我，還不是因為妳曾做了見不得人的勾當，讓爹捏住了把柄？這會兒反倒抱怨我沒本事。」

柯穎鸞聽此話，立時倒豎了一雙柳眉道：「但凡你有本事會自己弄錢，又何必讓老婆出頭？你捫心自問，你身上穿的、手裡用的，哪一樣不是我費心弄來的？只憑你爹給的鋪子和帳房每月的月錢，你的吃穿用度能這般體面？」

楊景之爭辯道：「爹原先也交予我幾樁大買賣，若不是妳硬要讓娘家插股進來，壞了事，爹又怎會如此輕視我？」

柯穎鸞冷笑道：「放沒用的屁！名義上是我娘家入股，但歸其一成半的利還不是入了咱們的口袋？公爹和婆婆偏心老大，咱們若不自己謀劃，將來到咱們手裡頭還剩幾個錢？」說著伸手用食指戳著楊景之腦門，咬著銀牙，怒其不爭氣道：「你呀、你呀，什麼時候能長點心眼？看看人家老三，不言不語的拿走這麼些家產，你能有他一半我就阿彌陀佛了。」

楊景之被柯穎鸞這一番搶白，心裡登時不痛快起來，但又不敢爭持，站起身一甩門簾子走了，柯穎鸞忙喊道：「這就快吃晚飯了，你往哪兒去？」

楊景之站在窗戶外面道：「去外書房盤帳，爹晚上要我回話的。」柯穎鸞聽此話便也不再理會，卻不知楊景之根本未到外書房去。

第三十回　嫌隙深眾小姐大鬧　忍委屈雙生女含恨

楊家因前些時日剛辦了楊蕙菊的親事，故現有的東西只再添些花樣便能湊齊。楊晟之日日忙亂，一時鋪子裡來人送妝蟒繡堆、緙絲彈墨的各色綢綾緞子讓他過目挑揀；一時又去清點新採辦來的茗碗茶具、金銀器皿；一時莊子上又來送雞鴨鵝兔等物。連帶府上的大小執事都幾日不曾好生睡覺。

到了四月下旬，婚事所需之物樣樣齊備，待良辰吉日一到，便開始進行婚禮儀式。當天清晨，婉玉先到柳家，拜會之後便隨送親之人一同到了楊府。婉玉如今為巡撫之女，身分自然不同，楊母這些時日身上不爽利，旁的姻親妯娌不過見了一面便打發走了，此番聽說婉玉和珍哥兒來了，忙命人請到臥房裡來，握著她的手笑道：「婉姐兒又比前些日子看著俊了，如今出落成這般模樣，連我都不敢認了。」說完又摩挲珍哥兒的臉，對婉玉道：「別的地方太亂，妳就和珍哥兒在此處坐著，橫豎這兒清靜。妳要吃什麼、用什麼、玩什麼，儘管和丫鬟們說。」

珍哥兒卻正是淘氣的年紀，睜著一雙大眼睛道：「我許久沒回來了，我要到園子裡玩。」

婉玉道：「剛剛在馬車上還囑咐過你，要乖乖聽話，這會兒怎麼胡鬧起來了？今兒早晨你起得早，怕是乏了吧？到床上躺一躺，我說個故事給你聽。」

珍哥兒噘著嘴道：「我剛看還有人搭臺子唱戲呢。」說完拽著楊母的袖子道：「老祖宗，我要去園子玩。」

楊母久未見到曾孫，難免添幾分疼惜，不忍拂了珍哥兒的意，便允了，又命丫鬟、奶娘好生跟著照看。婉玉便留在楊母身邊，二人有一句沒一句的說笑，不多時，有個丫鬟打了簾子進來道：「老太太，梅通判家的太太帶了小姐來拜會，問老太太這會兒可方便？」

楊母忙道：「快些請進來！」

話音剛落，董氏便帶了雙生女走進屋，滿面春風道：「給老太太道喜。老太太身上可好？真真兒是人逢喜事精神爽，老太太瞧著氣色就旺，跟老神仙似的。適才我偷偷看了眼新娘子……嘖嘖，柳家嫡出的小姐，鮮花嫩柳一般人物，不說那模樣，就連一身的氣派可不是別的姑娘能比得上的，可見得姻緣天注定，原先昊哥兒婚姻不夠美滿，媳婦兒又早亡，如今老天爺便償還了個更好的，老太太看在眼裡怕是也歡喜吧，如今可算萬事遂心，福祿壽俱全了。」董氏說完，忽瞧見婉玉也坐在屋裡，登時就一愣，想起婉玉如今身分是梅府的小姐，她方才光顧著討好楊家，說的話未免有貶低梅蓮英之意，神情立時便有些訕訕的。

楊母心中受用，笑道：「妳這一張巧嘴真是沒得說了，忒會哄人歡喜。快請坐，勞妳惦記了。」丫鬟早就端了茶點上來。

婉玉不悅，故站起身不卑不亢的福了一福，不鹹不淡道：「嬸子好，想不到嬸子和兩位姊姊也來了。」

這句話更刺得董氏臉紅，扯了扯嘴角強笑道：「前幾日聽說大公子成親，又接了喜帖，梅家跟楊家本就是姻親，自然要過來賀一賀的……」說了此話自己都覺得不妥，便停住嘴不說了。

梅燕回聽婉玉暗諷董氏，不由暗怒，臉上笑嘻嘻道：「我們來有什麼想不到的，婉妹妹不也在這兒嗎？偏生妳來得，我們就來不得？」

婉玉抬頭看了梅燕回一眼，淡淡笑道：「我一早去柳家送妍姊姊，順帶也將珍哥兒送過來，到底是姊妹一場，妍姊姊上花轎前就跟我說了，要我跟著來，待會兒去陪她說說話兒。」頓了頓又笑著揚眉道：「況且嬸子方才也說了，都是姻親，有什麼來不得的？」

梅燕回剛要再說，董氏忙將話頭截了下來，道：「雙兒、回兒，還沒給老太太行禮呢，快去吧。」

梅燕回雖心有不甘，但只得作罷，二人齊齊拜見楊母，楊母拉著手各個都說好，從頭到腳讚了一番。婉玉細一打量，見雙生女今日均是盛裝華服，二人頭上均插了銜珠串的赤金小鳳釵，頸上掛明晃晃的瓔珞圈和長命鎖，身穿連枝桃花刺繡領秋菊緹花對襟褙子，只是梅燕雙穿淺洋紅色，梅燕回穿銀紅色。

婉玉見梅燕雙神態病懨懨的，只靠著脂粉襯臉色，從進屋就只垂了眼皮站著，一句話不曾多講，與往日裡截然不同，心中不由暗暗納罕，暗想道：「三堂嬸是個頂頂會鑽營的，如今定是瞧上楊家有什麼好處可圖，巴巴的帶了女兒過來。原先還拿捏著架子，楊家的門能不來就不來呢。」

想著端了茗碗喝茶，忽聽董氏對楊晟之讚不絕口，心中登時一動，猛抬頭看了看雙生女，心中立時恍然，暗笑道：「原來如此，是抱了這個心思……嬸子這一番造作恐是白費了。楊晟之城府頗深，雄心勃勃，只怕她那兩個女兒都入不了他的眼；即便是楊家肯了，他也不會答應。」轉念想到楊晟之待她頗有情義，但二人畢竟無緣，心中也有幾分悵然，又想到楊晟之若真娶了雙生女當中的一個，立時感覺胸口沈悶難當，只覺自己死也不能接受。

當下怡人走了進來，手裡端了個托盤，來到婉玉跟前低聲道：「姑娘，該吃藥了。」說著將托盤放到梅花几子上，從懷裡摸出一只銅胎掐絲琺瑯的美人肩小瓶，倒出一丸藥遞給婉玉。

楊母道：「婉兒哪兒不舒坦？濟安堂的羅神醫就在府裡住著，要不要請過來給妳瞧瞧？」

婉玉笑道：「老太太不用忙，不過是積了火，這些天有些咳嗽罷了，請了大夫看過，已經好些了。」又對怡人道：「今兒早晨吃過飯才剛服了藥，這會兒又吃什麼？」

怡人道：「姑娘的二舅母聽說姑娘病了，特地尋了個偏方來，配了藥，打發表少爺送到咱們家去，太太便命人送過來了。」

婉玉嘆道：「丁點兒大的事呢，勞煩這麼多人費心。」

梅燕雙聽在耳中，心如刀割一般，對婉玉又多恨上幾分，雙手牢牢攥了帕子，指甲都扣進肉裡。董氏連忙看了梅燕雙一眼，見她垂頭而坐，並未有半分失態，方才鬆了口氣，又朝梅燕回使眼色。梅燕回立時會意，站起來笑道：「剛進府來的時候，看見菊姊姊了，我們找她說話去。」

楊母道：「是了，她今兒個一早跟瑞哥兒就來了，妳們在我這裡也受拘束，不妨妳們小姊妹去一處坐著閒玩。」

董氏道：「菊丫頭成了親到底不同了，也好讓她多教教雙姐兒和回姐兒，省得兩人整天淨知道淘氣。」這句話說得楊母心中又受用，梅燕回便拉了梅燕雙走了出去。

待出了院門，梅燕雙的眼淚方才掉了下來，梅燕回趕緊將她拉到僻靜之處道：「好姊姊，妳怎的又哭起來？撲得好好的脂粉又掉了。」

梅燕雙默默淌淚，半晌才道：「妹妹妳說，那藥丸子是芳哥哥尋了偏方送來的，還是芳哥哥的娘送來的？」

梅燕回暗自翻了個白眼道：「姊姊妳怎麼還是想不透呢？無論是誰送的，都跟咱們沒關係！妳胡思亂想的瞎琢磨，不過是給自己添堵。」

梅燕雙拭淚道：「我也知道是自己犯傻，可心裡頭就是揪得慌。」

梅燕回知梅燕雙不是一時能回轉過來的，便嘆了口氣道：「姊姊先別想太多了。我看楊家的花園子極大又有景致，我陪妳四處逛逛，散一散心。」說完拉著梅燕雙的手往園子裡走去。只見園中疏林如畫，花木爭奇，更有潺潺流水、小橋扁舟、遠樹浮煙。梅燕雙胸中鬱卒，自然無心觀賞美景，梅燕回則看一回驚嘆一回，暗思道：「園子裡這般氣派，可見得楊家是如何富貴有錢了。」

忽走到一處石子路上，只見夾道兩旁均是蔥蘢綠竹，迎風搖曳，幽雅清靜。梅燕回對梅燕雙道：「好個幽靜所在，不知這路通向什麼地方。」二人便朝前走，拐過一個彎，猛見有個男人迎面走來，雙生女吃了一驚，連忙往後一退，打眼一瞧，只見這人看上去十七、八歲，身材高大，膚色微黑，濃眉大眼，儀表堂堂，年紀雖不大，卻自帶一派威嚴。身穿葉青鑲金絲飛鳳紋的直裰，袖口緄一道金線大鑲，顯見是富貴人家子弟。

梅燕回只覺得眼前之人眼熟，略一思索，便想起是在梅書超成親之日同吳其芳一齊向梅海泉敬酒的男人，如今再見到，只覺他氣勢壓人，與吳其芳氣宇軒昂截然不同，臉上不知怎的便有些發燙。

楊晟之見是兩個不認識的女孩子，不由怔了怔，見二人穿衣打扮便知是哪一門的小姐，因而往後退了兩步，剛要說話，便聽翠蕊在身後道：「三爺，你忘了喝參湯了。」說著已趕了上來，手中端了一盅湯。

雙生女一聽「三爺」，俱吃了一驚，忙朝楊晟之看來，又覺得羞臊，趕緊別開臉。翠蕊見楊晟之與兩個姑娘站在一處，不由也怔了，問道：「兩位姑娘是哪一房的親戚？要到何處去？前頭是我們家三爺住的抱竹館，已是園子的最邊上，再沒有路了。」

梅燕回本是個能說會道的，但此時一句話都說不出，只道了一句：「叨擾了，對不住。」扯了梅燕雙的袖子，二人扭轉身便急急忙忙走了。

楊晟之本是回抱竹館換衣裳的，因此便喝了湯再往前頭去。走了幾步遠遠瞧見二人轉進一帶翠嶂，想到那翠嶂是剛命匠人整修的，裡面雜亂不堪未經修葺，恐那二人進去後出了什麼事故，忙走過去要提醒，來到近前卻聽見翠嶂後傳來嚶嚶哭聲。

梅燕雙哭道：「原來娘就是想把我許配給這個人……嗚嗚……寧死我也不肯了……」

梅燕回道：「為什麼？楊家三公子有什麼不好？」

梅燕雙抽泣道：「他哪兒及得上芳哥哥？」

梅燕回道：「若論風流俊俏，自然不及芳哥哥了，可我瞧著他長得英俊威猛，還是個穩重人，應是不錯的。」說著想起楊晟之當日在梅海泉面前侃侃而談，臉上不由一燙，道：「也應該是個極有學問的人。」

梅燕雙跺著腳道：「妳看他好，不如妳嫁給他！」

梅燕回紅了臉兒道：「這是給妳說親，怎又扯到我頭上了？」心中卻情思微動。

梅燕雙只覺楊晟之處處都不及吳其芳，心中失望至極，一時間新仇舊怨都湧上心頭，哭著恨道：「婉玉那小蹄子不過就是命好些罷了，如今又沾了巡撫女兒的光，否則她哪一點配得起芳哥哥？為何她這樣的人都能有這樣一門好親，我也是堂堂通判的嫡女，卻非要嫁給一個庶子！」

梅燕回想起婉玉適才在屋中刺了董氏幾句，又兼因吃過婉玉苦頭，心裡也有些怨恨，附和道：「姊姊說的是了，婉玉原先就是個張狂模樣，如今擺的款兒更比往常大了百倍。我原先還道她是個親戚，多少存了三分情面，呸！真真兒是好心被當成了驢肝肺，妳敬著她，她反倒給妳找不痛快。待回頭想個法子定要好好治治她。她莫要以為自己就能跟芳哥哥喜結良緣了，吳家是不知道她先前做的那些事兒！打雞罵狗、喪倫敗行，不單是為了柯家公子投湖，聽說還有個叫孫志浩的，私底下說婉玉曾三番五次勾引他……哼，小婦養大的，果然是狐媚魘道的下流胚子！」

梅燕雙嚇了一跳，道：「這些事妳是從哪兒知道的？」

梅燕回道：「爹是通判，大獄裡的事兒有哪樁他不知道？當日孫志浩犯了姦罪就押在爹手下的大獄裡。爹有一日回家來跟娘悄悄談論過這個事，那天碰巧我染了風寒，在娘親的屋裡睡覺，迷迷糊糊聽見的。當時不以為是什麼大事，又怕姊姊知道了說出去，便一直在心裡埋著了。」

梅燕雙拍手道：「妳早該說出來，這事兒若是讓芳哥哥家裡知道，保准這樁親就成不了了！」

楊晟之聽到此處便慢慢回轉身，悄悄的走了。

且說婉玉在楊母房中說笑了一回，見楊母乏了便要告退，楊母忙命身邊的大丫鬟碧桃跟著，好生照顧婉玉。待到了廊下，碧桃道：「姑娘要覺得悶，便到東廂房去坐坐，各家各房的姑娘們這會兒都湊在那裡玩呢。」

婉玉道：「不去，人多看著怪煩的。」

碧桃道：「姑娘不如去菊姑娘原先住的綴菊閣歇歇？那院子自菊姑娘出嫁後就鎖了，平日裡自有丫鬟、婆子打掃，又乾淨又清靜。」

婉玉笑道：「正合我心意呢，那就勞煩碧桃姊姊帶我去吧。」碧桃便進屋回了楊母，命人取了鑰匙，親自引婉玉和丫鬟怡人、采纖到了綴菊閣，用鑰匙開了正房的門，打起簾子請婉玉進門，又命跟來的兩個丫鬟去端茶、端水果等物。

婉玉見屋中陳設華美、被褥精緻，外間的書架子上還擺了幾冊書，心裡便歡喜，含笑道：「這裡好，我就在此處歇一回。」

碧桃從櫃中的青花瓷罐子裡取了幾塊茵樨香，放在金甕裡熏燃了，道：「菊姑娘走的時候特別囑咐把這院子給她留著，待她回娘家的時候便住一住，這屋子裡的陳設跟菊姑娘出嫁前一樣，她只帶走幾樣心愛之物，後太太又命人從庫房裡重新取了幾樣玩器添上了。」正說著，簾子一掀，走進個十三、四歲的小丫鬟，手上拎一個洋漆大捧盒，頭上綰著丫髻，穿玫瑰色比甲，一臉笑嘻嘻的，生得粉白討喜。碧桃抬頭看見她便一努嘴笑道：「哎喲喲，妳怎麼來了？這會兒不好生當差，往這裡跑做什麼？莫要驚了貴客。」

那丫鬟先對婉玉福了一福道：「姑娘好。」又脆生生道：「廚房裡新做了幾色麵果子，我本是過去端回來給三爺的，老太太命人傳話，說婉姑娘在綴菊閣，讓人給姑娘端幾樣來，偏廚房裡的嬤嬤姊姊們都在忙，我便領了差送過來了。」說著把捧盒放在桌子上打開，從內端出四樣麵果子出來。

碧桃瞪了那小丫鬟一眼，扭過頭對婉玉笑道：「她是我家裡頭最小的妹妹，半年前來府裡頭當差的，老太太給改了名字叫碧枝，原先在我跟前調教規矩。前些時日老太太說三爺房裡人不夠用，就把她撥過去使喚，可偏偏又是個淘氣的，整天滿處亂跑，讓姑娘見笑。」

婉玉抬眼一打量，見那碧枝模樣整齊，暗道：「碧桃一家子全都是家生的奴才，原先不大受重用，這丫頭倒是會計算、有見識，非但自己熬出了頭，成了老太太身邊第一得意體面的人，還給她哥哥、弟弟都在府裡和鋪子上謀了好缺兒，此番又把妹妹弄進來……只怕原先在自己手底下調教，不過是想讓她妹妹每月領份月錢，待到了年歲便出嫁。如今眼見晟哥兒高中，碧枝又是個美人胚子，便巴巴撥過去使喚，這算盤打得倒精。」口中道：「這丫頭討喜呢，說話又爽脆。」

眾人又說了一回，碧桃便拽了碧枝告辭，待出了房門，碧枝便扯住碧桃道：「姊姊，我就在這兒伺候婉姑娘吧。」

碧桃瞪著眼道：「妳呀，淨讓我不省心，自己的差事可做完了？別沒事兒似的四處瘋跑，翠蕊可不是個省事的，若生了是非，我也救不了妳。」

碧枝噘了嘴道：「翠蕊伶牙俐爪，守著三爺虎視眈眈的，好像別人多稀罕似的，她還巴不得見不到我呢。今兒本來就沒我的差，若回去也是讓她平白使喚了去。好姊姊，就容我在綴菊閣裡清靜清靜吧，妳回去就說是婉姑娘親自點了我跟在這兒伺候的，旁人還能說出什麼？」說完拽著碧桃的袖子，猴在她身上扭股糖兒一般撒嬌撒癡。

碧桃素疼惜幼妹，最後拗不過，一戳碧枝的腦門子道：「好吧、好吧，妳可要老老實實守在這兒。」說完壓低了嗓子道：「婉姑娘的身分妳也知曉，凡事小心伺候，說話也須有個分寸……」

碧枝一邊將碧桃往院子外面推，口中一邊道：「是是是，我知道了，知道了。」碧桃到底不放心，又囑咐了幾句方才走了。

卻說婉玉因早晨起得太早，又跟楊母說了半日，這會兒早就乏了，拈著麵果子每樣吃了一個，其餘的便賞了丫鬟們，隨手從書架子上抽了本書，靠在床頭翻看，不知不覺便睡著了。怡人見了，便展了薄被輕輕蓋在婉玉身上，輕手輕腳的退了出去。

婉玉睡了片刻，忽聞綴菊閣院門一開，緊接著傳來說笑嬉鬧之聲，楊蕙菊帶了雙生女和幾個姑娘丫鬟進來，提了裙子一邊走一邊道：「這兒就是我原先的住處，妳們非吵著過來瞧瞧，其實也沒什麼稀奇。」

梅燕回殷勤討好道：「菊姊姊就是個雅致人兒，這綴菊閣裡這麼清幽別致，卻還跟我們說沒什麼稀奇。依我說，這一花一草都不一般，怕都是有些來頭的。」

這幾句捧得楊蕙菊心裡舒坦，便站定了腳指著院子裡幾處異草道：「這是蘼蕪，這是清葛，這是丹椒，院裡種的這些香草有的還是從南洋尋回來的稀奇物兒，金陵城裡可不曾有。」

梅燕回道：「原來如此，我還道是藤蘿呢，但又覺得藤蘿沒有這麼香，果然來頭就不凡，名字還風雅。」

楊蕙菊心中得意，口中卻道：「不過是叢花草罷了，不提也罷。我還剛得了一點兒茶葉，喚作『綠萸香』，沏出來比這個香草的味道還清新，待會兒就讓丫鬟煮去。」說著走到房門口，卻見房門沒鎖，登時便是一愣，推開門進去，只見個丫鬟坐在廳裡的繡墩上逗弄貓兒，便問道：「妳是在哪兒當差的丫頭？怎麼在這兒？這門平日裡不是鎖著的嗎？」

碧枝見楊蕙菊進來，忙站起身道：「剛剛梅家的婉姑娘身上乏了，老太太讓她在姑娘房裡歇歇，打發我們過來伺候。」

楊蕙菊臉上登時就不好看，暗惱怒道：「這本是我的屋子，老太太怎麼也不使人告訴我一聲便讓旁人住進來？別人也就罷了，偏偏還是那個惹人嫌的小蹄子。」掀開簾子往寢室裡一瞧，只見婉玉正合著雙目，靠在鴛鴦枕上，心中不由憋了一口氣，一甩簾子沒有作聲。

梅燕雙冷笑道：「我還當是誰？原來是巡撫家的千金，這咱們可招惹不起，還是散了到別處玩去，免得擾了人家的清夢。」

梅燕回一拽楊蕙菊的衣袖道：「說的是，咱們比不得人家嬌貴，若是讓人家心裡惱了、不痛快了，再發威把我們姊妹攆出去，豈不是鬧得沒臉？」

原來雙生女適才與楊蕙菊越聊越投機，不覺說到婉玉身上，恰好這三個人均是極厭惡婉玉的，不由同仇敵愾，在背後一起狠狠罵了一回，因此越發覺得要好了。偏這時在綴菊閣遇見婉玉，真真是撞到了刀刃上，楊蕙菊一甩帕子冷笑道：「怎麼她來了咱們就該躲著？這究竟是誰的屋子呢？」

梅燕回假意道：「菊姊姊萬萬別這麼說，咱們還是走吧。」說著又去拽楊蕙菊的袖子。同來的姑娘們也都跟著勸解，紛紛朝屋外走，楊蕙菊本是個極傲氣的人，如此面上更掛不住了，既不敢得罪婉玉，又想將顏面找回來，便在椅上一坐，沈著臉道：「走什麼？她在屋裡睡她的，咱們就在外面喝茶。」說完又命自己丫鬟道：「青霜，把茶仔細煮了，用那套剔彩的山水紫砂茶具端上來。」

姑娘們面面相覷，也只得跟過去圍著桌子坐了。片刻後，丫鬟端了茶點、糕餅上來，起初這幾人不過輕聲交談，但說到興頭上，不免笑鬧成一團，聲音越發大了。忽見寢室的門簾子一掀，怡人走出來，對楊蕙菊施禮道：「柯二奶奶，我們家姑娘在裡頭正睡著呢，妳們喝茶聊天不知能否放輕聲些？」

屋中登時靜了下來，梅燕雙看了怡人一眼，喝了一口茶，低聲嘟囔道：「掃興！」

楊蕙菊挑起眼看著怡人道：「她睡她的，我們樂我們的。」說著垂下眼皮，用碗蓋撥著茶葉道：「莫非因為她要睡覺，蟬兒也不准叫了、貓兒也不准鬧了，連人也不准說話了不成？」

怡人道：「婉姑娘適才乏了，是老太太讓碧桃姊姊帶姑娘到這兒小睡片刻，就因這地方清靜。奶奶和姑娘們說笑取樂，我們自然是不管的，但鬧醒了婉姑娘，未免辜負了老太太的一片心。」

楊蕙菊冷笑道：「妳是拿老太太壓我？」

怡人垂著頭道：「奶奶多心了。」

梅燕回站起來將茶碗往桌上重重一放，道：「我早就說要走，妳們偏偏不動，結果怎麼著可瞧見了？倒被個丫鬟哄走，這下有臉了？咱們快走吧，別待會兒弄得更不好看，人家可是『巡撫家嫡出的千金小姐』。」

楊蕙菊嗤一聲冷笑道：「好個『巡撫家嫡出的千金小姐』，款兒大得真真兒壓死人了，連個丫鬟也伶牙俐齒，可見是規矩調教得好。」說著站起來看著一桌的姑娘、小姐們，道：「我那仙逝的大嫂賢慧端莊、通情達理，同樣都是巡撫家的，我倒還真未瞧出和婉姑娘有什麼相像……嘖，也難怪，根底就不一樣呢，我又比較個什麼，莫非雀兒飛到皇宮裡就變成孔雀了不成？」

話音剛落，便聽臥室裡有人道：「菊姊姊嫁了人了，到底不一樣了。」說完只見婉玉撩開簾子，帶了采纖走出來，看著楊蕙菊似笑非笑道：「菊姊姊好氣派，原先只道是個文靜淑雅的閨秀，沒想成了親之後竟這般牙尖嘴利，我母親和二哥哥知曉姊姊如今的作風定要悔死了，當初無論有什麼忌諱，也應讓二哥哥娶姊姊進門，有這麼個能說會道、會打趣人的兒媳婦，才是做婆婆的福分、也是做丈夫的福分。」

這一番話明褒暗貶、夾槍帶棒的，楊蕙菊臉皮登時脹紫了，她未嫁入梅家本就是生平憾事，如今婉玉將她這個痛處揭了，不由又惱又怒。婉玉立在門邊，心中冷笑道：「原本想在屋裡裝睡，不理睬也就罷了，誰知竟連這麼刻薄人的話也說出來了，往死胡同裡逼我，若不將這名聲正過來，日後該如何活著？我此刻若是客氣了，反倒打了自己的臉！」

梅燕雙見楊蕙菊羞惱，便拿著帕子一邊往懷裡扇風，一邊挑著嗓子道：「是，柯家的二公子自然是個有福分的，也不知是誰，為了想爭這個福分，投湖自盡，差點沒了命不說，名節也全損了，這事說出來，我都替她寒磣。」

婉玉聽了眉毛一挑，但轉而又笑了起來，看著梅燕雙點頭道：「是了，不比某些人，背地裡流了多少相思淚，滿肚子的醋味兒都酸得餿了，偏人家恐怕連她名兒都不記得，三天兩頭往別人家裡跑，這人是誰，用我告訴妳不用？」

婉玉話還未說完，梅燕雙登時臉色大變，氣得渾身亂顫，一怒之下拿起桌上的半盞茶便向婉玉潑了過來，口中罵道：「小婦養的，滿口胡說八道！」

這一下把婉玉潑愣了，從頭到臉濕濕答答，衣襟也全都濕透，因茶水還是熱的，皮膚也燙得通紅。一時間屋中的人也全都怔住了，怡人急忙搶上前來，用帕子給婉玉擦臉和衣裳，口中只說：「姑娘，妳可燙著了？哪裡疼？我去給妳找藥。」

婉玉今日來還帶了身邊另一個丫鬟采纖，這采纖本是跟著吳氏的，因做得一手好針線，為人直爽又愛說話，便撥到婉玉身邊使喚。采纖性烈如火，適才在臥室中聽婉玉被人編排便想衝出來理論，如今見她姑娘又遭了如此欺負，更再也按捺不住，上前一把揪住梅燕雙的衣襟道：「竟敢用茶水潑我們家姑娘，吃了熊心豹子膽?!妳剛罵誰是小婦養的？妳以為妳自己就高貴了？不過是個五品通判的閨女，這官職還是看著我們家老爺面上賞的，如今竟欺負到我們家頭上，活該打妳的臉！」說完揚起手，對著梅燕雙就是一巴掌，只聽「啪」的一聲，梅燕雙臉上登時浮現出五個指印。

梅燕回見姊姊受辱，氣得面如土色，搶上前去拉住采纖，說：「妳眼裡還有主子沒有？竟然敢打我姊姊，我今日便打死妳這奴才！」說著便扯采纖的頭髮，只扯得髮髻凌亂。

采纖罵道：「妳是個什麼東西？有臉稱自己是主子？我呸！我就算是奴才也不是妳們家買來的，少跟我擺款兒！」說著反手抓打梅燕回。

眾人見了慌忙拉架，楊蕙菊喝道：「快將人拉開，這成什麼體統?!哪有如此不懂規矩的奴才！再不住手便是找死了！」

婉玉見人人都去拉采纖，反倒不管雙生女，采纖明裡暗裡吃了不少虧，又聽楊蕙菊如此說，越發怒了起來，走上前攔在采纖跟前指著道：「我看妳們誰敢動我的丫鬟！」

雙生女此時早已紅了眼，哪裡肯依，口中只說：「好大膽的奴才，敢跟主子動手！」說完又拿了茶來潑，怡人恐婉玉吃虧，擋在婉玉身邊護著，碧枝忙上來拉雙生姊妹。其餘的三、四個姑娘或躲在一旁，或只上前動嘴勸架，楊蕙菊站在一邊指示丫鬟拉架，但此時早已鬧起來，哪兒勸得住。

饒是婉玉性子沈，此時也激出了火，又聽梅燕雙口裡嚷嚷什麼「粉頭娼婦生的下賤胚子」，便再忍不住，抄起桌上的紫砂壺便砸了過去，正正打在梅燕雙肩膀上，疼得她「哎呀」一聲，向後退了好幾步，臉色一下就白了，淚也滾了出來。婉玉舉著壺又上前追打，唬得旁人一把拽住了道：「姑娘使不得！」

婉玉一邊哭，一邊道：「這有什麼使不得？她作踐我、作踐我的丫頭，如今還作踐我爹娘，我哪裡還能活著！」說著仍要上前再打。

楊蕙菊見此事真要鬧大了，心裡也有點慌，忙上前攔住道：「有話好說，妳拿壺砸人做什麼，若鬧大了還怎麼得了？」

婉玉冷笑道：「如今妳怕鬧大了，早先幹什麼去了？」說完一頭撞到楊蕙菊懷裡道：「妳們個個都作踐我，如今我再不願活了！」說完「砰」一聲將手裡的紫砂壺摔在地上，摔了個粉碎。

楊蕙菊看了肉疼不止，暗道：「這茶壺是御用的師傅做出來的，幾年才能求來這麼一把，白花花的銀子，聽個響兒就這麼沒了！」

婉玉止了眼淚，大聲命道：「采纖！妳就這麼放著，不許收拾，回家告訴爹爹，說這地方沒法待了，人人都作踐擠兌我，損我的名譽、打我的丫頭，如今連爹娘都跟著讓人磨牙消遣，梅燕雙、梅燕回還有楊蕙菊一同聯手來欺負我，今兒在場的人全都看在眼內了，可見這幾家對我們如何，不如就這般散了乾淨！如今我又讓人打傷了、抓傷了，再不能動，妳回去讓太太、或是讓哥哥來接我，免得我再受氣！」

采纖應了一聲便要出門，楊蕙菊知事情不妙，連忙上前阻攔，對婉玉道：「莫非妳真想把事情鬧大了？妳拿壺砸了人還有理了不成？」梅燕雙捂著肩膀正哭得上氣不接下氣，聽楊蕙菊這般一說，越發哭得厲害了。碧枝卻趁左右沒人注意，從後門一溜煙跑了出去。

婉玉冷冷道：「我有理沒理，請長輩來便知曉了。」又大喝道：「采纖，還不快去！」采纖應了一聲，撥開楊蕙菊的胳膊就往外跑，偏巧趕上柯穎鸞和碧桃得了丫鬟們報信，匆匆忙忙往綴菊閣趕來。柯穎鸞剛走到門口，便和采纖撞了個滿懷，撞得她一個趔趄，口中不由罵道：「作死的小蹄子……」還未罵完，又見屋中跑出來兩個丫鬟，拽著采纖死活不讓她走。碧桃顧不得這些，進屋一瞧，只見滿屋狼藉，當下就吃了一驚；再一看姑娘、丫鬟們均衣衫不整、髮髻凌亂，梅燕雙正抱著梅燕回痛哭，登時手腳唬得一片冰涼；扭頭一瞧婉玉，見她披頭散髮、滿面淚痕，衣襟和裙子早已濕透，渾身狼狽難以言狀，只覺頭都暈了，失聲道：「這……這是怎麼回事……」

婉玉見碧桃來了，眼淚便滾下來道：「妳來得剛好，去回老太太和太太，說我不待在這兒了，把珍哥兒抱來，我們回家去。」

碧桃忙把婉玉拉到裡屋，讓她坐下，掏了帕子要給婉玉擦臉，婉玉扭過頭哭個不住，碧桃忙詢問出了何事，婉玉便將前因後果說了，末了拽著碧桃的袖子哭道：「是妳引我到這屋裡頭歇著，倒讓我鬧得好大沒臉，我從小到大，何曾這般不體面過？菊姊姊也不管，跟著挑唆，和她們一起欺負我，反倒編排了我一身不是，我要回家去！」

碧桃聽了也慌了，暗道：「若是光梅家那對姊妹還好說，但此事是菊姑娘挑起來的，傳出去只怕她身上不乾淨，雖說已經出嫁了，但說出去到底連累了楊家。」心裡對楊蕙菊有了幾分埋怨，但此時只能百般安慰婉玉。

忽聽外頭梅燕雙道：「妳們都甭跟著和稀泥說項，這事兒挑出去又怎樣了？她拿壺打我，還裝什麼一身正經，為個男人投湖，又跟旁人勾三搭四，人品就差了呢。」

怡人怒道：「我家姑娘行得端、坐得正，她勾搭了哪個男人？妳倒是說說！平白的毀人名譽，也不怕天打雷劈！」

梅燕回道：「反了！反了！我今兒個真真兒是開了眼，原來婉妹妹身邊的丫頭一個個比主子都厲害百倍，可見會調教。」

梅燕雙陰陽怪氣道：「她勾搭了哪個男人？哼！勾搭了個姓孫的，叫什麼名兒莫非還讓我說出來不成？就她這樣的人品，還有臉出來教訓別人，呸！真是大言不慚！」

婉玉聽了這話「霍」的站了起來，一掀簾子衝上前，揚手就給了梅燕雙一記耳光，指著恨聲道：「妳再說一句試試！妳再辱我一字試試！」冷笑道：「話既說到這個分兒上了，怡人！妳去請我孀子過來，他們家的閨女說我勾搭男人，說我人品不端，我今日就要把這事情說清楚了，待會兒把我娘接來，咱們三堂會審，當著長輩的面，事事撕開來說個明白，非但要說清楚，還要說得清清楚楚！」

梅燕雙捂著臉呆住了，而後放聲哭道：「好哇！妳們可都看見了！她的丫鬟打我，她也打我！不如今日就打死我乾淨！」說完更靠上前來讓打。

楊蕙菊見又要鬧僵起來慌忙攔住，一邊命丫鬟拉怡人，一邊又去勸梅燕雙，柯穎鸞站在一旁，口中雖道：「姑娘們安靜些吧。」卻用帕子捂著嘴偷笑看熱鬧，又拉了拉楊蕙菊低聲道：「妹妹妳管這些做什麼？隨她們鬧去，橫豎是丟梅家的人。」楊蕙菊咬了牙暗道：「若是平日鬧得越熱鬧越好，跟我有什麼相干？但今日的事捅出來，只怕我也顏面不保。」

婉玉道：「是了，既不讓我的丫鬟去請人，又在這裡紅口白牙的辱我人品，那我便親自去！」說完邁步便走。碧桃又趕緊攔著勸道：「好姑娘，今兒個是大喜的日子，咱們何苦驚動長輩添堵？依我看不過是幾句口角，惹大了鬧出去姑娘們的名聲也都跟著不好聽。」

梅燕回也怕事情鬧起來不好收場，忙拽了梅燕雙低聲道：「姊姊省省吧，爹娘來了怎有咱們的好果子吃？」

梅燕雙恨道：「婉玉那丫鬟打了我一巴掌，她用壺砸了我，又打了我一巴掌，這事兒不能就這麼算了！」

梅燕回道：「只怕把娘請來，咱們挨的可就不止這個了，妳忘了上次了？婉玉那小貨兒就是想鬧大呢，妳再爭下去豈不是順了她的意？」

楊蕙菊忙道：「燕回妹妹說的是，婉玉那小蹄子不是東西，但有巡撫在後頭給她撐腰，咱們都是聰明人，何必自找不痛快？待會兒巡撫夫人來了，妳爹娘即便是覺得婉玉有錯，只怕也不能輕饒了妳們。咱們不如息事寧人吧，燕雙妹妹受委屈了，待會兒我拿稀罕玩意兒送妳。」又高聲命自己的丫鬟道：「霜冷，快去給雙姑娘、回姑娘沏珍珠茶壓驚，多放點人參和珍珠粉。」梅燕雙想到董氏，心裡也發怵，但猶自嘴硬，口中罵個不住。

碧桃亦把婉玉拉回房中苦勸，道：「姑娘何必鬧成這樣呢？我說句不該說的，姑娘和燕雙、燕回姑娘才是正經的一族親戚，鬧大了去丟的是自家顏面，咱們又何苦讓人家看熱鬧？」

婉玉冷笑道：「妳勸得輕巧，她們可當我是一族的人？我又何必為著『家醜不可外揚』白白讓自己忍著？再說這事端也是妳們家二小姐挑起來的，待會兒我便要問問妳們家太太，這到底是什麼待客之道？」說著朝碧桃掃了一眼。

這一眼掃得碧桃心裡一驚，暗道：「了不得，婉姑娘這脾氣秉性、舉手投足，倒跟我們死了的大奶奶像個十足！原先春桃是太太賞給大爺做妾的，背地裡挑唆大奶奶不是，大奶奶不聲不響，猛然間揪住了春桃短處便要打發走了。春桃又磕頭又求情，讓大奶奶看在她原先是太太身邊的人網開一面，大奶奶當時便是這麼掃了她一眼，只說了句『我給妳臉面，妳可給了我臉面？看來妳是當我好性兒，欺負慣了，但卻忘了我是主子，何必要忍妳一個奴才的氣！』說完便招了人牙子來給賣了，那手段兒如今想起來還讓人冷颼颼的膽寒……」

正這個當兒，碧枝卻不知從什麼地方竄出來，輕手輕腳溜到婉玉跟前，壓低聲音道：「姑娘消消氣吧，鬧大了有什麼好的？我在旁邊看得真真切切的，這事從頭到尾都是她們的錯，是姑娘受了委屈。」這一句說得婉玉心中登時舒坦了幾分，不由點了點頭道：「妳算是個明白是非的。」

碧桃心中慌張，暗道這些話要讓旁人聽見哪還有碧枝的好處，不由向碧枝使眼色，要她別說話，碧枝卻裝看不見，反向婉玉湊了湊，繼續壓低聲音道：「但要我說，這事還是別鬧大了好，我們明眼人，知道是姑娘受委屈，但這事兒傳出去，還指不定被說成什麼樣子；尤其姑娘還打了人，萬一落下什麼凶悍的名聲可不好了。說句不該說的，姑娘是什麼人兒？朝中一品大員的嫡出千金，身分和款兒不比外頭那幾個人大上幾倍？可嬌貴著呢，為了她們鬧了一身不是，也不值得的。」

婉玉沈吟不語，暗道：「這丫頭說得也有幾分道理，若是鬧出去，我的名聲也不好聽，橫豎打了梅燕雙一巴掌，也算出了胸口裡這股惡氣。我原先只道她們是個小女孩子，不過是愛背地裡嚼個舌根，將她趕回家去，既滅滅她們的氣焰，也肅肅我的名聲，誰想到她們反倒變本加厲了！好、好得很，日後時日還長，她們若還不消停，硬要把姓孫的這檔子事扯出來，我到時便讓她們領教領教我的手段。」

碧枝見婉玉神色緩和，知她被說動了，遂乖覺道：「姑娘剛才被潑了一身的茶，臉上的妝也花了，該先梳梳頭、洗洗臉，家裡有幾身新衣裳，原先是做給菊姑娘的，還沒上過身，都是頂好的料子，我拿來給姑娘穿。」說完又一溜煙的跑了出去。

婉玉抬頭又看了碧桃一眼道：「妳這個妹妹，倒是頂頂聰明伶俐的，我瞧著竟比妳強。」

碧桃笑道：「姑娘抬舉她了，不過她能哄得姑娘心氣兒順當了，可見也長了不少出息，我臉上也有光。」一邊說一邊給婉玉重新斟茶，心中卻疑道：「碧枝一天到晚淨知道淘氣，竟能說出這麼一番話。」

卻說碧枝自去吩咐小丫鬟打熱水拿毛巾、香胰子和洋手巾等物，然後悄悄溜到綴菊閣附近一處假山後頭，見楊晟之仍在原地等著，立刻迎上前笑道：「三爺果然料得不錯，我將三爺告訴我的那番話說了，婉姑娘果然安安靜靜收了聲。」

楊晟之微微笑道：「她是個聰明人，自然會如此的。」說完又從懷裡掏了一副對牌交給碧枝道：「妳去繡房給婉姑娘領一套新衣裳，只須跟王嬤嬤說要那套緋絲縷金百蝶穿花的，她就知道了。」又從錢袋裡掏出一把銅板塞到碧枝手中說：「我原先就瞧著妳伶俐，如今看妳辦事果然不錯。妳就按著我的吩咐，緊緊跟著婉姑娘，她想吃什麼、想喝什麼、想用什麼，只管按著她的吩咐去做。那些個女孩兒專愛找她的不痛快，妳眼神活絡些，若是婉姑娘受了委屈，便趕緊來告訴我。」

碧枝捏著銅板笑嘻嘻道：「三爺放心，我定寸步不離的守著婉姑娘。」說完便退下自去繡房取衣裳了。

楊晟之見碧枝走遠了，也從假山裡出來往外走，心中盤算道：「適才竹風已經好生打探過了，梅燕雙、梅燕回是梅海洲的女兒，曾被婉妹妹從家裡趕回家去，本來是關係極近的親戚，如今看著倒勢同水火。楊家跟梅海洲一家並未有絲毫關係，如今他倒惦著將女兒許配給我。梅海洲那兩個女兒，全無官家小姐的氣度，淨做長舌婦勾當，這樣的女孩子，莫說嫁給我為妻，便是做個妾、做個通房，只怕我也沒福消受。」再想起婉玉，心裡又悲又喜的，癡了半晌，忽一跺腳，咬牙暗道：「我偏不信，我定要想法子娶她不可！」拂袖而去。

當下婉玉梳洗過了，又換了碧枝拿來的衣裳，往身上一穿，竟十分合身。碧桃也取了自己的衣裳請怡人和采纖換上，穿戴完畢，婉玉道：「今日這事不去請長輩來也就罷了，但梅家姊妹和楊蕙菊必得向我賠禮道歉才行，否則我拚著名聲不要，也要將這樁事說個明白。」

碧桃聽了十分為難，卻也只得掀了簾子出去說了。這三人心裡自然不願意，梅燕雙怒道：「她打了我，還要我給她賠不是，天下哪有這樣的道理？」碧桃用眼睛去看柯穎鸞，見她只立在一旁看熱鬧，遂嘆了口氣道：「這事本是妳們三人惹起來的，又處處掐住女孩兒家的聲譽作文章，妳們惹的要是尋常官宦人家的小姐也罷，偏婉姑娘是巡撫家裡的，連老太太如今都看她兩分臉色，妳們如今又想怎樣呢？我只是個做丫鬟的，妳們都是姑娘主子，旁的話我也不再說了。」說完又看了柯穎鸞一眼。

柯穎鸞方才慢吞吞道：「說得是，不管怎麼說，人家家世就壓過咱們一頭，這事兒說起來還是咱們的錯處多些……雙姐兒、回姐兒都是梅家的，咱們也管不著，菊姐兒，妳去認個錯吧。」

楊蕙菊磨蹭了半晌，最終只得忍了氣去給婉玉賠不是，可自己單獨去又覺羞臊丟人，便要拉雙生女一同去，碧桃和柯穎鸞只想了結此事，又勸了一回，這三人方才一同進屋給婉玉認錯。待掀開簾子一看，只見婉玉早已換了一身簇新的衣裳，光鮮亮麗的，頭髮梳得一絲不苟，釵環晶瑩晃眼，臉兒上脂光粉豔，端端正正坐在榻上，竟將架子拿捏到了十分。

三人俱是一愣，原來雙生女在外頭雖梳了頭髮，但臉還沒洗，仍帶了狼狽模樣，這一進門便被婉玉壓過一頭。婉玉肅著臉一言不發，那三人一齊施禮，完了轉身就要走。

婉玉喝道：「慢著！當我是什麼？難道這就算了？就沒個話兒不成？」

那三人面面相覷，妳拉我一下、我推妳一下，只得又轉過身，道：「這事原是我們錯了，給妳賠禮了。」

婉玉方才作罷，任這三人出了門。她原以為此事就此了結，卻沒想反倒引了一樁更大的風波出來。

——未完，待續，請看文創風076《春濃花開》下卷。

重生報仇雪恨＋豪門世家宅鬥

同人不同命，同樣重生，

怎麼她就是比別人心酸又辛苦?!

步步為營 佈局精巧／禾晏

獲2010年第一屆晉江文學城&悅讀紀合辦

「女性原創網路小說大賽」**古代組第一名**

春濃花開

文創風 074 上

可恨哪！
只因愛了個虛情假意的男人，
她葬送了自己的性命，
雖獲重生，卻有家不能回，
有仇不能報，有子不能認……

前生，她是一品大官的掌上明珠，才情學識都不輸男兒，
雖然容貌平庸，加上自小腿殘，但憑藉著娘家的權勢，
她得以嫁給芳心暗許的男人，帶著滿腔喜悅，一心與子偕老。
沒想到卻是遇人大不淑，夫君勾搭上她的好姊妹已是殊可恨，
竟還眼睜睜看著小三殺害她，將她推入荷塘……
再睜開眼，她成了同一日裡投湖的柳府五小姐柳婉玉，
可幸的是，如今換了具健全的身子，還擁有絕色嬌顏，
可悲的是，身分卻換成小妾之女，在家不受待見，在外受人非議，
眼下她只能忍氣吞聲，日日看人臉色，處處小心討好，先掙扎著活下來，
再來想方設法報仇雪恨，讓那對奸夫淫婦血債血償！

文創風 075 中

可笑哪！
四年結髮夫妻，他對她始終冷冷淡淡，
末了還見死不救；
如今她只是換了個好皮囊，
才見幾次面，他竟這般溫柔體貼……

如今大仇得報，又與爹娘相認，柳婉玉心願已了了大半，
原想這輩子就守著兒子、侍奉爹娘到天年又有何不可？
可兒子雖然沒了親娘，畢竟是堂堂楊府的嫡重孫，貴不可言，
她一個未出閣的閨女，能護得了一時，卻顧不到一世，
而且還壞了家裡的聲譽，讓爹娘操心，也累得他們無顏面。
看來只能先嫁作人婦，再一步一步來進行認子計劃吧！
說來可笑，那殺千刀的前夫貪她如今嬌容嫵媚、丰姿綽約，
竟然不知恥的搶著來大獻殷勤，妄想娶她做填房，
但讓她再嫁這個人面獸心的畜生，不如讓她再死一次！
倒是那前生不起眼的小叔——庶出的三少爺楊晟之，
對她不但情深義重，又三番兩次的危急相助，
若嫁了他，是不是便能名正言順的成為孩子的娘？

＊隨書附贈 上、中 卷封面圖精緻書卡共二張

文創風 076 下

可歎哪！
再世為人竟又再次嫁人，
而且是嫁入同一個家門，
不同的是，
這次她絕不再委屈自己了……

重生後的婉玉憑了美麗容貌與嫻雅品格，絕色冠金陵，
加上有梅府權貴的身家相傍，要再訂一門好親事很容易，
但俗話說：易求無價寶，難得有情郎，
爹娘中意的人選雖然斯文倜儻、文采風流，又是親上加親，
可聽了些閒言碎語，便跑得不見人影，這樣的人怎堪託付？
唯有那英俊威猛的楊晟之始終相護，不論大小急難都毫不猶豫相幫，
只是有了前車之鑑，爹娘萬萬不肯再將她許配楊家了……
他是楊家不受待見的庶子，連有些頭臉的奴才也都給他臉色看，
原本一心考上功名後，娶個賢妻再討個美妾，人生便已圓滿了。
偏偏老天爺讓他看見了柳婉玉，那感覺好像一下子撞到胸口上，
即便知道她將要訂親，明知自己高攀不上，但他就是不能死心，
從這一刻起，他不再忍氣吞聲、裝傻扮呆，定要想個法子娶到她……

＊隨書附贈 下 卷封面圖精緻書卡

五. 活動辦法→

Step1： 請挑選一本最愛的狗屋「文創風」書籍，撰寫您的個人書評，
推薦內容字數限50～140字之間。
（請分享看完這本書的心得，或是喜歡這本書的原因。）

Step2： 登入「博客來」或「金石堂」會員，找到該書籍頁面進行書評留言。

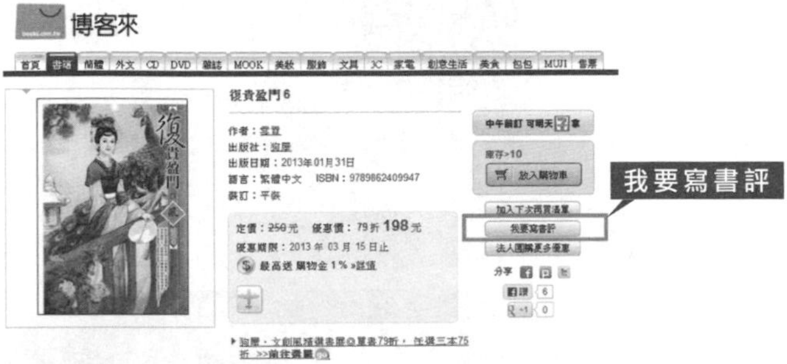

Step3： 成功留下書評後，請直接複製您的書評網址，來信至leaf@doghouse.com.tw，
信件主旨請標明：【我愛文創風！書虫書評_博客來】
(或金石堂，依您實際留言成功的網路書店為準)，信中也務必留下
您的聯絡資料——**真實姓名、聯絡電話、郵寄地址、郵遞區號**。

Step4： 耐心等候得獎名單，也別忘了號召狗屋粉絲們一起來寫書評、拿好書哦！

六. 活動辦法→

▶「書虫獎」：**文創風書籍乙本：共計10名**。
（文創風015～016、017～018恕不參加贈書活動，其他皆可由您自行指定。）

▶「加碼獎」：**狗屋好物驚喜福袋，共計 3 名**。
「書虫獎」採隨機抽選，「加碼獎」則由狗屋編輯票選出最用心的三則書評，
得獎名單於4/12公佈在狗屋/果樹天地官網，並同步發佈至粉絲專頁，
請您密切關注官方粉絲團訊息，聯絡資料不完整則視同棄權，不予以遞補得獎者。

七. 注意事項→

1. 參加活動即代表您同意分享您的書評，如經採用，可轉載於狗屋/果樹所發行或維護的媒體、電子報、網站及刊物上，與其他讀友分享。
2. 所有活動相關辦法，皆以本網頁公佈為準，贈書不得折換現金或其他物品。
3. 獎項寄送地區僅限台灣地區，恕不處理郵寄獎品至海外地區之事宜。
4. 狗屋/果樹 有權修改贈書活動的實施權益及辦法。

既來之，則安之。
再不想再受盡白眼，
她就想個法子討老祖宗歡心……

慧黠有情．宅門精巧／

薔薇檸檬

競芳菲

文創風 065 上

她原本好好的在高中教語文，還是該校小有名氣的「王牌教師」。
無論是上級、同事還是學生，都對她的工作能力十分佩服。
唯一美中不足的是，她到現在還沒有談過戀愛……
但這幾近完美的一切都在瞬間有了天差地別的改變——
她意外地穿越到古代，被困在一個名叫秦芳菲小孤女身上，
她有著成熟的靈魂，卻被迫當個十歲的小女孩，
像個拖油瓶地似寄生在秦家本家大宅裡，
不只不被老夫人待見，受盡冷落，還得領教惡僕欺主，
幸虧來到古代時，她腦中攜帶而來海量資料庫——
百草良方，盡在掌握；花經茶道，樣樣精通；發家致富，不在話下。
縱然有再多的艱辛波折，坎坷磨礪，
她也一樣可以把小日子經營得有滋有味，風生水起……

文創風 066 中

「我向妳發誓，我一定要取得功名，然後……用我的一生來保護妳。」
陸寒是從什麼時候起，對她竟有了這樣深的感情呢？
遲鈍的她卻從未察覺……
雖然他是自己的未婚夫，在這一世還長了幾歲，
但在她心中，一直當他是弟弟般地照顧著。
她已不再是剛穿越過來的那個沒本事、病弱氣弱的小孤女了，
她懂得怎麼營生，怎麼撐起小小的天地守護自己，
就算秦家逼她悔婚，她仍是可以周全自己的意願。
只是不嫁朱毓升，難道，真的要嫁陸寒嗎……
她相信他是個一諾千金的人，
他話一說出口，即便是天坼地裂，他也不會改變心意。
可她的心卻……

文創風 067 下

上天就是這麼愛捉弄人……
當她覺得她的人生、未來的幸福應該就這麼安穩地定下來了，
茶館的生意她做得叮噹響，手邊寬裕了，
陸寒也提親了，往後他們成了小夫妻，兩口子可以好好安生了，
皇上突來的恩寵卻攪亂了她的天地。
曾藏她心上的少年，竟成了當今的皇上，
她心中深藏的情意早已遠去，
然而皇上對她的思念卻日益深沈，
強烈的情感竟化為獨占，擄了她，軟禁她，
恩威並施，語帶威脅……她再怒也只能忍下；
她不能拂了皇上的面子，更得顧全陸寒性命，
她不想當皇上養在精美籠子裡的金絲雀，她的心早已飛了，
她該怎樣才能脫身，回到所愛的人身邊呢……

文創風 075

春濃花開 中

國家圖書館出版品預行編目資料

春濃花開 / 禾晏著. --
初版. -- 臺北市 : 狗屋, 民102.03-
冊 ; 公分. --（文創風）
ISBN 978-986-328-020-0（中冊：平裝）. --

857.7　　102002806

著作者	禾晏
編輯	呂秋惠
校對	林逸雲　黃亭蓁
發行所	狗屋出版社有限公司
地址	台北市104中山區龍江路71巷15號1樓
電話	02-2776-5889～0
發行字號	局版台業字845號
法律顧問	蕭雄淋律師
總經銷	知遠文化事業有限公司
電話	02-2664-8800
初版	102年3月
國際書碼	ISBN-13　978-986-328-020-0
原著書名	《花间一梦》，由北京晉江原創網絡科技有限公司授權出版

定價230元

狗屋劃撥帳號：19001626

網址：love.doghouse.com.tw　E-mail：love@doghouse.com.tw